善書坊

阿来散文集

一滴水经过丽江

阿来 著

陕西师范大学出版总社

图书代号：WX18N1345

图书在版编目(CIP)数据

一滴水经过丽江 / 阿来著 . — 西安：陕西师范大学出版总社有限公司，2019.1（2021.7重印）

（阿来散文集）

ISBN 978-7-5695-0229-9

Ⅰ.①一… Ⅱ.①阿… Ⅲ.①散文集—中国—当代 Ⅳ.①I267

中国版本图书馆CIP数据核字（2018）第207096号

一滴水经过丽江
YI DI SHUI JINGGUO LIJIANG

阿 来 著

选题策划	穆 涛　熊 莺
出版统筹	刘东风　郭永新
责任编辑	张 佩
责任校对	宋媛媛
封面设计	主语设计
出版发行	陕西师范大学出版总社
	（西安市长安南路199号　邮编 710062）
网　　址	http://www.snupg.com
印　　刷	陕西龙山海天艺术印务有限公司
开　　本	880mm×1230mm　1/32
印　　张	9.75
插　　页	4
字　　数	185千
版　　次	2019年1月第1版
印　　次	2021年7月第2次印刷
书　　号	ISBN 978-7-5695-0229-9
定　　价	49.00元

读者购书、书店添货或发现印刷装订问题，请与本公司营销部联系、调换。

电话：（029）85307864　85303629　传真：（029）85303879

目　录

001　德格：湖山之间，故事流传
022　青藏线，不是新经验，也不是新话题
030　火车穿越的身与心
035　政经之外的文化
040　一起去看山
052　马
063　贡嘎山记
081　玉树记
098　大地的语言
112　果洛的山与河
129　哈尔滨访雪记
134　大金川上看梨花
149　海与风的幅面

180　黄州访东坡行迹记

188　春日游梓潼七曲山大庙记

197　蜀锦重光

204　故乡春天记

238　垂钓大西洋

255　非主流的青铜

268　鱼

285　杜鹃花

293　西藏的"张大人花"

299　一滴水经过丽江

303　道德的还是理想的

德格：湖山之间，故事流传

总摄大地的雪山

我在小说《格萨尔王》中，如此描写了康巴这片大荒之野：

> 康巴，每一片草原都犹如一只大鼓，四周平坦如砥，腹部微微隆起，那中央的里面，仿佛涌动着鼓点的节奏，也仿佛有一颗巨大的心脏在咚咚跳动。而草原四周，被说唱人形容为栅栏的参差雪山，像猛兽列队奔驰在天边。

躺在一片草原中央，周围流云飘拂，心跳与大地的起伏契合了，因此，由于共同节律而产生出某种让人自感伟大的幻觉。站起身来，准备继续深入时，刚才还自感伟岸的人立时就四顾茫然。往前是宽广的草原；往后是来路；往左，是某一条河和河岸边宽阔的沼泽带；往右，草原的边缘出现了个峡口，大地俯冲而下。来到峡口边缘，看见河流曲折穿行于森林与草甸之间。河流迅速壮大，峡谷越发幽深开阔。从游牧的草原上，看到了峡谷中的人烟，看到农耕的田野与村庄渐次出现。

这是我在青藏高原无休止的旅行中常常遭到的情形，身后是那顶过了一夜还未及收拾的帐篷。风在吹，筑巢于浅草丛中的云雀乘风把小小的身子和尖厉的叫声直射向天空。其实，要重新拾回方向感很简单，只须回到山下，回到停在某一公路边的汽车旁，取出一本地图。公路就是地图上纵横曲折的红色线条。

但除了这种抽象的方位感，我需要来自大地的切实的指引。

因此，要去寻找一座巍然挺立的雪山。

康巴大地，唯有一座雪山能将周围的大地汇集起来，成为一个具有召唤性的高地。作为这片大地宿命的跋涉者，向着雪山靠近的本能是无从拒绝的。于是，从海拔三千多米的草原逆一条溪流而上。四千米左右是各色杜鹃盛开的夏天。再往上，山势越发陡峭，流石滩闪耀着刺眼的金属光泽，风毛菊属和景天属的植物在最短暂的东南季风中绽放。巨大的砾石滩下面，看不见的水在大声喧哗。由此知道，更高处的峭壁上，冰川与积雪在融化。从来没想要做登山家，也不想跟身体为难，只想上到五千多米的高度，去极目四望。在好些地区，这就是总摄四方的最高处。但在康巴，那些有名的雪山都是大家伙，海拔往往在六千米以上，仅在我追踪格萨尔踪迹的路上，从东南向西北，就一路耸立着木雅贡嘎、亚拉、措拉（雀儿山），再往西北而去，视野尽头，是黄河萦绕的阿尼玛卿。那我就上到相当于这些高峰的肩头那个位置。地图上标注的海拔总是这些山的最高处，而从古到今，不要说是人，就是高飞的鹰，也并不总是从最高处翻越。后来，总要发明什么的人发明了登山，才使很多人有了登顶的欲望。古往今来，路人只是从两峰之间的山口，或者从山峰的肩头越过某一座山。

在我，靠近一座雪山，不仅是路过，更是为了切实感受康巴大地的地理。特别是当我进行重述英雄史诗《格萨尔王》的写作时，更需要熟悉其中一些雪山。因为这神话传奇产生的时候，大地上还没有地图所标示的那些道路，甚至也没有地图。在藏族人传统的表述中，康巴地区是"四水六岗"。"六岗"就是高原上六座雪山所总领的更高地，是奔涌大地的汇集，是人们瞩望的中心，更是上古时代就已经出现在人心灵之中的山神的居所。英雄格萨尔的故事产生的时候，古代的人们就这样感知大地。

因此，我必须要靠近这些雪山。

追寻格萨尔故事的踪迹，真正要靠近的就是措拉。但到真的进入这个故事，真实的地理就显得虚幻迷离了。

光影变幻的高原湖：玉隆拉措

从成都西行，走国道318线，过康定，越折多山口，川藏线分为南北两路。

我上北路——国道317线，一路上可以遥望两座有出世之美的晶莹雪峰。一座是号称蜀山之王的木雅贡嘎，一座是四周环绕着如今丹巴、康定和道孚三县上万平方公里峡谷与草原的亚拉雪山。要在过去的旅行中，我早已停留下来了。但现在，我紧踩油门，只是从车窗里向外望了几眼。近三年来的目的地还在几百公里之外，是格萨尔的故事流传最盛，也是史诗中主人公诞生的地方：德格，被措拉雪山总摄的德格。

一天半后，终于到达了德格的门户，海拔三千八百八十米的小镇马尼干戈。在加油站旁边的小饭馆吃完午餐，就可以遥望那座雪山了。这里，道路再次分岔，往西北，是格萨尔的出生地阿须草原。我并不急着就去故事的起始之地，我要在外围地带徘徊一番，多感受些气氛。一个寻找故事的人想体验一番被故事所撩拨的感觉。

而心绪真的就被撩拨了。

如果说神山是雄性的，那么总是出现在雪山下方，由冰川融水所滋养的湖泊就是阴性的。出马尼干戈几公里，刚刚望见雪山晶莹的峰顶和飞悬在峭壁上的冰川，那面名叫玉隆拉措的湖就出现了。"措"在藏语里是阴性的，是湖泊的意思，也是女人名字里常用的一个词。这个湖还有一个汉语的名字：新路海（新道路边的海子？）。春夏时节，湖水并不十分清澈，融雪水带来的矿物质使湖水显出淡淡的天青色。湖岸上站立着柏树与云杉，云影停在湖中如在沉思。如果起一阵微风，花香荡漾起来，波光立时让一切明晰的影像失去轮廓。安静的湖顷刻间就纷乱起来，显出魅惑的一面。

故事里，这个湖是和格萨尔的爱妻珠牡联系在一起的。珠牡，据说是整个岭国最美丽的女子。故事里的男主人公刚刚出生，她就是令岭国众英雄垂涎的姑娘了。后来，格萨尔经历诸多磨难登上岭国王位，珠牡姑娘依然保持着青春，这才和另外十二个美女同时嫁给了年轻的国王。故事里，美丽的女人往往也是善良的。自古到今，传说故事的人们会无视现实中外在的美貌与内在的心灵之美常常相互分离的事实，总给漂亮的女人以美丽的心灵，或者说，给善良的女人以美丽的外貌。这或者是出于对美丽女人的崇拜，我更以为可能出于对心灵美好却容貌平凡的女子们的慈悲。

仅仅是这样的话，故事里的女主角还不够生动。

为了让故事生动，从古到今，讲故事的人已经发展出很多套路。在措拉雪山的冰川还很低很低，冰舌可能直接就伸入湖中的时候，那些讲故事的人们就知道这些伎俩了。于是，故事里那个常在这个漂亮湖泊里沐浴的珠牡,就常常面临种种诱惑而抗拒着,也动摇着,身不由己。她曾亲自动身前去迎接格萨尔回来参加赛马大会和叔父争夺岭国王位。就在这样严肃的时刻,在去完成重要使命的路上,她就被路遇的印度王子弄得芳心激荡,因为"王子的眼窝仿佛幽深的水潭"。

这种软弱让故事中的女人复杂起来。

珠牡也常常被嫉妒所折磨。如果不是这样,她的姐妹王妃梅萨不会被魔王掳去。珠牡自己也不会被出卖给北方霍尔国的白帐王。在有些格萨尔故事的版本里,珠牡被掳后被白帐王强做夫妻的一幕真是活色生香。珠牡不从,但不是誓死不从,只是千方百计逃避被白帐王强占身体。这个有些神通的女人千变万化,化成种种动物与物件。但万物生生相克,那白帐王神通更胜一筹,自然就变幻成能降伏珠牡所变的动物或物件。不觉间,带着悲愤之气的故事变成了男女征逐的游戏,而且这游戏还颇具情色意味。珠牡最后变幻成一枚针,便于藏匿,锋利扎人又不伤性命。好个白帐王,摇身一变,成了一根线,一根透迤宛转的线。线要穿过针,针要躲避线。缠绕,跳跃,躲闪,磕碰……终于那根坚硬的针被柔软的线所穿过了。

岭国王后珠牡成了霍尔国王的妻子。九年之后,格萨尔才杀掉白帐王,把她夺回身边。

好多人问我,说一个国王怎么还会把这样的女人留在身边,而且继续给她万千宠爱。我想,他们的意思是说,一个国王怎么可以容忍别的男人占有自己女人的身体。这是我无从回答的问题。珠牡也没有让这样的问题困扰过自己,回到岭国很多年后,故事里的她似乎仍然没有老去,其美貌依然沉鱼落雁。珠牡唯一一次为国出征,是和梅萨一起去木雅国盗取通过雪山的法宝。就在这样的重要时刻,她经不住另一面湖水的诱惑,一定要下去裸泳一番。弄不清楚讲故事的人是要写她爱个人卫生,还是想展示一下美丽的胴体。故事总是要包含些教训的,因此珠牡王后的这番身体展示让王妃梅萨被拘,使珠牡二度成了别国国王的爱宠。

在为了重述《格萨尔王》这部史诗而奔波于康巴高原的将近三年时间里,每一次,当我经过如今被更多人叫作新路海的玉隆拉措时,我都会在湖边凝视一番,想一想这个湖,更是想一想故事里那个因为有过错,有缺点,反而生动起来的叫作珠牡的女人,那个被今天的藏族人所深爱的女人。

湖边,长得仿佛某种杜鹃的瑞香正在开花,浓烈到浑浊的香味使眼前的一切都有一种迷幻般色彩。英雄故事的阳刚部分还未显现,其阴柔的部分就已在眼前。

每次都是这样,都是先遭逢这个柔美的女性的湖,然后,才攀登上男性的有骁勇山神居住的措拉雪山。

德格：土司传奇

措拉其实不是一座，而是一群雪山，五千米以上的山峰就有十七座，主峰绒麦峨扎海拔六千一百六十八米，耸立于尚未汇流东南向的金沙江与雅砻江的两大峡谷之间。

国道317线从五千米出头的山口穿过。

东面的冰川造就了那个光影变幻的玉隆拉措。越过山口向西，大地带着一股凌厉之气急剧地俯冲而下，冰川与融雪哺育了一条河：濯曲（德格河）。"曲"是藏语里又一个基本的地理名词，即汉语中的河。濯曲迅急下降，壮大，十几公里的距离内，汇集了高山草甸区伏地柏、红柳和鲜卑花灌丛纠结地带的众多溪流，很快就变成了一条白浪喧腾的河。有了力量的水，更迅疾地造出下降的地势，在坚硬的岩石中切出幽深的峡谷。桦树与杉树的峡谷，花楸树和栎树遮天蔽日的峡谷。快到德格县城更庆镇时，就二十公里左右，已经陡然下降了两千来米，河道和沿河公路两边壁立着万仞悬崖，按住头上的帽子仰面才能看到青天一线。冲出谷口，地势骤然平缓开敞，耕地、村落和寺庙依次出现。

藏学家任乃强先生二十世纪二三十年代曾到此游历考察，著有《德格土司世谱》，其中记载了这段峡谷的人文史。说在格萨尔建立岭国几百年后，有一个岭国勇士，名叫洛珠刀登，

"有女美而才,岭王求以为妃,许给一日犁地的聘礼。乃率其仆,沿濯曲南犁,暮达龚垭之年达,得长七十里之河谷。岭王因赐之。遂,得为有土地之独立小部落"。

"唯此段河谷,有三十余里为石灰岩之绝峡,仅半段为可耕地,亦甚促狭……当时民户,不超过三十家。"

到清朝中叶,奉格萨尔为祖先的岭部落日益衰落,洛珠刀登于濯曲弹丸之地起始的德格家族的势力却日益壮大。雍正年间,其被清廷招抚,授安抚司衔。其辖地最盛时领有金沙江两岸今四川与西藏德格、白玉、江达、石渠等县数万平方公里的土地和人民。

"洛珠刀登既受七十里之河谷封邑,卜宅于今德格县治所在。卜宅之初,曾筑渺小之花教寺庙……其后此寺发展为德格更庆寺,为康区一大花教(萨迦派)中心。"后更依托此寺,创建了德格印经院。

登巴泽仁土司执政时期,于筹建印经院建筑的同时,筹划印版的刻制工作。从雍正七年(1729)至乾隆三年(1738)的近十年间,较大规模的刻版工作全面铺开,完成了《甘珠尔经》的编校、刻版和《丹珠尔经》的印版刻制。同时还完成了一些其他典籍的印版刻制工作,印版总数近十万块。此后,历代土司家族又主持编辑和刻制重要文献数十部,共计三百四十多函,使德格印经院印版数超过二十万块。

到今天，德格印经院已有二百七十多年的历史，院藏各类典籍八百三十余部，木刻印版二十九万余块。院中浩瀚的印版、典籍对研究藏族历史、政治、经济、宗教、医学、科技、文学、艺术等具有极高的学术价值，引起海内外学界瞩目。德格印经院成为一个保存并传布藏族传统文化的中心。

因了印经院的文化传播之需，德格地区的雕版术、手工制纸和印刷术得以保存发扬，成为当地引以为傲的非物质文化遗产。

颇有意思的一个现象是：德格土司家族崛起的历史，也是将格萨尔奉为祖先并将格萨尔所开创的岭国视为基业的林葱土司家族逐渐衰亡的历史。这种此消彼长的关系应该包含着强烈的敌对因素，但在德格土司统辖的土地上，却依然将岭部落的祖先格萨尔视为一个伟大的英雄，像自己的祖宗一样引以为傲。

在德格印经院中，就珍藏有格萨尔画像的精美雕版，常有崇拜英雄的百姓去那里印刷，请回供奉，或作为珍贵礼物馈赠亲友。一位20世纪30年代进藏族聚居区学佛求法的汉族人也到过德格，他写道："西康有一种风俗，印经的人要自备纸墨，另外还要付给印刷工人工资，这样就可以挑选自己喜欢的经版进行印刷。"

龚垭：千年城堡的废墟

离开德格县城沿濯曲向西南方而下，在国道317线九百六十二公里处，一个叫作龚垭的地方，在河谷旁边山坡上一座规模不大的寺庙四周和寺庙的基础上，有遥远时代遗留的许多土夯残墙。民间都相信，这里曾经是格萨尔同父异母的兄长嘉察协噶当年镇守岭国南部的城堡残留。在寺院对面的山岗上，一道城墙的残迹宛然在目，顺山坡蜿蜒而上，连接着岗顶上一座四方形的破败城堡。看起来，这座还颇具形态的小城堡应该是主城堡的拱卫。嘉察协噶是格萨尔的父亲和其汉人妻子所生。在故事里，他也是一个善妒的角色，但这个汉藏混血的儿子，在岭国三十大将中最是正直勇猛，内心洁净而气度宽广。当年轻的国王沉迷于女色的魅惑，王妃珠牡被掳，身为重臣的叔父晁通背叛国王，在这样的危局下，嘉察协噶率军与霍尔大军抗衡，以少抗多，殒命沙场，留得忠烈之名世世传扬。庙里的喇嘛骄傲地向我展示两样东西。一只可以并列五支利箭的箭匣（称匣而不称袋，因为盛箭之物确是一个木雕的长方形盒子），说是嘉察的遗物。这种遗存，凡是格萨尔故事流传地区，到处皆有，我更相信其中纪念英雄的强烈情感。

另一个遗存，却使我吃惊。喇嘛指给我看护法神殿围墙上几块赭红色的石头，说那是嘉察协噶筑此城堡时的墙基。

拿下一块来，沉甸甸的，却见赭红的带气泡的物质中包裹着大小不一的碎石。陪我寻访的当地专家泽尔多吉老师说，嘉察协噶城堡的墙基用熔化的铁矿石浇铸而成，发掘出来就是眼前这赭红而坚硬的东西，如石如铁。看来那个时代，熔铁的温度并不太高，所以这些含铁的矿石只是处于半熔解的状态，将其倾入挖好的地基，也足以牢牢地黏合在一起，在冷兵器时代牢不可破。

在外人的概念中，一到康定便算是进入了西藏，但本地人自古便不自称西藏，而称这片雪山耸峙、农耕的峡谷与游牧的草原相间的地方叫康巴。离开龚垭，沿濯曲往西南，就到了金沙江边。隔江望见一孤立的临江巨石上，两个用红漆描过的大字：西藏。金沙江在行政区划上，正是四川与西藏之间的界江。过去的牛皮船渡口，如今有一座岗托大桥相连。

濯曲从此地汇入金沙江。

故事里的格萨尔远比实在的岭国国王勇武百倍，其王国疆域西接大食，南到印度，北接霍尔蒙古，东邻汉地，至少是整个青藏高原，甚至比之于青藏高原还要广大。而历史上作为故事底本的那个岭国实际疆域却要小很多。那时候，因为交通不便，空间封闭，人们居住在一个小小的国中也会以为疆域广大。从原岭国疆域中崛起的德格土司占有如今几个县几万平方公里的土地后，也自认为"天德格，地德格"，意思就是天地之间都是德格。

无论格萨尔还是后起的德格土司的伟业,同样都变成了日益遥远的故事,带着神秘与缥缈的美感。实实在在的是,河岸边的台地上,即将收割的麦子一片金黄。

金沙江边的兵器部落

没有过江的计划,便沿江岸而下,目的地是金沙江东岸的河坡乡。

那里,家户生产的"白玉藏刀"享誉藏族聚居区。传说这个峡谷中原本没有人烟,只有鸟迹兽踪,森林蔽日,瘴气弥漫。因为岭国有了冶铁之术,并在峡谷中发现了铁矿和铜矿,格萨尔便从西北部的黄河边草原上迁来整个部落,让他们在这里冶炼矿石,打造金属兵器。之后,岭国军队兵锋到处,所向披靡。

第一次到达这里,已是黄昏。

那些堡垒般的民居中,传来叮叮当当敲打铜铁的声音。在拜访的第一户人家天台上,摆放的不是兵器,而是寺院定制的金顶构件:铜瓦脊,铜经幢。

第三户人家在打造各型刀具。

我把拜访兵器部落的经过写在了小说《格萨尔王》里。只是我已经成了小说里的说唱人晋美：

　　长者带他来到山谷里一个村庄。那里每一座房子都还是城堡的模样。长者的家也在这个村庄。金沙江就在窗外的山崖下奔流，房子四周的庄稼地里，土豆与蚕豆正在开花。这是个被江声与花香包围的村庄。长者一家正在休息。三个小孩面孔脏污而眼睛明亮，一个沉稳的中年男子，一个略显憔悴的中年妇女，他们脸上都露出了平静的笑容。晋美想，这是和睦的一家三代。长者看看他，猜出了他的心思，说："我的弟弟，我们共同的妻子，我们共同的孩子，大儿子出家当了喇嘛。"长者又说："哦，你又不是外族人，为什么对此感到这般惊奇？"

　　晋美不好意思了，在自己出生的村庄，也有这种兄弟共有一个妻子的家庭，但他还是露出了惊奇的神情。好在长者没有继续这个话题，他打开一扇门，一个铁器作坊展现在眼前：炼铁炉、羊皮鼓风袋、厚重的木头案子、夹具、锤子、锉刀。屋子里充溢着成形的铁器淬火时水汽蒸腾的味道，用砂轮打磨刀剑的刃口时，四处飞溅的火星的味道。未成形的铁，半成品的铁散落在整个房间，而在面向窗口的木架上，成形的刀剑从大到小，依次排列，闪烁着寒光。长者没等他说话就看出了他的心思，说："是的，我们一代一代人都还干着这个营生,从格萨尔时代就开始了,不是我们一家,是整个村子所有的人家,不是我们一个村子,是沿着江岸所有的村庄。"长者眼中有了某种失落的神情,"但是,现在我们不造箭了,刀也不用在战场了。伟大的兵器部落变成了农民和牧民的铁匠。我们也是给旅游局打造定制产品的铁匠。"长者送了他一把短刀,略为弯曲的刀把,比一个人中指略长的刀身,说这保留了格萨尔水晶刀的模样。

我是在去往河坡的路上遇到这个老者的。我也将路遇这个长者的情形搬演到了小说里:

> 在路上,他遇到了一个和颜悦色的长者,他的水晶眼镜片模糊了,就坐在那里耐心地细细研磨。长者问他:"看来你正苦恼不堪。"
>
> "我不行了。"
>
> 长者从泉眼边起身说:"不行了,不会不行了。"
>
> 他把晋美带到了大路旁的一堵石崖边:"我没戴眼镜看不清楚,你的眼睛好使,看看这像什么。"那是一个手臂粗的圆柱体在坚硬的山崖上开出的一个沟槽。
>
> 那印迹很像一个男性生殖器的形状。但他没有直接说出来,他只说:"这话说出来太粗鲁了。"

长者大笑,说:"粗鲁?神天天听文雅的话,就想听点粗鲁的。看,这是一个大鸡巴留下来!一根非凡的大鸡巴!"

长者给他讲了一个故事。当年格萨尔在魔国滞留多年,在回到岭国的路上,他想自己那么多年日日弦歌,夜夜酒色,可能那话儿已经失去威猛了。当下掏出东西试试,就在岩石上留下了这鲜明的印痕。长者拉过他的手,把那惟妙惟肖的痕迹细细抚摸。那地方,被人抚摸了千遍万遍,圆润而又光滑。然后,长者说:"现在回家去,你会像头种马一样威猛无比。"

后来,我向长者表达过我的疑问——格萨尔征服了霍尔回来不可能经过这个地方。因为霍尔在北方,岭国的王城也在北方。这里却差不多是南方边界,是嘉察协噶镇守过的边疆。

长者不说话,看着我,直到我和他分手,离开他的民间知识视野所覆盖的地盘,他才开口问我:"为什么非要故事就发生在真正发生的地方?"

我当然无从回答,但对一个写小说的人来说,这句话给了我很大的启发。

从河坡继续沿金沙江而下可到白玉。从白玉沿金沙江继续南下可到川藏南路的巴塘。从白玉转向东北,可以到甘孜。在白玉和甘孜界山南坡,有一大自然奇观——古代冰川退缩后,留下的巨大的冰川漂砾滩。浅草长在成阵的巨石之间，质地坚硬的褐色苔藓覆盖了石头的表面。高原的风劲吹，天空低垂，一派地老天荒之感。

格萨尔故乡：阿须草原

但我不走这两条道路，我退回德格。由西向东翻越措拉山口，回马尼干戈，离开国道，上省道217线，再次从措拉左肩翻越去西北方向。

我喜欢感觉到雪山总摄了大地。

德格在措拉的西南，而我现在要去的地方是在雪山的西北，龙胆科和飞燕草花期的草甸，雪山，冰川。就在冰川舌尖下面，是远近闻名的宁玛派名刹竹庆寺。

旅游指南上说："寺院所在的雪山卜下布满成就者的修行山洞与道场，是极具加持力的修行圣地。"还看到一则材料，说这个寺院僧人并不多，但因为在藏传佛教各教派中，这个寺院不热心参与政治，所以喇嘛们潜心修持，有成就者不在少数，他们利乐众生，其影响远在藏族聚居区之外。我就曾在某年8月，躬逢法会，数万信众聚集而来，聆听佛音，信众中有许多是远道而来的港台信徒。在格鲁派寺院中禁止僧人念诵格萨尔这个本土神人故事的时候，这个寺院却创作了一出格萨尔戏剧，不时排演。我没有遇到过大戏上演，但看见过寺院演剧用的格萨尔与其手下三十大将的面具，做工精良，各见性情。

说德格是格萨尔故乡，一来是指格萨尔似乎真的出生于此，更重要的，此领域内对这个神化了的英雄人物百般崇奉。一次，我们停下车来远眺雪山，路边一个康巴汉子猛然就向汽车扑来。同车人大惊，以为有人劫道，结果那条康巴大汉扑到车上只是为了用额头碰触贴在车窗上的格萨尔画像。

现在，我们到了措拉的西北方。道路在下降，这下降是缓缓地盘旋而下。从山口下降一千米左右，然后，草原与河谷两边的浑圆山丘幅面宽阔地铺展开去，仿佛一声浩叹，深沉又辽远。

这就是阿须草原，史诗中主人公的生身之地。

丛生的红柳和沙棘林，掩映着东南向的浩荡雅砻江水。每次来到这里，都是这个月份，草原上正是蓝色花的季节：翠雀、乌头、勿忘草。但纯粹是"拈花惹草"，并不需要如此深入康巴的腹地。高原边缘那些正迎着东南季风的地带，多种多样的植物往往带来更多的变化与惊喜。我三到阿须，都是为了追寻英雄故事的遗迹。

第一次到阿须是一个下午，岔岔寺的巴伽活佛在格萨尔庙前搭了迎客的帐房，僧人们脱去袈裟，换上色彩强烈的戏服，为我们搬演格萨尔降魔的戏剧。那次我没有主动去与活佛认识,而急于央人带我去寻找格萨尔降生时在这片草原上留下的种种神迹。

牧区的妇女都不在家中分娩,看来是古风遗传。在阿须,格萨尔作为神子下界投胎时,其落地处就在阿须草原一块青蛙状的岩石下面。这个地方,在千年之后还在享受百姓的香火。

还有一个遗迹当地百姓也深信不疑,草原上一块岩石上有一个光滑的坑洼,正好能容下一个小孩的身躯。人们说,那是格萨尔刚刚出生不久,其叔父晁通要置将来的国王于死地,把那孩子在岩石上死命摔打,结果,格萨尔有神灵护佑,毫发无伤,倒是柔软的身躯在岩石上留下了等身的印痕。直到今天,这还是格萨尔具有神力的一个明证。

如此长存于岩石上的还有一个格萨尔屁股的印痕。他刚刚出生三天,有巨大的魔鸟来此作恶,神变小子背倚岩石弯弓搭箭,射死了魔鸟,也许是用力过度,将此印痕长留人间。

英雄故事的悠长余韵留给后人不断回味,功业却不能持久保留。所谓霸业江山比之于地理要经历更多的沧海桑田。

学者们差不多一致推断,格萨尔生活在一千多年前。到了清道光年间,将格萨尔奉为祖先的林葱家族只是清朝册封的一介小土司了。作为英雄之后,回味一下祖先的荣光也是一种合理的精神需求。土司家族便在有上述遗迹的河滩营地上建起了一座家庙,供奉祖先和其手下诸多英雄的塑像。据说庙中曾珍藏有格萨尔的象牙印章，以及格萨尔与手下英雄使过的宝剑和铠甲等一应兵器。老庙毁于"文化大革命"，林葱家族也更加衰败。直到1999年，由附近的岔岔寺巴伽活佛主其事，得政府和社会资助，这座土司家族的家庙以格萨尔纪念堂的名义恢复重建。加上纪念堂前格萨尔身跨战马的高大塑像，成为当地政府力推的一个重要景点。前不久，我还在成都见了巴伽活佛，在一家名叫祖母的厨房的西餐馆里就着牛排感慨一番那个后继乏人的英雄家族。

还曾在那座塑像前听说唱艺人演唱格萨尔故事的片段。

第三次去阿须，小说《格萨尔王》即将出版。我第一次走进了那座安静的小庙。在院中柳树荫下，安卧着一只藏羚羊，它面对快门咔嚓作响的相机不惊不诧。护院人说，这野物受了伤被人送到庙里，现在伤好得差不多了，该放其归山了，但看样子，它倒不大想离开了。

这是我第一次走进这座小庙，在格萨尔塑像前献了一条哈达，我没有祈祷，我只是默念：王啊，今天我要把你的故事还给你，我要走出你的故事了。这是一个小说家的宿命，从一个故事向另一个故事漂泊。完成一个故事，就意味着你要离开了。借用说唱艺人们比兴丰沛的唱词吧：

雪山老狮要远走，

是小狮的爪牙已锋利了。

十五的月亮将西沉,

是东方的太阳升起来了。

在小说的结尾,我也让回到天上继续为神的格萨尔把说唱人的故事收走了。因为那个说唱人已经很累了。

说唱人把故事还给神,也让我设计在了这个地方:

失去故事的仲肯从此留在了这个地方。他经常去摸索着打扫那个陈列着岭国君臣塑像的大殿,就这样一天天老去。有人参观时,庙里会播放他那最后的唱段。这时,他会仰起脸来凝神倾听,脸上浮现出茫然的笑颜。没人的时候,他会抚摸那支箭,那真是一支铁箭,有着铁的冰凉,有着铁粗重的质感。

青藏线，不是新经验，也不是新话题

——青藏笔记一

未曾提笔写下这些文字，心里就存有疑问：一条新修的铁路足以构成一个复杂的话题？更未曾想到的是，自己会参与到这个话题中来。

这么些年来的写作生涯中，对这样的公共话题，我不是努力接近，而是尽量远离。在我的经验中，当一个话题裹挟了越来越多的人、越来越多的媒体的时候，就意味着，这个话题的体积会迅速增大，增大到我们可以在这个体积中开掘出众多的迷宫，使制造话题的人和参与话题的人一起迷失其中。而引起话题的那个事件，或者说，话题企图干预或影响的那个事件，依然按照早先的设定发展，延伸，直到定局。最后的结果往往是，当同类事件再次搬演，依然坚定地自行其是，而未有结果的话题被所有人遗忘，悬置于空中，早已风干。

青藏铁路这个话题也是一样，当它尚是纸上蓝图的时候，一些讨论就已经开始。而铁路本身并不太理会这些讨论，而是按照预定的规划，走下了图纸，在高旷的青藏荒原上延伸。它自己在坚定推进的同时，也把围绕它的话题推向了高潮。但它只需要坚定地完成自己，直到亮闪闪的铁轨终于铺到了拉萨——这个在各种语境中都非常符号化的城市。一百多年了，外部世界有那么多人都把进入拉萨当成一个巨大而光荣的梦想，人们从四面八方，用各种各样的方式去实现这个梦想，这个过程因为艰难与漫长本身也成了奇迹。到了今天，人类也就只剩下了一种方式，把铁路修到拉萨，坐着火车到达拉萨。好了，现在最后的一击已然完成，只待一个早已选定的吉日，一声长长的汽笛，旧拉萨曾经代表的旧的时代对整个世界关闭着的最后一扇门就訇然一声倒下了。

那扇门早已腐朽，却存在了比预想更长的时间。

我想，正因为早就腐朽而失去了重量与质感，所以，这门倒下去甚至都发不出什么像样的声音了。但议论声却轰然而起：欢呼、怅惘、叹惋、愤怒。而且，像我们已经经历过的所有新旧交替时的讨论一样，话题中所涉及的所有方面，所有新生与停滞的力量，都像第一次被发现，第一次被提出，第一次被讨论，真好像，这是整个人类初潮一样的新鲜经验。

其实，只要去掉背景上西藏这样一个无论在政治还是在文化上都显得敏感的字眼，去掉讨论这个话题时一旦关涉西藏时就容易脱离现实语境的奇怪冲动，就会发现，这个话题的所有方面：政治、科技、文化、生态……所有方方面面的现实考量与发展伦理，都已经被不厌其烦地讨论过了。而其中有些问题本身已经不再成为问题。

更为重要的是，当我们把青藏线当成一个崭新的事物来对待的时候，甚至忽略了一个基本的事实，现在已基本完工，并将在一个预定的日子正式通车的这一段，其实只是青藏的一个部分——格尔木至拉萨段；这条铁路的另一部分——西宁至格尔木段，早在20世纪70年代就已经完成了。今天，铁路既然已经出现在世界上任何一个地方，它在青藏高原的出现也是一种必然。更何况，当人们从任何一个方向进入拉萨，都会发现这座城市已经是如此的现代化。这一次，当我们一行从西宁出发，一路穿越了宽阔的柴达木盆地，穿过了昆仑山和唐古拉山之间那片更加空阔的高地，便发现这座城市夜晚的灯火是如此光怪陆离，你就是驾乘着一只银色的飞碟降落在布达拉宫前的广场上，好像也是一件顺理成章的事情。这座城市本身的繁华相对于辐辏于四周的荒凉原野，已经显得有些突兀了，还有什么能为这份突兀增加一些戏剧性的因素呢？

真正要发现这条铁路的意义，还得着眼于铁路蜿蜒而过的荒原。

而且，正像前面已经说到的，青藏铁路的西宁至格尔木段早就现身于荒原，并在荒原中运行好多好多年了。一切曾经预期的变化和一切未曾预期的结果早已经在铁路的起点与终点，在铁路漫长的沿线清晰地呈现。要想讨论青藏铁路新的一段那些预期中的变化与未曾预期的可能，只要略微考察一下早已通车的这一部分，这个巨大的话题所包含的部分就已经了然。

组织者对我们此行的设计，我想正是包含了这样一种认识吧。我很高兴我们是从西宁而不是从格尔木踏上了这次青藏线的考察之旅。

我在出发的头一天下午才到达西宁。第一件事是和组织者接上头，正式加入这支临时的队伍，并对他们的意图有所了解。第二件事情，就是寻找书店，搜罗一些与青藏线相关的资料，但是，很遗憾，没有找到。书店里热卖的书籍如果与本地相关，也大多是这些年来在读书界都很流行的外国人所写的有关外界如何"发现西藏"的图书，而且这些书里的都是一百年前的"发现"。而我所期待的，是本乡本土的"自我描述"，我特别期待的是，本土的族群对这条铁路的感受。但很遗憾，没有什么使人感兴趣的发现。于是，想起在当地出版机构工作的朋友，希望从他那里获得一些资料。此行本没有打算叨扰，从酒店查到他所工作机构的号码，打过去，铃音兀自一遍遍震响，就想起一幢楼人去后空空荡荡的样子。明天就是五一长假，这个时候还期望有人坐在办公室里显然是一种不切实际的幻想。

照理说，一方乡土，一种文化，在这个除旧布新运动进行得如此剧烈的时候，总会在来自外部世界的一系列"发现"之后，无论是出于跟上时代前进步伐的迫切愿望，还是仅仅出于留恋旧时岁月的怅惘情怀，无论是因为发展的需求，还是出于更深刻的文化的自觉，都该出现本乡本土的"自我描述"。每到一地，我都渴望和这样的"自我描述"者在书本上倾心交谈。在关于青藏铁路的谈论中，"人流""物流"和"信息流"这样一些字眼很顺溜地出现在一些偏僻地区的官员的口中，仿佛铁路一通，这些"流"就来了，这些"流"一来，一切就水到渠成，就改地换天了。（我在网上一个新华社记者的采访稿中看到新铁路经过的某县官员大谈铁路通车后将如何把这三"流"引到此地，然后此地将因此获得怎样的机遇，云云。但几天后，我们长途驱车到达这个县城，遇到的一件困难事情是找不到一个可以下脚的公共厕所，而且公共厕所周围一百平方米就根本无从下脚。）事情是不是如此呢？只要大致考察一下铁路已经运转了许多年头的那些地方就清楚了。官员美好想象中的那一切的"流"并未在铁路已经经过的那些城市自然呈现，最后化为一切"流"转化而成的"现金流"都流向国库和老百姓的腰包。在我的经验中，就藏族聚居区而言，今天经济文化各方面发展较好，社会也较为安定繁荣的地区，反而恰好都不在铁路线上，而且将来很长时间里可能也不会有铁路经过。

而那些知识阶层更为关心的环境保护的问题，文化多样性如何保持的问题，青藏线已经通车这么多年的这些地区也是很好的研究观察对象。就说说我在这次旅行中努力想在当地寻找一点"自我描述"文字的经过吧。离开西宁后，我们在青海湖畔的旅游酒店里住了一个晚上。酒店在小镇上，我没有期望有什么发现，但还是在小镇上遛了一圈，果然未有任何发现。想到明天到格尔木什么都会出现，心里就有些释然了。

在格尔木的两天时间里，我没有具体的采访任务，给自己定下的任务就是寻找书店。这一天是5月2日，我在这天的日记里写道："上午逛书店，一间在购物中心里，一间是席殊连锁。没有看到一本有关本地文化与历史的书，甚至是一本地图或旅游指南。这在中国土地上和外国土地上的购书经历中，是唯一的经验，也是可怕的经验。"那间席殊书屋是出租车拉着我找新华书店时发现的，就开在新华书店旁边，但新华书店在这个假日里没有开门。于是，就进了旁边那间也就三四平方米的席殊书屋。书屋摆的都是内地的流行书。下午再去新华书店，还是没开。第二天上午又去，还是没开。最后还是陈一鸣从当地一个记者那里弄到了一本本市新编的志书。看了一天和三个晚上，看到些什么呢？知道的，过去就大略知道，比如柴达木盆地中,过去一千多年来,藏族人、蒙古人和哈萨克人以及更遥远的土著居民此消彼长,相互纠结的漫长历史。但一转入关于这个市的当代描述,他们的身影如果不是消失,也是相当模糊不清了。好像历史已经做出了判决,他们的存在就是过去时代的传奇,在现代化建设过程中,这群人将像传说一样日渐远去。甚至在志书通常要包含的文化卷中,这些民族再次现身时,也是以民间文学的方式存在,而在当地的文学原创中,只有屯垦者高昂悲壮的声音。我看完这本书,想了很多,摘录下来的只有一首不完全的蒙古族的《打酥油歌》。

我想说的是,很多我们当成假设在讨论的问题,其实早已发生过了。那些期许未必达到,有些结果可能出乎我们的预料。一切,在青藏线的前一段已经有过预演,这些预演本身就是深切的启示。而在我看来,这些情况的出现,并不是一条铁路或者一种更现代化更强有力的事物运行的必然结果。真正的问题当然也不是需要那么多人空泛的讨论,而是这样一条能量巨大的铁路运行起来以后,所有已经置身其中的人——从决策者到实施者和所有将因为这条铁路运行起来以后必然关涉与冲击到的人群如何行动的问题。

如果说,这条铁路的建成,对建设者是一个胜利。而对这条铁路经过的高原,对这条铁路所冲击的古老文化,对当地政府与老百姓,这到底是一个天降的福音,还是一个巨大的考验，全赖于面临这样一个新机遇的人们有没有准备好去迎接挑战。新的机遇当然会提供发展的机会，新的机遇也带着强大的达尔文式进化力量中无情的优胜劣汰的机制，关涉普通民众赖以生存的生产方式，关涉政府的管理能力。在更长的时间尺度上，更对当地文化的自我发展与更新能力是一个巨大的考验。所以，我在欣喜于这片土地上的巨变的同时也怀着深重的忧虑。

火车穿越的身与心

——青藏笔记二

离开格尔木,从海拔四千一百多米的玉珠峰车站开始,我们一路都在用汽车追赶试运行的火车。摄影师是为了留下可以见诸媒体的精彩照片,就我自己而言,则是借此反复感受青藏高原上从未有过的机械与钢铁的巨大力量的冲击。这样的冲击中有一种超现实的美感。

车到沱沱河,年轻的司机有了高原反应。我非常高兴顶替上去,驾驶着丰田吉普在高旷的青藏路上奔驰。一次次,载着自己和同行的记者们冲到火车前方,等待火车蜿蜒着驶近,感受火车从面前不远处轰隆着经过时,脚下的地面传导到心中的轻轻震颤,再目送它从某个山口处消失。

然后,一踩油门,开始新一轮的追赶。这样直到海拔高度达到五千米以上的唐古拉山。

当我看到铁路在高原灿烂的阳光下强劲地延伸,火车在亮闪闪的两股铁轨上呼啸而至时，内心的感觉远非兴奋这样的字眼可以形容。20世纪80年代我刚刚走上工作岗位时，去一个地方，在今天也就百来公里一段公路，最多两个小时就可以抵达。但在那个时候，公路正在修筑，一行人只能牵着马，驮着行李与一些书籍，翻越两座雪山，徒步行走一共三天时间。一年以后，我坐着汽车离开了那个地方。再后来，我坐着火车、轮船、飞机去过了很多地方。记得在科罗拉多州的某个地方，在美国的高原上，有一天开着汽车在高速公路上奔驰，公路两边的金黄秋草中不断有马匹出现，草原尽头是裸露着岩石筋骨的落基山脉，这景色自然就触发了一个旅人的思乡病，让我想起了景色相仿的青藏高原。在那片高原上，编了号的公路不断与别的编了号的公路相遇。有一次，在公路与铁路交叉处，我们停下车来，看长长的铁路线上，长长的一列火车在草原和积雪的山脉之间蜿蜒而过。那时，我就想，要是也有这样一条铁路穿过青藏高原，会是一种什么样的景象。当即，我就要求朋友帮忙退掉机票，要坐这条线上的火车，穿过落基山脉，直到美国的西部海岸。

这是一种情感的代入法，这样，几乎就有了在青藏高原上乘坐火车的感觉。没有想到的是，才过了几年，就在青藏高原真切地看到火车奔跑了。

就在开始此次青藏之行前，我在正在写作的长篇小说中，正好写到一种新型的交通工具——马车在一个藏族村庄的出现：

> 此前机村有马，也有马上英雄的传奇，但没有车，没有马车。其实，哪里只是机村，方圆好几百里，上下两千年，这个广大的地区都没有这个东西。

但是，有一天，突然就有马车了。

我怀着欣喜的心情，用天真的笔调在小说中描述这些新事物的出现。而且，也正是在文字展开的时候，的确真切地体味到这个东西和别的东西——比如一座小水电站一出现，生活就不再是原来的样子了——"一双从来没有写下过一个字母的手合上了电闸，并把整个村庄的黑夜点亮时，大家都有一种如在梦境的感觉。可这真是有史以来，从未有过的光亮。"

这种光亮出现了，世界的面貌与人的内心都因此发生了深刻的变化。是的，变化，生活在这个时代的人，是多么热爱这个字眼，而又深受着它的驱迫啊！半个多世纪以来，变化这个词，对青藏高原上的世代居民来讲，最最直观的表现，就是一个又一个新事物的出现。

在我的小说中，那个古老村庄每出现一个新事物，都带来了一些心灵上的冲击。当新事物带来变化的时候，却带来不同的结果，好的结果或坏的结果。结果的好坏，并不是事先的预设，而视乎人们做了怎样的准备。

不同的交通工具带来不同的速度，不同的速度带来完全不同的时间感与空间感。从唐古拉山下来，离开藏北重镇那曲，我们暂时离开了铁路线，去到纳木错。坐在湖边，听水波拍击湖岸，非常有重量的火车所带来的速度感与因此而起的兴奋感就消失了。望着湛蓝的湖水，湖对岸念青唐古拉山那些亘古如此的雪峰就度到心中来了。晚上宿在帐篷中，听风声呼呼地从半空中掠过，恍然看见传说中的巨灵披着宽大的黑色大氅在星空下飞翔。于是，身心又重新沉浸在古老的西藏了。

醒来之后，似梦非梦的感觉消失了。穿上衣服来到曙色一点点降临的湖边，白天那些喧哗的游人消失了，湖岸深处，那些深浅不一的岩洞有修行者的灯火在闪烁，身体处于这亘古的寂静之中，脑子里却轰轰然有火车隆隆地奔驰。几天来高度的兴奋过后，这时，身体的内部突然有一种撕裂感。这在我，是一种熟悉的感觉。从理性上讲，我们应该为每一件新事物的出现而欢呼，而深受鼓舞。与此同时，在身体的深处，血液中有种古老的东西会起作用，会拉响警报，提醒我们出现了某种危机。这种感觉的出现是因为一些具体事情吗？是的，就在短短的半天时间里，就在纳木错，看到的种种情形，有理由让我们感到处理不好，好的变化也可能带来灾难性的后果。关于这一切，大家都说得够多了。我真正想说的是，对本人这样的青藏高原的土著来说，选择的理性与本能的感性不需要理由也会在身体中冲突起来，让人体会到一种清晰的撕裂的隐痛。因为血液深处，会对即将消失的东西有一种深深的眷恋。整个青藏高原已经不可逆转地与现代文明遭逢，而在身体内部，那些遗世独立的古老文化的基因总要顽强地显示自己的存在。

天一亮，当我们重新来到了路上，心中那些模糊不清的情绪就消失了。直到某一天面对某一种情形，置身于某一种特别的情境中间，这种情绪或者又会重新涌上心头。果然，当我们离开纳木错，回到青藏线上，一路往南，看到铁路在渐渐渐低的峡谷中穿过一个个正在播种的村庄，直到拉萨在望，心情又像汽车得到越来越多氧气的引擎，欢快而高亢了。

政经之外的文化

——青藏笔记三

这些日子,人类学家列维-斯特劳斯的一句话老是在脑子里萦绕。这句话是这么说的:"文化演进和集体进化是连带的。"

为什么老想起这句话?直接的原因就是短短两月间,先走了一趟青藏线,接着又游历了云南红河流域与哀牢山中好几个县,然后,又回川西北老家,从大渡河谷地到黄河边上的若尔盖草原。在这个过程中,看到各种媒体上关于文化的讨论铺天盖地,地方政府官员在畅谈当地拥有多么独特的文化资源,而且,名牌大学里的教授与博士们也出动了。他们出现在那些宁静僻远的地方,干什么去了?田野调查吗?不,知识经济的时代了,有偿帮助当地政府制订开发文化资源、投资文化产业的各种商业规划。

文化,地域的文化,民族的文化,茶的文化,酒的文化,产业的文化。吃不一样的东西,是食文化。靠四只橡胶轮胎走路还是四只马蹄走路,那也是一种在不同地理显示移动方式差异的文化。在所有的语境里,文化就是固化了的差异的同义词。

在这个有强迫征候的语境里,文化成为显学,成为官场政治学和旅游经济学。

我并不反对人们这样做,在我看来,这就是文化在当代社会的命运的一个部分。但我当然可以问:这就是文化的全部?好像没有人思考这样的问题。

在我个人的理解中,文化更多的时候是处于一种隐约的状态,文化的感觉是在若有若无之间。文化是一种内在的力量,那些外化的部分只是那些内部力量的一种自然的外溢。但现在这些文化的焦点,好像都过于集中在那些外化的部分上。那些孤独的牧人在寂寥的草原上歌唱的时候,那些村寨里的农人在火塘中火苗与酒的鼓动下,开始舞蹈的时候,都是跟生活与情感相关的。那些吟唱与舞蹈,不过是深藏的情感像潜伏地底的矿脉在某个断层稍稍露一下头,又回到沉静幽暗的深处去了。多年来,我一直小心翼翼,不去碰触那些东西。虽然如此,我在诗句中这样描绘过它们:"更多的时候,矿脉是盐,在岩石中坚硬,在水中柔软,是欢乐者的光芒,是忧伤者的梦幻。"

但现在,人们只是集中在那些矿脉露头的地方,采集与开发。

在那些物质性的矿藏采掘者那里，早已频频传来一个个不幸的消息。虽然矿藏的种类不同，但消息都有同一个标题：资源枯竭。

文化呢？文化的资源呢？本来，这无形的东西是可以源源不绝的。可以发现，可以研究，当然也可以整理与观赏。但必须满足两个先决的条件：不破坏产生这种文化的自然与人文生态；在整理与观赏，特别是为了观赏而做的整理（提炼？）之前，要对这个文化的原生状态有充分的研究与尊重，并且不因整理之故而使原生状态受到损害。但情况往往不如我们期望的那样，市场经济体制激励的往往是不计后果的实施者，而且总是有能力让清醒的人们边缘化，让理性的看法沦为空谈。

现在，我也在这里空谈文化。其实，我早已失去了谈论文化的信心。所以写下这些文字，也是因为走了一趟青藏线，不能免费旅游，才来写下这些文字。

那么，就从这里导入正题吧。让这个话题与青藏铁路相关，也就是已经谈论很多的青藏铁路开通以后，对西藏文化（藏族文化）的影响问题。我想，讨论西藏问题并不需要另外一套逻辑与语法。即使没有这条铁路，西藏文化也早就面临了机遇与风险。

机遇是什么呢？机遇是发展。

风险则有两点。

一个是被固化。固化的形象就是色彩强烈的宗教建筑,是艳丽繁复的节日盛装,是蓝天白云下的歌唱,是草地上豪放欢畅的圈舞、苦修者隐居的岩洞四处经幡飞扬。西藏自身在好几百年的时间里,一直顽固地想以这种固化的形态存在于雪域高原,在旧时代的高僧们的吟咏中,参差高耸的雪峰常常被形容为栅栏。雪山在阻止了外界进入的同时,也阻断了自己的视线。在阅读19世纪的西藏史时,我们已经看到了那么多拒绝进入的故事,我想,这仅仅是对外国人,没有想到,甚至在西藏地方政府有效控制地区之外的藏族人进入拉萨,也会面临相当的困难。那个出生于青海的奇僧更敦群培步行沿着与今天的青藏线大致相同的路线进入拉萨,去著名的寺院研修佛学,就遇到了这样的状况。他写道:"这里(那曲)是西藏的边境,我们在此待了将近一个月,等待西藏政府批准我们继续赶路。"但这种固守早已成为历史了。现在固化的呼声反而来自外部,这是个一旦展开就无法收拢的复杂话题,打住吧。

风险之二,来自发展。这篇短文冗长的开场白说的就是这个问题。文化从来就不是一个固定的形态,发展是一种必然,开发也是一种必然。如果这个问题在西藏有一点特殊性,就是这个文化对发展与变化的内在驱动不如其他地区来得主动与强烈。当一种文化的变化主因不是产生于内在的愿望,而更多依赖于(受制于)大势的驱迫,这个文化本身就面临了非常大的风险。

文章开始的时候,我只是把列维-斯特劳斯关于文化的话引用了半句,现在应该是将其补充完整的时候了。他说:"文化演进和集体进化是连带的。"他还说:"回到过去是不可能的。"

在绝大多数的讨论中,在正在施行的各种"文化工程"中,文化是固化的,而非"演进"的,同时,文化也从母体中被抽离出来,失去了与"集体进化"的"连带"性。所以,我们四处保护文化的时候,民族文化的神经与血脉却日渐麻木与萎缩。那么,在"后发"也成为一种优势的今天,很多文化保护与开发中已经发生过的窘况,西藏因为其后发,那些遗憾或者可以幸免!

文化当然是政治,文化当然也是经济,但文化在最终的意义上还是文化自己。

一起去看山

有好些年没有去四姑娘山了。汶川地震前两年去过,地震后就没有去过了。加起来,是超过十个年头了。

但这座雪山,以及周围地方却常在念想之中。

这座藏语里叫作斯古拉的山,汉语对音成四姑娘。这对得实在巧妙。因为那终年积雪美丽的山确实是有着四座逸世出尘的山峰,在逶迤的山脊上并肩而立,依次而起,互相瞩望。后来又有了关于四个姑娘如何化身为晶莹雪峰的传说,以至于人们会认为这座山自有名字那天,就叫作四姑娘了。却少有人会去想想,一座生在嘉绒藏人语言里的山,怎么可能生来就是个汉语的名字呢?在这里,我不想就山名做语言学考证。而是想到一个问题,当我们来到一座如四姑娘山这般美丽的雪山面前时,我们仅仅是打算到此一游——因为别人来过,我也要来上一趟,这确实是当下很多人出门旅游的一个重要原因——还是希望从长长短短的游历中增加些见识，丰富些体验？

有一句话在爱去看山登山的人中间流传广泛。那句话是："因为山就在那里。"

这句话是20世纪20年代一位名叫马洛里的英国人说的。这个人是个登山家，登上过世界好几座著名的高峰。然后决定向世界最高山峰珠穆朗玛挑战，如果成功了，他就是全世界第一个登上珠峰的人。那时，随队采访的记者老问他一个问题，为什么要登山？就像今天旅游的人要反问，我去一个地方为什么就该懂得一个地方？马洛里面对记者的问题总是觉得无从回答。一个人面对一座雄伟的山峰，面对奥秘无穷的大自然，感受是多么复杂，怎么可能只有一个简单的答案？一个内心对某种事物怀着强烈迷恋冲动的人怎么可能只有一个简单的答案？唯目的论者才有这种简单的答案。终于有一天，面对记者的老问题，他不耐烦了，就用不耐烦的口吻回答："因为山在那里。"

确实，山就在那里。那样美丽，沉默不言，总是吸引人去到它跟前。看它，读它，体味它，如果能力允许，甚至希望登上山顶去看看那里是什么样子，从那样的高度眺望一下世界。杜甫诗说"荡胸生层云，决眦入归鸟"，追求的就是这样一种雄阔的体验。四姑娘山最高峰海拔六千多米。我没有那么好的身体去追求这种极致的体验。但从低处凝视，想象，也是一种美妙的体验。想象自己如果化成一座山,或者如一座山一样沉稳,宠辱不惊,那是什么境界。

山有自己的历史。山的地质史。山化身为神的历史。如果要为这后一种历史勉强命名,不妨叫作地方精神史。山神的存在,在藏族聚居区是一个普遍现象。为什么每座山都是一个神?这当然是一部地方史的精神部分。没有精神参与,一座山就不会变成一个神。四姑娘山就是这样。本是一座山,在历史空间中,生活在周围的人因为它庄严、毫不动摇的姿态,为它附丽了与其姿态相似的人格,并为这样的人格编织了故事。某个人为了保卫美丽的自然,保卫家园,自愿化身成一个地方性的保护神,担负起神圣的职责。四姑娘山的故事也是这样,但突破了故事模式的是,这座山是四个美丽姑娘所化。创造这个故事的人当然是受了自然的启发,因为四座山峰就在那里。那四个姑娘当然美丽,因为雪山本身就那么美丽。那四个姑娘当然也善良。美就是善,这是哲学家说过的话。

多山的四川有两座特别有名的山。一座是贡嘎山,一座是四姑娘山。一座是男性的,一座是女性的。一座是蜀山之王,一座就是蜀山皇后。这两座山我都去过多次。我在年轻时代的诗里就写过:"传说那座山有神谕的山崖,我背着两本心爱的诗集前去瞻仰。"亲近瞻仰贡嘎的历程略过不谈。这里只想谈谈四姑娘山。

20世纪80年代,二十多岁的时候,一次从小金县城去成都。一大早起来,长途客车摇晃到日隆镇上吃早饭。冬天滴水成冰,石灰墙都冻得更加惨白。一车人围着饭馆里一只火炉跺脚搓手,再吃些东西,身体总算慢慢暖和过来。这才有了闲心四处打量。留给我深刻印象的是墙上好多面旗子,都是日本旅行团留下的。上面好多字,"四姑娘山花之旅""白色圣山之旅"等等,下面还有全体团员的签名。那时的想法是日本人跟我们也太不一样了。我们还在为坐汽车怎么不受冻而焦虑,他们却跑这么远,就为看一眼我们山里的花。那也是中国经济高速发展刚刚启动的年代。如今,我们也一天天过上了未曾梦想到的生活。从生下来那一天起,我生活经验里的出门远行的理由很少,机会更少。我一直到了二十岁,还没有去过离家一百公里以外的地方。1985年,我出公差,先从马尔康到小金县城,然后再经省城去苏东坡的老家眉山开会,已经是很远很丰富的一次旅行了。算算四姑娘山离我的老家距离不到两百公里,但我在小金县城出差这回,才第一次听说这座山的名字。记得是在县文化馆看一位画家写生的风景画,说画中的山是四姑娘山。那些雪峰,山谷,溪流,树,对我这双看惯了山野景色的眼睛也有很强的冲击力。那时,当地专门要到某地去看看特别美景的,也就是画画或摄影的人。所以,过两天经过四姑娘山下的日隆镇,在唯一国营饭馆里看见满墙日本旅行团的旗帜以及那些赞美雪山与花的留言时,心里想的还是,这些日本人出这么远的门,就为来看几朵花,也实在是太过奢侈了。虽然那些花肯定是非常漂亮,也是值得一看的。也是在那一时期,才知道有一种出门方式叫旅游。我们这一代人就是这么过来的。很多东西,刚听说时还是一个抽象的概念,不久也就成为我们的生活方式了。

很快,中国人也开始了初级旅游,大巴车拉着,导游旗子摇着,把一群群人送到那些正在开发中的景点。四姑娘山也成了一个边建设边开放的景区。过几年再去,日隆镇上那个人民食堂已经消失不见,有了些为接待游客而起的新建筑。我自己就在一座临着溪涧的木楼里住了几宿,听了几夜溪流的喧哗。坐车去双桥沟,骑马去长坪沟。那是晚秋时节了,蓝天下参差雪峰美得无与伦比。但四姑娘山的美其实远比这丰富:森林环抱的草地,蜿蜒清澈的溪流,临溪而立的老树,尤其是点缀在岩壁与树林间的一树树落叶松,那么纯净的金色光芒,都使人流连忘返。

去长坪沟的那天早晨,太阳从背后升起,把我骑在马上的身影,长长地投射在收割后的青稞地里,鸟们在马头前飞起来,又在马身后落下去。云雀的姿态最有意思。它们不像是飞起来的,而是从地面上弹射起来,到了半空中,就悬浮在头顶,等马和马上的人过去了,又几乎垂直地落下来,落到那些麦茬参差的地里，继续觅食了。麦茬中间，有好多饱满的青稞粒和秋天里肥美的昆虫，鸟们正在为此而奔忙。附近的村庄，连枷声声。这是长坪沟之行一个美好的序篇。山路转一个弯，道路进入森林，背后的一切就都消失不见了。落尽了叶子的阔叶林如此疏朗，阳光落下来，光影斑驳，四周一片寂静。而森林的寂静是充满声音的。那是很多很多细密的声音。岩石上树上的冷霜融化的时候，会发出声音。一缕一簇的苔藓在阳光下舒张时也会发出声音。起一丝风，枯草和落叶会立即回应。还有林梢的云与鸟，沟里的水，甚至一两粒滑下光滑岩壁的沙砾都会发出声音。寂静的世界其实是一个充满了更多声音的世界，都是平时我们不曾听过的声音，是让我们在尘世中迟钝的感官重新变得敏锐的声音。早晨太阳初升的那一刻，只要峡谷里的风还没有起来，那些声音就全都能听见。太阳再升高一些，风就要起来了，那时充满峡谷的就是另外的声音了。

这一天风起得晚，中午，我们在一块林中草地上吃干粮时，风才从林梢上掠过，用潮水般的喧哗掩去了四野的寂静。

那是我第一次去到四姑娘山下。

一个朋友带一个摄制组，来为刚辟为景区不久的四姑娘山拍一部风光片子，我与他们同行。山谷看起来开阔平缓，但海拔高度一直上升。阔叶林带渐渐落在了身后。下午，我们就是在那些挺拔的云杉与落叶松间行走了。还是有阔叶树四散在林间。那是高山杜鹃灌丛，绿叶表面的蜡质层被漏到林下的阳光照得发亮。

夕阳西下时分，一个现成的营地出现了。那是一间低矮的牧人小屋。石垒的墙，木板的顶。在小屋里生起火，低矮的屋子很快就变得很温暖了。天气晴朗，烟气很快上升，从屋顶那些木板的缝隙中飘散到空中。若是阴天，情形就两样了。气压低，烟难以上升，会弥漫在屋子中，熏得人涕泪交流。但今天是一个好天气。同伴们做饭的时候，我就在木屋四周行走。去看小溪，溪流上漂浮着一片片漂亮的落叶。红色的是槭，是花楸。黄色的是桦，是柳，还有丝丝缕缕的落叶松的针叶。太阳落到山背后去了，冷热空气的对流加剧，表现形态就是在森林上部吹拂的风。此时在林中行走，就像是在波涛动荡的海面下行走。森林的上层是一个动荡喧哗的世界。而在森林下面，一切都那么平静。云杉通直高大的树干纹丝不动，桦树的树干纹丝不动。吃过晚饭，天黑下来。大家都是爱在山中漫游的人，自然就谈起山中的各种趣闻与经历。爱在山中行走的人，在山中更是要谈山，就像恋爱中的人总要谈爱。于是，夜色中的山便愈发广阔深沉起来。爬了一天山，袭来的疲倦使得大家意兴阑珊时，就都在火堆边睡去了。我横竖睡不着，也许是因为过于兴奋，也许是因为太高的海拔地势。这时风停了，月亮起来了，用另一种色调的光把曾短暂陷落于黑暗的群山照亮。我喜欢山中静寂无声的光色洁净的月亮,就悄然起身,把褥子和睡袋搬到了屋外的草地上。我躺在被窝里,看月亮,看月光流泻在悬崖和杜鹃林和落叶松的地带。我花了更多的时间凝视一条冰川。那道冰川顺着悬崖从雪峰前向下流淌——纹丝不动,却保持着流动的姿态,然后,在正对我的那面几乎垂直的悬崖上猛然断裂。我躺在几丛鲜卑花灌木之间,正好面对着那冰川的断裂处。那幽蓝的闪烁的光芒如真似幻。我们骑乘上山的马,帮我们驮载行李上山的马,就站在我的附近,垂头吃草或者咕吱咕吱地错动着牙床。我却只是静静地望着那几乎就悬在头顶的冰川十几米高的断裂面,在月光下泛着幽蓝的光芒。视觉感受到的光芒在脑海中似乎转换成了一种语言,我听见了吗?我听见了。听见了什么?我不知道,那是一种幽微深沉的语言。一匹马走过来,掀动着鼻翼嗅我。我伸出手,马伸出舌头。它舔我的手。粗粝的舌头,温暖的舌头。那是与冰川无声的语言相类的语言。

然后,我就睡着了。

越睡越沉,越睡越温暖。

早上醒来,头一伸出睡袋,就感到脖子间新鲜冰凉的刺激。睁开眼,看见的是一个银装素裹的白雪世界!我碰落了灌丛上的雪,雪落在了颈间,那便是清凉刺激的来源。岩石,树,溪流,道路,所有的一切,都被蓬松洁净的雪所覆盖。一夜酣睡，竟然连下了一场铺天盖地的大雪都不知道！

那天早晨，兴奋不已的几个人也没吃东西，就起身在雪野里疾走，向着这条峡谷的更深处进发，直到无路可走。最漂亮的景色是一个小湖。世界那么安静，曲折湖岸上是新雪堆出的各种奇异的形状。那些形状是积雪覆盖着的物体所造成的。一块岩石，一堆岩石，雪层杜鹃花的灌丛，柏树正在朽腐的树桩，一两枝水生植物的残茎，都造成了不同的积雪形状。纹丝不动的湖水有些黝黑，湖水中央是洁白雪峰的倒影。这是我离四姑娘山雪峰最近的一次。她就在我的面前，断裂的岩层，锋利的棱线，冰与雪的堆积，都历历在目，清晰可见。

回来写过一篇散文《马》。不是写进山所见，是写那些跟我们进山的动物伙伴。还做了一件文字方面的事情，就是为这次拍的纪录短片配了解说词，在当时中央电视台一档叫"神州风采"的栏目中播出。也算是为四姑娘山的早期宣传做过一点工作。

后来，还在不同的季节到过四姑娘山。

春天和秋天，不同的植物群落，会呈现出丰富多彩的色调。

春天，万物萌发。那些落叶的灌丛与乔木新萌发的叶子，会如轻雾一般给山野笼罩上深浅不一的绿色，如雾如烟。落叶松氤氲的新绿，白桦树的绿闪烁着蜡质的光芒。那些不同的色调对应着人内心深处那些难以名状的情感。从那些时刻应了光线的变化而变幻不定的春天的色彩，人看到的不只是美丽的大自然，还看到了自己深藏不露的内心世界。美国诗人惠特曼的诗句"拂开大草原上的草，吸着它那特殊的香味，我向它索要精神上相应的讯息"，说的就是这样的意思。

秋天，那简直就是灿烂色彩的大交响。那么多种的红，那么多种的黄，被灿烂的高原阳光照亮。高原上特别容易产生大大小小的空气对流，那就是大大小小的风，风和光联合起来，吹动那些不同色彩的树：椴、枫、桦、杨、楸……那是盛大华美的色彩交响。高音部是最靠近雪线的落叶松那最明亮的金黄。高潮过后，落叶纷飞，落在蜿蜒的山路上，落在林间，落在溪涧之上，路循着溪流，溪流载满落叶。下山，我们回到人间。其间，我们有可能遇到有些惊惶的野生动物，有可能遇见一群血雉，羽翼鲜亮，我们打量它们，它们也想打量我们，但到底还是害怕，便慌慌张张地遁入林间。

当然不能忽略夏天。

所有草木都枝叶繁茂，所有草木都长成了一样的绿色。浩荡，幽深，宽广。阳光落在万物之上，风再来助推，绿与光相互辉映，绿浪翻浮，那是光与色的舞蹈。那时，所有的开花植物都开出了花。那些开花植物群落都是庞大家族。杜鹃花家族，报春花家族，龙胆花家族，马先蒿家族，把所有的林间草地，所有的森林边缘，变成了野花的海洋。还有绿绒蒿家族、金莲花家族、红景天家族都竞相开放,来赴这夏日的生命盛典。

而这一切的背后,总有晶莹的雪峰在那里,总有蓝天丽日在那里。让人在这美丽的世界中想到高远,想到无限。记起来一个情景,当我趴在草地上把镜头对准一株开花的棱子芹时,一个日本人轻轻碰触我,不要因为拍摄一朵花而压倒了看上去更普通的众多的毛茛花。我也曾阻止过准备把杜鹃花编成花环装点自己美丽的年轻女士。这就是美的作用。美教导我们珍重美,美教导我们通向善。

冬天,雪线压低了。雪地上印满了动物们的脚迹。落尽了叶子的森林呈现一种萧疏之美。

写到这里,就想到我们很多主打自然景观的景区管理中比较疏失的一环,那就是对自然之美挖掘不够深入细致。旅游是观赏,观赏对象之美需要传达,需要呈现。自然之美的丰富与细微,必先有旅游业者的充分认知,然后才能向游客做更充分的传达。对游客来说,自然景区的观光也是一种学习,学习一些动植物学的、地质学的知识,更不要说当地丰富的人文资源了。游历也是学习,是游学。所谓深度游、专题游,我想就是在这种向学的愿望与兴趣的基础上产生的。自然景区旅游是欣赏自然之美的过程,是一种审美活动,需要景区进行这个方向上的引导。

前些日子,四姑娘山的朋友来成都看望我,多年不见的黄继舟也得以谋面。还记得当年他陪我游初夏的四姑娘山，一起去拍摄那些美丽的高山开花植物。黄继舟长期在四姑娘山景区工作，他是一个有心人，长期深入挖掘景区的自然人文内涵，有很多自己的发现。这次，他带来一本摄影集，都是他在景区多年深耕积累下来的作品，题材也关涉景区的各个方面。寻觅美，捕捉美，呈现美，可以作为游客于不同季节在景区旅游的一个指引。我也相信，沿着这样的思路做下去，四姑娘山所蕴蓄的美的资源会得到更精准、更系统的呈现，游客依此指引，可以在景区做更深度的探寻与发现。

大美不言，可涤心养气；大美难言，仰赖审美力的提升。而自然界是最好最直观的自然课堂。如果站在这样的角度上思考景区的功能，四姑娘山自然就有需要不断前往，如今交通情况大幅改善，这个大都会旁的自然胜景，自然前途无量。

下次，我们可以带着这本书，去看四姑娘山。

马

这是山下的一个小镇。

在小饭馆里喝酥油茶的时候,我从窗口就看见了山的顶峰。在一道站满了金黄色桦树的山脊背后,庄重地升起一个银白色的塔尖,那样洁净的光芒,那样不可思议地明亮着。我知道,那就是山的主峰了。没有说话,我想,这一阵子,它是属于我一个人的。这一天来登山的人只有我们几个。几个同伴都倾心于交谈。相信此时此地,只有我一个人在注视着它。某个修密宗的喇嘛曾说过,在功力到位的时候,他看见自己胸腔里什么都没有了,只有一个伟大的梵文字母,金光闪闪。如果这话没有水分,我想自己也有很好的瑜伽资质,这个时候,那座雪峰度过蓝空到我胸中来了。

同伴们为哪一条路线最便捷又能看到更多的美丽风光争论不休时,我独自微笑不语,心里想着佛经上关于殊途同归的寓言。在这个时候，去不去那里，上不上那座雪山对我都无所谓的。那山已自在我心中了。但我们站在山前，看到将要驮我们上山的马慢慢下山，它们脖子上的铃铛声一下涨满了山谷，使这个早晨比别的早晨更加舒缓而且明亮，我终于忘了佛经禅关，心跳一下就加快了。

马！对于一个藏族人来说，这可是有着酒一样效力的动物。

马！我已经有两年多没有跨上过马背了。现在看到它们的影子出没在金色桦树掩映的路上，潜伏在身上的全部关于这种善于驰骋的动物的感觉一下子就复活了。那种强健动物才有的腥膻味，蹄声在寂静中震荡，波浪一般地起伏，和大地一起扑面而来的风，这一切就是马。马对于我来说，是活生生的感觉，而不是一种概念。

马们一匹匹从山上下来。

就在这里，山谷像一只喇叭一样骤然敞开。流水声和叮咚声在山谷里回荡。一队马井然有序地行进在溪流两边的金黄草地和收割不久的麦地中间，溪水的小桥把它们牵到石岸，到一株刺梨树下，又一座小桥把它们渡回左岸。一群野鸽子从马头前惊飞起来，就在很低的空中让习习的山风托着，在空中停留一阵，一收翅膀，就落向马队刚刚走过的草丛里去了。这些都和儿时在故乡见到的一模一样，我努力叫眼睛不比别人的更加潮湿。

可那是什么样的一群马呀！

在我的经验里，马不是这样的。我们要牛羊，是要它们产崽产奶，形象问题可以在所不计。但对马来说，我们是计较的：骨架、步态、毛色，甚至头脸是否方正都不会有一点马虎。如果不中意，那就宁愿没有。中了意的，那一身行头就要占去主人财富的好大一部分。以至于有俗语说，我们这族人，如果带了盛装的女人和马出门，家里就不会担心盗贼的光顾了。而眼前是些什么样的马呀：矮小，毛色驳杂，了无生气，叫人担心骨头随时会刺破皮子。如果真有这样的事发生，身上流出的血，可能还不够打湿身下的地皮。那些无法再简陋的鞍具就不想再提了。

同伴们争先恐后地把一匹比一匹矮小的马的缰绳抓在手里，把看起来最高大的那一匹留给了我。

那个和他的马一样的马队的主人宽慰我说，你的那匹看着烈，其实听说听话得很。

我没有回答他，而是弯腰去系鞋带。目前，我对这些马的信任程度还不及对脚上这双鞋的信任程度。可是，一旦跨上了马背，感觉毕竟和走在地上大不相同，远处的雪峰猛一下就在面前升高了许多。

马队主人没有马骑，那一头乱发的脑袋在我膝盖那个高度起起落落。我问刚才他把马叫作什么，他说，牲口。这个回答使我高兴。在我胯下的不是马,而是另一种东西,是牲口。马和牲口,在藏语里也跟在汉语里一样,这两个词从我们口里吐出来,经过潜意识和想象的作用,给人的感觉是截然不同的。"马",低沉,庄重,有尊敬的意味;"牲口",天哪!你念念看,是多么的轻描淡写,多么的漫不经心,从一种可以忽略的存在上一掠而过。骑在马上,目的地是重要的,但那过程带来的感受是不容忽视的。如果骑在牲口上,过程就没有什么要紧,只要能把人驮到目的地就行了。突然想起一位苏联作家的话:司机的变化与汽车马力的大小相应。这句话的意思是说速度能使驾驭中的人与一般生活形态中的人类相脱离。我在马背上看着道路两边越来越葱郁的森林景色,心里却想,那么,马又用什么使我和日常的生活相脱离呢?是把我变成一个更加敏感的诗人还是野蛮时代的一个武士?我不知道。而眼下的这一匹,却能使我保持常态,因为它不叫马而叫牲口,使我在它的背上,在森林的气息里摇摇晃晃地行走。而我要在这里说,带着一点失望的心情在路上实在是一件很好的事情。这种感觉使眼前的景色看上去更有况味。如果这个时候,胯下是一匹好马,会叫我只享受马,从而忽略了眼前的风景。

现在,我可以好好看风景,因为是在一头牲口的背上。

看够了一片风景,思绪又到了马的身上。马所以是马,就是在食物方面也有自己特别的讲究。在这一点上,马和鹿一样，总是要寻找最鲜嫩的草和最洁净的水，所以它们总是在黎明时出现在牧场上，寻食带露的青草。故乡一个高僧在诗中把这两者并称为"星空下洁净的动物"。我们在一块草地上下了马，吃干粮。这些牲口松了缰绳也不走开，去寻找自由和水草，而是一下就把那长长的脸伸到你面前，鼻翼翕动着，呼呼地往你身上喷着热气，那样地驯顺，就是为了吃一点机器制造出来的东西：饼干、巧克力，甚至还有猪肉罐头。我的那一匹，就从我手上，伸出舌头来，把一包方便面、一个夹肉面包卷到口里吃进肚子里去了。那舌头舔在手上，舒服的感觉倒和过去给马喂盐时的感觉一模一样。可惜，它们的主人也不把它们叫作马，而是叫作牲口。这不仅仅是一个名称和另一个名称的问题，在这里，两个词语表示出两种不同的态度。"牲口"，那口吻随便，就像一个农民说："喏，锄头。"是对待一件工具。而"马"就不同了，犹如猎人说到自己的爱犬——亲密的相互依存的伙伴，那是提起引以为骄傲的朋友时的那种口吻。在我的经验里，和人一起驱驰过，享受过同一条道路的马都有名字，就像一生中的朋友。问马队主人，它们叫什么名字，他的脸上出现牲口讨吃时一样谦卑的想要讨人喜欢的表情，说是几匹牲口，要什么名字。问为什么跟在他身边的那条狗却有一个名字叫黑色风。他说，牲口咋个好跟猎狗比。

吃过干粮再上路，我没有再骑牲口。

走在一片柏树林里，隐约的小路上是厚厚的苔藓。很快，林子里就只有我一个人了。阳光星星点点透过树梢落在脚前，大地要在上冻前最后一次散发沃土醉人的气息，小动物们在树上来回跳跃，寻找最后的一些果实，带回窝里做过冬的食物。这时，雪峰从眼界里消失了，目前的位置正在山脚下。仰起头来，只看见笔立的青色山崖。雪峰是在这坚固而险峻的基座上面。夕阳西下，整个山谷，整个人就落在这些青色石头的阴影里了。寒气从溪边，从石缝里，从树木的空隙间泛起。步行了三四个小时，人也很累了。听到那些牲口脖子上铜铃在前面的林中回荡，这时，不管是牲口还是马，都想坐在它的背上了。

紧赶慢赶半个小时，我才坐在了牲口背上。

这一来，除了那些高大的杉树，路边的灌木丛是不能再遮住我的视线了。就升高这么一点，山的主峰又从那高耸的岩石基座上兀起来一点，叫我看见。林涛声响起来。不是起风了，而是黄昏正降临到群山之中。最后一点阳光是在那点雪峰上面，越来越红，变成了一个宝石的塔尖。当我们吹胀了各人睡觉的气垫，放在树下，走到火边坐下时，天已经黑了。一弯淡淡的月亮挂在天空中央，正越来越明亮。

晚饭的时候，我的那头牲口得到了比别人牲口多倍的赏赐。我甚至想给它喝一口酒。在云杉的衣冠下拉上睡袋拉链时，牲口们已经不在了。半夜里，先是看见星星，然后是流到高崖上突然断裂的一道冰川，那齐齐的断口在那里闪着幽幽的寒光。月光照在地上，那些马一匹匹站在月光下。因为我是躺着的，所以，它们的身躯在眼里显得很高大。那些简陋的鞍具也卸下来了。月光不论多么明亮，都是一种夜晚的光芒，恰好掩去了眼前物体上容易叫人挑剔的细节，剩下一个粗略的轮廓。这样的因造成了一个果，牲口重新成了法国人布丰在书中赞誉过的，符合于我们的经验与期望的马了。

布丰说："它们只是豪迈而狂野。"

在这样的一个寒夜里，它们的行走是那么轻捷，轻轻一跃，就上了春天的融雪水冲刷出的那些堤岸，而林子里任何一点细小的响动，都会立即叫它们的耳朵和尾巴陡然一下竖立起来。它们蹚过溪水，水下的沙子就泛起来，沙沙响着，流出好长一段，才又重新沉入水底。我的那匹马向着我走了过来。它的鼻子喷着热气，咻咻地在睡袋外面寻找。我把手从被子里拿出来，说，可是我没有盐巴。它没有吃到盐也并没有走开。它仍然咻咻地把温暖的鼻息喷在我的手上。它内在的禀性仍然是一匹马：渴望和自己的驭手建立情感。它舔我左手，又去舔右手。我的手并没有缩回被子里，抚摸着它那张长脸上的额头中央。这样的抚摸会使一匹好马懂得，它的骑手不是冷漠的家伙。

我们的谚语说：人是伙伴而不是君王。

看来，这次登山将要扩展我关于马的概念。过去我所知的马是黄河上游草原上的河曲名马。那些马总是引起我歌唱的欲望。今天，一匹山地马和它的一群同伴也引起了我的这种欲望。

第二天骑涉过一个海子，同行的朋友把这个过程完整地拍下来。休息的时候，我从摄像机里看那个长长的镜头。一到电视画面里，那马在外形上就成为一匹真正的马了。我看见它驮着我涉入湖水，越来越深，最后在水中浮起来，慢慢地到了对岸。然后扬起前蹄，身子一纵，上了半人高的湖岸。录像带上没有伴音，但我还是禁不住身子震动一下，听到了蹄子叩在岩石上的声音。我看见自己用缰绳抽了它一下，于是，它就驮着我在一个孕雪的下午，在弯曲的湖岸上飞跑起来。它从一段枯木上跃过时，是那么轻捷；而当其急速转弯避开前面一个突兀的岩石时，又是那么灵敏。于是，我在它的背上所有的感觉都复活了。这匹马那样懂得来自骑手的所有暗示：轻轻一提缰绳，它就从一丛小叶杜鹃或者一团伏地柏上飞跃而过；两腿在肋上轻轻一压，它就甩开四蹄，跑到这个下午的深处去了。

一场大雪下来，不要说再继续上山，就是下山的路也完全看不见了。收音机里的天气预报说，一个晴天后，又是一场大雪。我们必须下山去了，除非我们想在山上过完整个冬天。

顶着刺眼的阳光，我们给马备上鞍子，再在鞍子上捆好我们带来的所有东西。这一来，它们又不像是马，而像是牲口了。它们短小的四肢都深深地没入了雪里，它们窄窄的胸膛推开积雪，开出了一条道路。就是这样，我们的双脚还是深深地没入积雪。不到半天工夫，我那专门为了这次上山而买的运动鞋就报销了，不得不爬到马背上。倒是马队的主人说，没有什么，牲口就是叫人骑的嘛。我说，这么深的雪，它怕是不行吧。马的主人说，我看你是懂点马的人。我告诉他我的家乡是在哪里。他说，哦，出好马的地方。沉默了一会儿，他又说，那些神气十足的马在我们这里没有用处。他说，以前，有人从别的地方买来过名马，但在崎岖的山路上，在这样的大雪里，不是跌残就是摔死了。他还说，那样的马太金贵了，而这些牲口，命贱，像是使不坏的东西。我说，其实就是另外的一种马嘛。他说，是，山地马。

这些马，在这样的路上走得多么快啊，雪越来越薄，最后雪没有了，道路又变成了深深的泥泞。这里已经是我们上山第一天过夜的地方。上山两天的路程，下山只半天就到了。马队的主人要在这里跟我们分手。这时，我才知道自己多么想要这些马再送一程，直到山下。马队的主人说，马跟我们下山，到了山下只要卸下鞍具寄放在镇子上，牲口们会自己回家的。他还说，我们是这年最后一拨登山客，鞍子放在那里，要到明年才用得上了。到这个时候,他才露出一点感情说,牲口们累了大半年,该过一个安闲的冬天了。问他的名字,他指指一座小寺庙旁边一群低矮的石头房里的一座,说,你们多半不会再来了,来的话,到我房子里来坐,喝茶。然后,他扬起手,对着他的牲口叫一声走。这些矮小、坚忍的山地马,又摇响了脖子上的铃铛,驮着我们上路了。

阳光明亮地照耀着,空气里充满了水的芬芳。已经能看到山下蜿蜒的公路了,同伴们开始大声歌唱。这时,有人发现,骑这些马根本不必要用手去提着缰绳,它们自会顺着熟悉的道路往前走,不需要人来告诉它行走的方向。于是,全体都把手抄在怀里,开始大声歌唱。禁不住想这些马确实该有另一个名字,就叫牲口。马应该是有一个骑手的。这些牲口这样走着,我们就成了作物,没有生命的东西,从一个地方被运到另一个地方。事实正是如此。是的,在我的家乡,这样的搬运工作不劳马做,几头牦牛就可以了。

在我的美感中,马是风暴,是闪电,牛才是这样百折不挠的坚忍绵长。人总是这样的:不否认生活中需要牛,但总认为作为一个个体,自己更加适合美丽的、矫健的马。更主要是认为,这样的劳役对于马是不适合的。这些马从事了牛的工作,而使自己沦于平凡。我不能使它们完全变回去,恢复马的一切天性了。这是世世代代的遗传使然。我相信,它们的祖先也是从草原上来的。它们是沦落了的一群，在传递血脉的同时，传递了它们对于山地的适应——使高大的身躯日渐矮小，来对付复杂的坎坷。这原本无可厚非。但它们同时传递了认命的悲哀，逆来顺受，荡尽了英雄气息，而沦落为这样的一群。是的，它们只好叫作牲口了，因为它们已经没有了马的灵魂，只余下一副马的外表了。如果这个世界一定要把马变成一种不需要骑手的动物，那造物主尽可以只造出牛，而不要马这个品种了。

没有想到人在社会里，从遗传，从四周环境不断得到的沦入平凡、甘于平凡的指令，不断丧失个性的过程早就在生物界演示过了。好了，行程就要终止了。雪山在背后越升越高。那些马离开的时候，我不去看它们远去的身影，因为我不会像对真正的好马那样用尊敬的眼神。但我也不会用怜悯的眼光看着它们，因为这是毫无用处的。这样做什么都不会改变。这个世界把一切沦于平凡的过程正在加快。也许，到最后只有这些雪山未被融化之前还能超拔于这个过程。

那些牲口走远了。风吹着它们脖子上的铜铃，声音在黄昏回荡，寒气四起。我抬着头，看到晚霞又一次燃红了雪山之巅。

贡嘎山记

不是第一次去贡嘎山区。

这样跃跃欲试，就为去一座雪山下的深谷？对一个久在山中行走的人来说，该是没有什么来由的。因为贡嘎雪山的美丽？我去过青藏高原上差不多所有有名的雪山。因为那些从春到秋绽放着美丽花朵的高原植物？有五六年了吧，从初春到深秋，我都会不时到高原上去寻觅去记录，迷醉于造物的鬼斧神工。就在一个月前，我还在贡嘎山和雅拉雪山间的旷野上追踪拍龙胆科植物的美丽花事。

但从接受吕植教授邀请，参加山水自然保护中心的环贡嘎山保护项目的考察活动，我就处于这种跃跃欲试的状态了。是因为此行将和一些真正的生物学家同行吗？这三四年来，我的青藏高原植物观察活动都是独自进行的。如果说，我的观察和对观察对象的图像与文字的双重呈现，只是出于一种本能的热爱，是一种审美——形式上的，文化上的，那么，这一次，我与这些长期从事自然保护工作的人在一起，感受和了解他们的工作，或许会为我的业余爱好找到新的意义，新的着力点。

已经不好意思说自己有多么强烈的求知欲，但保留着些许好奇心还是应该的吧。总之，我已经等不及在成都会合后，再深入那些高山峡谷了。我提前到了计划中的第二站——贡嘎雪山下有着冰川胜景的海螺沟。他们在成都集结出发的时候，我已独自上山。但是，天气不好，大雾弥漫，冰川和雪山都深藏不现。我去看过了开花季节的杜鹃、丁香和川滇海棠。尤其是川滇海棠，我想看看它秋天的果实。我看到了。看到那些被冷霜冻过的果子，想起歌德在《自然》中说过的话："对自然来说，生命是她最美好的发明，而死亡则是她的手腕，好使生命多次重现。"何况，这些树木并没有死亡，只是经过一次四季轮回，展叶，抽枝，开花，结果，休眠——一次貌似的死亡，却也成熟了这么多的种子，"使生命多次重现"。我想去看更多的结果的植物：松、杉、花楸、山荆子……但是，冷空气从雪山顶上顺坡沉降。更加浓重的雾气四合而来，就在面前的树木也开始身影绰约。

我下山。在磨西镇上的旅馆，接到电话，说路上交通不畅，他们会晚到。我上网搜寻山水保护中心的资料。我得知道即将与之同行的人在干些什么，山水自然保护中心又是怎么定义自己。

此前，我仅是通过朋友介绍和吕植教授及她的几个同事有过一面之缘。饭后，他们赠送我两张碟片。记录了两位青海藏族聚居区的青年喇嘛如何在当地进行本土生物的科学观察与记录。一位观察红花绿绒蒿，一位跟踪一种叫藏鸦的小鸟。他们的观察与记录就是受了"山水"的帮助与辅导。

现在我从网上复制来吕植关于山水自然保护中心的介绍：

> 2007年，山水自然保护中心，一个中国民间环保组织，在北京成立。其创办得到了保护国际的支持。"山水"的志向是成为中国最优秀的本土自然保护组织，在社会的高速发展中，融合政府、市场、传统文化和当地社区以及国内国际的资源，在基层实践生态公平，在生态价值最高的中国西南和青藏高原示范一个个"生态特区"，以中国智慧为世界贡献人与自然持续共存的希望。

生态特区，一个新鲜的提法。生态公平，一个新鲜的概念。

信箱里还有他们发来的此次活动的背景资料，但我没看。我不想因为一些文字先入为主。我要从一个过程的自然展开中一窥"生态特区"如何确立与运行，又如何作用于社会。

天黑时，天下起小雨，他们到了。

我在镇上一个小饭馆里与他们相见。吕植说，见了我预告此行的微博，但我把她任教的学校弄错了。她停下牦牛肉炖萝卜汤不喝，正经地说，她是北京大学教授，而不是我以为的另一所大学。我并没有感到尴尬。我想，就这么开始挺好。除了礼貌的寒暄，他们交谈，我倾听。这时，雨仍然下着，饭馆门口马路上一片湿淋淋的光芒。吃完饭，我们连夜上山。大家都希望明天是个晴天。在海螺沟二号营地住下，半夜醒来，我听见谷中的溪流在大声喧哗。记起小时候，那些山村的夜晚，如果溪水发出比平常响亮的喧哗，母亲就会说，天要晴起来了。我不知道这样的乡土经验中蕴含着怎样的科学道理，这时却记起了母亲在我儿时枕边说过的话。

第二天早上，天真的放晴了。雾气慢慢散开。云缝间露出了一汪汪湖水般的湛蓝。林间空气清冽。我们上山，不久就从一片冷杉的林线后看到贡嘎雪山金字塔般的山体缓缓升起。雪峰下是一泻而下的冰川。冰川深切入森林地带，深沟的两侧，斜射的阳光给错落在山梁上的杉树林勾勒出一道道迷人的轮廓线。数码时代了，摄影成本空前低廉，快门声响成一片。脚下的冰川虽然一年年消融退缩，依然无比壮观。我在冰川旁的山壁上拍到两种结果的新植物。一种叶子像是匍地柳，结出一嘟噜一嘟噜紫色的浆果。另一种植物也长着相仿的叶子，却结着一簇簇晶莹的白果。跟专家出行的好处很快体现，都没打开相机让人家看图片，根据我简单的半专业的描述，擅长植物分类学的顾垒博士告诉我两种久闻其名的植物名字。紫果的是越橘。而白的那种就叫白珠——而且，是花，不是果。再打开相机，检视照片，果然，那貌似玉珠的果上有小小的开口，一律五裂，露出了里面作为一朵花该有的基本构成。那开口实在太小，在相机上把放大按钮按了又按才显露出白珠作为一朵花的秘密。这也怨不得它。海拔四千多米的高度上，不见阳光的时候，早已滴水成冰了。进化之功用了多少年，才让它这个时候还能开花，还能孕育籽实。

这就是贡嘎山中的梦幻行程，两三个小时里，我们不断上升，直到将近海拔五千米的高度，植物生长的极限。

然后，我们又顺着山坡下降，下降，来到了海拔两千多米的高度，这里已经是亚热带森林的景象。一行人停下来，在一株十多米高的阔叶乔木跟前。一个熟悉的名字——康定木兰，和眼前这株陌生的树联系在一起。这株树便是一株熟悉的树了。有了名字的树，就和人有了某种神秘的关联。

昨天，在旅馆里上网了解"山水"时，还看到一篇声讨民间环保组织缺点的檄文，其中一条说一些民间环保组织干不出什么实事，就说自己在宣传环保理念。就我个人经验来说，如果不是逢到什么什么节什么什么日来了，在街头支个摊子的象征性宣传，就是仅仅把身边植物的名字告诉给公众，这种宣传也是有功德的。虽然古人就号召"多识于鸟兽草木之名"，但几千年下来，中国人识得身边事物的人着实不多。而人这种生物和其他生物之间，关联本是自然存在的。但对每一个具体的人来说，认识才有关联的可能，不认识其实就等于没有建立关联。尤其在中国这个"熟人社会"，不认识的人就没有关联，何况是别的生物。现在，这株康定木兰就站立在眼前，树干通直，挺拔向上，这一点不大像木兰科的植物，但叶片和叶脉却显示了木兰科植物的共同特征。这是一株年轻的生长健旺的木兰。它是我们此行要特别关注的第一个对象。

据说，几十年前，康定木兰在当地生存还较为普遍，是森林采伐毁了它们。其他的"有用之材"——参天大树被伐倒时，它们被倒下的大树压倒在身下。而且，当年的采伐并不是把大树砍倒那么简单。一株被伐倒的大树，一片被伐倒的森林，有用的部分还要从四五十度五六十度的陡坡上滚到山下，这一路的横冲直撞，猛烈的重力冲击下，不只是树，山坡上连贴地的草也难以幸存。二十多年前，采伐停止了，许多植物重现蓬勃生机，康定木兰却因为生长缓慢，在生存竞争中处于弱势。于是，这种初春时节会绽放出一树树红色花朵的树变成了珍稀植物。眼下，这株挺拔的康定木兰就站立在景区公路的路肩之下。修公路时留下的空地上，还有保护区尝试性地栽下的十多株木兰苗。这些树苗都有两三米高，但树干却是那么细瘦，比那些饿死了自己的模特还瘦得让人忧心。这样体格的树，要来参与这活力十足的森林中近乎野蛮的生存竞争，壮大种群，没有人为的干预，实在是没有太大指望。就在那株树下，大家讨论如何保证木兰苗移栽的成活率。后来，我们车行下山，来到当地林业部门的育苗基地。在这里，我们看到几百株茂盛生长的木兰苗。基地的工作人员介绍，这些都是采集野生木兰种子培育而成的。看起来，只需要把这些健康的树苗移栽到野外就可以了。而就在这个环节上，问题出现了，牵涉钱。培植这些树苗要钱，移栽要钱，移栽后管护并使之继续成长也需要钱。国家也有相关的经费，也就是有政策。但政策是普遍性的，针对一般状况的。这点针对一般状况的育林经费用于康定木兰这种自然生长困难的树种，自然远远不够。我不是检讨相关的林业政策，只是说，如此情形之下，"山水"这样的民间环保组织的工作空间就出现了。在我看来，这个空间是存在的，但边际却模糊。中国，是大政府社会，这个社会还没有学会如何运用民间组织的力量，来从事一些政府会办但不一定能办好的工作。一般而言，民间组织有巨大的热情，可以提供一定的资金，还有专业人才，可以办好一些事情。但是，怎么更有效地使康定木兰式的环保问题被更多的公众知晓，并参与进来，以此传播和实现"山水"关于生态公平的概念，大家就站在那个苗木茂盛的苗圃中热烈讨论。时间是下午四点。此前，两点半，我们在一家饭馆等待稍晚的午餐的那半小时，还就此议题分组讨论过一次。我是新人，无从置喙，但又要说话，便说，我写文章，把听来的话告诉给更多的人。大家还给了我鼓励的掌声。

我想，自己的作用也就是让更多的人知道这样的环保组织，他们的成绩和面临的困难。在我看来，困难不在于某个项目的推进本身，而在于，他们活动空间的边界模糊。这边界关涉政府职能，也关涉公众的认同。而这是中国最模糊不清的地带。

离开苗圃，来到新兴乡的一个村庄。我们继续康定木兰的故事。"故事"，是的，这伙人比我这个靠写故事为生的人还喜欢说这个词。他们说，"要讲好我们的故事"。故事把我们带到一株四百多岁的叫"康定木兰王"的大树跟前。

据说这里原先有两株康定木兰，尽管木兰不是雌雄异株，但在这个将老木兰树认作神树的村庄里，村人说，原先的两株老木兰一公一母，多年前修公路，挡在路线图上的一株被伐掉了，剩了眼下这一株，在秋日阴沉的天空下，像所有空旷处的大树一样如伞如盖。以后，来到这里，不仅可以认出一棵树，还可以据此认出一个寻常的村庄。这株树真的是有些故事了。他们所说的故事，按我的揣摩，就是一件事的可以讲说之处。

这株树长到这么老,而且,在我们这个曾经相当地与树为敌的时代里,真有可说之处。

故事之一,当年另外一株老木兰被伐倒消失的地方,"山水"动员来歌星刘若英,和专心看护木兰王的村民陶婆婆一起,栽下了一棵新的木兰——就在陶婆婆家的菜园里。这棵木兰纤细瘦长,却已经栽下好些年了。它长到三四米高,树径应该还没有十个厘米。陶婆婆说,这树要十年左右才能开花。难怪它会变得珍稀,难怪它难以自然恢复。

故事之二,这棵这么老的树,每年农历三月,都会生气蓬勃地放出红花万朵,早被村里人视为神树,享受香火,且真的有求必应云云。传说,"文革"前,树下还有一座庙。到了毁庙的年代,村人把菩萨像嵌藏在巨大的树身中间。不几年,树身竟把这菩萨像包裹起来,如今村民们拜树也就拜了菩萨,自然就免了重新建庙的辛苦。

这几日,树病了。我们去之前,当地林业部门的技术人员刚给树看过病,据说无大碍。木兰王生病,会诊、开方也作为一个故事上了成都的报纸。

在这儿,还听到一句让人感动的话,是和陶婆婆新栽了康定木兰的歌星刘若英说的。再上路的时候,"山水"的项目负责人李先生一边开车,一边给我讲这个故事。他说,本是他给她讲生态与环保的重要性。这些都是大道理。讲的人自嘲,自己讲的时候也觉得有些大而无当。但这位歌星如此总结:"如果说这世界是一点点在变坏,那我们做的这些事情,就是让世界一点点变好!"我想这是一种会心而熨帖的说法。

离开木兰王,我们在渐渐浓重的暮色与浓雾中翻越雅加埂。这条线路,是我走过的,看着车窗外熟悉的景色,我认出了自己曾经拍过杜鹃、拍过瑞香、拍过点地梅和金脉鸢尾的那些地方。

康定。他们和当地林业部门交流。

我离开这个团队,和当地文学朋友聚会到深夜。

第二天,又跟大家一道出发。

翻越折多山时,风裹挟着细细的雪霰。这是我们这天翻越的第一座雪山。然后,我们下到了深谷。那些深谷中,青稞地里的庄稼已经收割了。阳光出来时,有成群的红嘴鸦和野鸽在留着金黄麦茬的地里起起落落。就这样,我们穿过一个又一个房屋间耸立着巨大核桃树的村庄。山坡上,成林的白桦树一片金黄,而那些树形优美的杨树纷披着黄叶站立在公路与河岸之间。那是一个个讲藏语木雅方言的村庄。贡嘎山就被这些操木雅方言的村庄所环绕,因此这座雪山的全名叫作木雅贡嘎。我们从贡嘎雪山的东面进入,现在我们来到它的西面,翻过折多山后,被河流引领的道路又转而向南。这条线路的一半我曾经走过。继续往南的一段,我也是第一次来到。在一户熟悉的农家午饭。不是我熟悉,而是"山水"的朋友们熟悉这户人家。饭后,他们交谈,我拿着相机拍村边清澈的小河,拍路边盛开的黄花亚菊,拍村子对面漫坡的白桦林。那片白桦林间,还站立着许多枯死的云杉与冷杉。我猜,多年前,这片森林曾经猛烈燃烧。问村里人,说那场大火是二十多年前的了。但现在,茂密的白桦从河边一直蔓延到山梁上,一派金黄,仿佛一曲交响乐中最绚烂的华彩。这片白桦林也说明,大自然其实具有非常强的自我修复能力,真正可怕的是人类一而再再而三的干扰与破坏。如果人类关注方法不对,大自然宁肯我们将其遗忘。

一个英国人在他的书中写过这样一段话,他说,人类对自然的错误在于,我们"确信植物界每一部分的设计都是为了服务于人类的利益"。这个人还说:"对自然界的一切观察都需要利用智力分类,借助于它,我们这些观察者对周围众多的现象进行归类、排序,否则就难以理解。"但就是这种归类与排序,曾经强化了人类的优越感,科学至上主义有些时候也鼓励了一种超级实用主义。我想,"山水"所做的工作,他们的"生态公平",就是科学对自身的警惕与反思。生态公平我想首先就是众生的平等。这个众生,不该单指不同的人,不同的族群,而是地球上的所有生命。我也曾和一些僧人讨论过,佛家所说"一切有情"是否包括植物,大多数说,包括动物,不包括植物。也有这样的表达,"应该包括,但好像没有"。今天，人类或者说一部分人类已经开始觉悟，"一切有情"是指地球上所有的生命形式。其实，即便是佛经里也说得很清楚，"众生平等"就是一切生命体的平等。为什么呢？《妙法莲华经》有云，因为它们都是"一云所雨""一雨所孕"。

午饭后，我们开始攀爬第二座雪山：子梅垭。

谷地里阳光灿烂，高山草甸一派金黄，其间片片蔓延的灌丛叶子都变红了。那是以多刺的小檗和鲜卑花为主体的植物群落。海拔上升，浓雾与冷空气开始从雪峰顶上一泻而下。公路进入小叶杜鹃密布的地带时，四周就只有积雪与浓重的雾气了。我们打算翻越的山口海拔高度四千五百米。计划中，我们将从那里下降到山的那一边。山那边的峡谷里有一个叫子梅的村子，十户人家，六十多口人，占地却有一千多平方公里。这些年，每年都有数以千计的背包客去到那里，去经历，去穿越。自然，也扰动了那里亘古的宁静。如果植物面对人类还雍容地保持着平静，野生动物却是更容易被扰动的。"山水"在那里设有一个观察点，同行的一个小伙子，就在那个村子里待了一年时间，观察被扰动的动物与那个村庄，帮助村民学会如何接纳那些造访者，如何收拾他们带进来后并不打算带走的东西——垃圾。用"山水"的专业表述，叫作"创新社区保护的可持续保护管理模式"。知道我们一行将去造访，子梅村的村长翻过雪山，到这边的乡政府来等待。当我们到达海拔四千五百米的子梅垭口时，雪停了。雾气渐渐散开。这时，隔着一条宽阔的峡谷，贡嘎山又冲出雾气矗立在我们面前。这是我第一次，从这个方向打量这座伟大的雪山——木雅贡嘎。相机镜头中，冠雪的山顶，那些金属质地的悬崖如在眼前。很快，雾气再次席卷而来，雪山和周围的一切再次隐入云雾。

在这样恶劣的气候条件下，不是所有车都能下到山下，又重新返回山上。最后，只有一个小组去到山下，去检查他们这个项目点的运行情况。我们大多数人回头下山。穿过刚刚经过的峡谷，我们又来到了下午的阳光下，然后从另一座雪山脚下开始新的攀爬。

这是一天里开始攀爬的第三座雪山，鸡丑山。不喜欢这个名字。问同行的当地人，曾在"山水"工作过的尼玛，这名字是什么意思。回答是不知道什么意思。我是说，藏语里的意思。因为只从字面看，汉语里的名字已经自然显现。是的，我喜欢这座山，但不喜欢这不美好的名字。这座山真是漂亮。杉树林沉郁，桦树林明亮。然后，在夕阳的光瀑中，森林消失，草甸和灌丛出现。然后，阳光消失，雾气再次四合而来。风嘶吼，雪飞舞。我们上升，到达某一个高点，然后，疾速下降。奔向另一道峡谷，另一个故事。

另一个故事的主角也是一种珍稀植物。

植物的名字叫五小叶槭。

这个故事中有一个植物猎人熟悉的名字，约瑟夫·洛克。如今他的故事广泛传播。就是这个人，20世纪初，在横断山中发现了这个树种，采集了标本，再后来，一个德国科学家命名了它。那时，这种植物似乎就已经非常稀少。以后，干脆就没有植物学家再发现过它的身影。于是，将近一百年后，一个中国植物学家开始寻找。最后，在这个峡谷的低处，海拔两千多米的狭窄山谷中间与这种植物相遇了。在大山里，这个海拔高度上，两边的山坡会突然陡峭，原来开敞的峡谷突然变得很逼仄，连带着，道路也会跟着变窄，而且，时常被塌方阻断。植物学家在山里转悠很久了，但那种植物一直没有现身。当他到达此地时，五小叶槭们就在湍急河流对岸的山坡上。那是一面相当陡峭的山坡。这样的山坡上，肥沃的表土总是流失殆尽，露出风化的岩石。山坡下面，是几块斜挂在坡上的庄稼地。这样美丽珍稀的植物似乎不会出现在这样的地方。可是，当植物学家被阻在路上，这时一位农妇经过，植物学家从这位农妇的背篓里发现一段青枝绿叶，他眼前一亮，因为它那一簇狭长的五枚叶片。于是，植物学家发现了它——五小叶槭。路上，我一直在想象细节。因为农妇不会只在背篓里装一段树枝，她一定是用它遮盖什么，是刚采摘的樱桃，还是新鲜蔬菜？那段树枝摘下来，只是给她辛勤得来的收获物提供荫凉，保持新鲜。但这样的细节已经不重要了。故事不会重现所有细节。故事的主题是关于发现。植物学家就此发现了这种珍稀植物。然后，一个水电站在此开工。电站的出水口被设计在这片有着上百棵五小叶槭的山坡上方。植物学家奔走呼吁，并得到当地政府支持，也得到施工方的理解。水电站的设计得以修改，出水口挪动了一两百米，工程造价因此增加了上百万元。然后，那些稀有的树才没有被工程产生的砾石与土方淹没。五小叶槭得以继续在那片陡峭贫瘠的山坡上生长。

我们在越来越浓重的暮色中上山，可以看到五小叶槭朦胧的轮廓。打开相机的闪光灯，也只能拍下树的一些细部：它扭结虬曲的树干，一枝叶柄上伸张的五片狭长叶片，它轻盈的翅果。

天黑透了，加上是阴天，没有天上星光辉耀，树就在面前，却是什么也看不见了。

一行人摸索着下山。村民把我们带到一户人家的菜园。这其实就是从陡峭山坡上硬辟出的一条几米长一两米宽的小台地。仅此一点，也说明人在这狭窄山谷里生存的艰难。但是，这块小小的菜地让给了树。这块菜地的主人自己收集种子，播撒在自己狭窄的菜地中，看着它们出苗，抽茎，伸枝，展叶。从就在近处的电站厂房弥散过来的灯光中，可以看到那些树苗已经长到一米多高了。它们是那么密集地挤在一起，仿佛密集的箭竹。我们这一行人出现在偏僻的山村，引来了许多村民，挤在这户在菜园里成功繁育了五小叶槭树苗的人家并不宽敞的院坝里。他们在感叹,这种树命好,将来肯定像大熊猫一样。主人是个三十多岁的憨直汉子。我想,他就是"山水"着力培养与支持的"乡村绿色领袖"。我问他为什么栽这些树苗。他说,听说这是很珍贵的东西就采些种子,没地方种,就种到自家菜园里了。他的邻居替我推测,将来这些树苗会值多少钱。但这个汉子笑说,当年哪个知道是那么宝贵的东西啊。这树长不大,生不出可以盖房架桥的有用之材。而且,砍来烧火都不行,因为木质坚硬,纹理纠结,斧劈不开。因为无用,所以幸存。村民们说,就是叶子红了的时候,十分好看。他们替我们遗憾,早来了十几天,不然就能看到它最漂亮的样子了。

将近十点,我们在九龙县城的小饭馆里吃晚饭。

晚餐也是热烈的讨论会:能为这样的珍稀树种做些什么?怎么做?

简单归纳一下。原生态派。就是这些树依然生于荒野,人工育苗已经成功,剩下来的是,让它们回归荒野。也有另一派,可以叫作开发中保护派。就是发掘这种树的价值,因为这种价值而使其广布四方。有什么价值呢?这个大家不约而同,观赏价值。首先这种树形态优美,叶形漂亮,秋天变红后更加美丽。但这种培育需要相当的精力与时间。反对的声音同时出现。如果这种树的观赏价值被广泛传播,那不等可以推广的园艺种培育出来，原生地这一百多株说不定就被盗挖殆尽了。这样的事有过先例。一个珍稀物种被发现，然后被标出高价，接下来就是疯狂的盗采。今天的中国人，追求城市的繁华，却要以荒芜乡野作为代价。原来站在村前的大树被移栽到城市的街头。一块长相奇伟的巨石，本来在荒野里披着一身地衣与苔藓。某一天，人们动用许多机械，耗用许多汽油，挖掘，起吊，搬运，送到城里某个公司或机构的门前，剥掉地衣，抛光，刻字，完全出于身后高楼中某个人拜物的疯狂。我自己就亲见过，当城里疯狂爱上兰草的时候，岷江峡谷中野生的兰花就被采挖殆尽。植物因为珍稀被发现，但保护措施却难以及时跟进。这种珍稀植物发现后造成原生地原生种消亡殆尽的名单还可以继续拉长。

这两派人谁说服了谁？至少在当时，没有谁的意见成为压倒性的意见。

我倒是想起那位农民的话，这种树是因为其无用而幸存的。在山坡上，我看到那树枝上结满了种子。那些细小的种子包裹在翅形的荚果中间。那翅果真是漂亮。荚膜半透明，脱离枝头时可以乘风滑翔。是的，种子结成这样，可不只是为了漂亮，而是为了乘上气流，飞到尽量远的地方，去生根发芽，扩展种群。但是，偏偏是这种能结出众多种子，而且是把种子随风播撒的植物的种群却日渐凋零。这是一个秘密。或者，保护性研究应该从此开始，而不是把种子弄到苗圃里一栽了之这么简单。但，这又不是"山水"这样的组织能做的事情了。其实，早在20世纪初，洛克们就把五小叶槭引种到美国，后来又引种到欧洲，成为著名的观赏树种。有资料说，第一代引种的母树中的最后一棵，已经于20世纪90年代在美国死去，剩下的就是二代三代以后的园艺种了。

因为急事，我得离开，不能继续与他们同行。起个大早，驱车赶到康定机场。一路上，林梢和山坡上铺着薄雪。到康定机场，雪大起来，我待在候机厅里，打开书，昨夜从山上采的一枚翅果现出身来。吕植发短信来，他们一行正在翻越另一座雪山，去雅江，考察他们正在进行的另一个项目。那是另一个生态问题，被保护的野生动物和当地农民的冲突。我没有问她昨天的讨论是否有了结果。

我想，很多事情，一时不会有结果。因为这不是"山水"这样的民间环保组织的问题，而是整个中国的社会机制的问题，是公众的启蒙与觉悟问题。在这个高歌猛进的时代，这样的问题往往被遮蔽。

而"山水"们的工作，在我看来，真正的意义首先是使这样的问题得以呈现，被一些人所关注，并把一些关注这样问题的人们连接起来，然后，才是他们在一个个项目、一个个案例中积累的宝贵经验，成为这个社会普遍的认知与实践。

玉树记

一

从西宁飞往玉树。起得早，刚在座位上打了个盹，飞机着陆时猛一颠簸，我醒来，就听广播里说，玉树到了。

一出机舱门，就是晃得让人睁不开眼的阳光。几朵洁白得无以复加的云停在天边，形状奇异。云后的天空比最渊阔的海还幽深蔚蓝，几列浑圆青碧的山脉逶迤着走向辽远，这就是高旷辽远的青藏。走遍青藏世界，都是我最感亲切与熟稔的乡野。辽阔青藏，一年之中，即便一百次的往返我都永远会感到新鲜。无论踏上高原的哪一处，无论曾多少次涉足，还是从未到过，心中都会涌起一股暖流。如果放任自己，可能会有泪水湿润眼眶。我并不比任何人更多情，只缘这片大地于我就有这种神奇的力量。

一只鹰在天际线上盘旋。

也许并没有这只鹰，但我就是会看见。我抬头，那只鹰真的悬浮在天边，随着气流上升或者下降，双翅阔大，姿态舒缓。

大多数时候，我在内地别一族群的人们中生活与写作。在他们中间，我是一个深肤色的人。从这种肤色，人们轻易地就能把我的出生地、我的族别指认出来。

现在，在机场出口，更多比我肤色还深的当地同胞手捧哈达迎了上来。我这个人，总是受不住过于直接而强烈的情感冲击，于是迅速闪身躲到一边。最终还是被推到迎客的酒碗面前，姑娘高亢的敬酒歌陡直而起。面前的三只小银碗中，青稞酒晶莹剔透，微微动荡，酒液下的银子，折射光线：如那歌声与情意，纯净、明亮。我深吸一口气，让自己平静，同时感到，身体内部，某处，电闸合上了，情感的电流缠绕，翻卷，急速流淌，我端起酒碗的手止不住轻轻颤抖。

就这样，我来到了玉树。

我来到了这个在藏语的意义里叫"遗址"的地方。

玉树，和玉树州府所在地结古镇，因为一场惨烈的地震让世界听闻了她的名字。我也是第一次到达。我在一篇叫作《远望玉树》的小文里写过："记得某个夜晚，有好大的月亮，可能在几十公里开外吧。我们乘夜赶路，从一个山口，在青藏，这通常就意味着公路所到的最高处，遥遥看见远处的谷地中，一个巨大的发光体，穹隆形的光往天空弥散，依我的经验，知道那是一座城，有很多的灯光。我被告知，那就是玉树州府结古镇了，但我终究没有到达那个地方。在青藏高原上，一座城镇，就意味着一张软和干净的床，热水澡，可口的热饭菜，但对于一个写作者，好多时候，这样的城镇恰恰是要时常规避的。因为这样的地方常常会有与正在进行的工作无关的应酬，要进入另外的与正在进行的工作相抵牾的话语系统。对我来讲，这样的旅行，是深入到民间，领受民间的教益，接受口传文学丰富的滋养。但那时就想，终有一天，结束了手里的工作，我会到达她，进入她。"

是的，我不止一次从远处望见过这个镇子的灯光。

从附近的称多，从囊谦。

现在，在这个阳光强烈的早晨，我终于到达了。从机场到结古镇的路上，一个深肤色高鼻梁的康巴汉子坐在了我身边，我的手被有力地握住：老师有什么事情就告诉我们，要见什么朋友也请告诉我们。

这是个我不认识的人，但分明又十分熟悉。我们这个民族中的绝大多数人，仅凭身上那一点点相同的气息，就能彼此相认相亲。我说谢谢，但我不是老师。我开玩笑说，托时代进步之福，靠卖文为生，我还能养活自己，我不用兼职做家教，所以，请不要叫我老师。其实，我想说的是，当我面对自己坚韧的族群、自己的同胞，我从来都只感到自己是一个学生，雄浑广阔的青藏高原，就是给我一千年时间来学习，也并不能将其精神内核洞穿。

我只说了一个名字，一个民间说唱艺人的名字。那是一个给过我帮助与教益的人，我说，我要去看望他。

二

路上，车里，主人在介绍一些玉树的基本信息，提到结古镇在藏语中的意思是"货物集散地"。在一千多年的时光中，这个古镇处于从甘青入藏的繁忙驿道上。这条古道有一个如今成为流行词的名字：茶马古道。也有一个渐渐被忘记的名字：麝香之路。这也是一条文化流淌与交汇之路。所以，这个古镇，曾经集散的岂止是物质形态上的商品！经过这个镇子进入的，还有多少求法之人；经过这个镇子走出的，还有多少渴望扩张自己视野与世界的人！

前面有着稀疏白杨树夹峙着河岸的山谷中，一团尘雾升起来，我知道，结古镇就要到了。真的，那些尘雾就是从正在重建的结古镇，从整个变成了一个大工地的结古镇升起来的。

我们就进入了那团尘烟。高原的空气那么透明，身在尘烟之中而尘烟竟消失不见。工地总是这样，浮土深印车辙，各种机械轰鸣着来来往往。节节升高中的，已显示出大致轮廓的半成的建筑上人影错动，旗帜飘扬。未来的学校，未来的医院，未来的行政区，未来的商厦，未来的住宅，我们穿行其间。没有地震废墟，只有渐渐成形的建筑在生长。这里是青海，我想起了成就于青海也终了于青海的诗人昌耀的诗句：

> 钢管。看到一个男子攀缘而上
> 将一根钢管衔接在榫头。看见一个女子
> 沿着钢管攀缘而上，将一根钢管
> 衔接到另一根榫头。
> 他们坚定地将大地的触角一节一节引向高空。
> 高处是晴岚。是白炽的云朵。是飘摇的天。

那是诗人写于20世纪那令人鼓舞的80年代的诗。现在，却似乎正好描摹眼前的情景。就是这样，被强烈地震夷为平地的结古镇正在生长，飘摇的天让人微微晕眩。

那个挖掘机手，轻轻一按手里的操纵杆，巨大的挖斗就深掘地面。那个开混凝土罐车的司机，不耐路上车流的拥堵，按响了声量巨大的喇叭。喇叭声把路口那个疏导拥堵车流的年轻交警的呼喊声淹没了。

这样的情形令我感动。

工地的间隙里是板房中的小店、饭馆。四川汉族人的饭馆，青海藏族人的饭馆，撒拉人的清真饭馆，肉店、蔬菜店、电器店、旅馆。生活还在继续，热气腾腾。不像我去过的别的灾区，浩劫之后有一种哭诉的情调。驰名整个藏族聚居区的嘉那玛尼石经城在地震中倾圮了，但虔城的信众们并不以为那些刻在石头上的六字箴言，那些祈祷文，那些整部整部经卷的功德与法力会因此而稍有减损。人们依然手持金珠绕着石经城转圈、祈祷，为自己，为他人，也为整个世界。

我也因这样的情形而感动。

当然也听到好多生命毁伤，家破人亡的故事。但人们只是平静地述说，就像在述说遥远的故事，就像这些故事不是亲历，而只是听闻，是转述，活脱脱就是流行在青藏高原上那些口传故事的风格。讲这些故事的，有失去了不止一位亲人的人，有失去了自己刚建成不久颇具规模的酒店的人，有震中受重伤，身上的一些关节被替换成合金构件，回到工作岗位就服务于众人的人。还有，一位一定要在震后的玉树办起一份文学杂志的朋友。我没看见有人流下过半滴眼泪。反而，我看到很多的平静与微笑。我喜欢这种平静中的达观。

高原上难得的温暖季节依然如期而至，草地碧绿，百花盛开。我四处走动，看到人们依然按照习惯，在靠近漫溢流水的草地上搭起帐篷，外出野餐。当我在附近的小山上把镜头对准一丛丛点地梅细密的小花时，从河谷中的野餐地，有悠远的歌声传来。歌声从谷地中升上来，达到与我平齐的高度，稍作盘桓，又继续上升，上升，升到了比我后侧的岩石峰顶更高的天上。我趴在馨香的草丛中，用镜头对准细碎的花朵，取景框中，影像始终模糊不清。扶摇而上的歌，调子与词句我都非常熟悉，但那一刻，我却因为心头涌起的热流而泪光闪烁。

一位年轻的活佛，定要请我到他家里做客。他让我坐在比他高的座位上，亲手为我沏茶。然后，打开电脑让我听他新写的歌。他说，他要写出一种歌，采用流行的方式，但不是一般的情爱表达，而是有宗教感的，要有对于生命和宗教本质的感悟与思考。也许，他的歌与他的追求间尚有距离，但我想，催生他想法的这些因缘，同样也将是我从这块土地上领受的深厚教益。能有机会在这样一块土地上，沉潜于自己的族群和文化之中，做一个学生，并不断收获新知识新感受，是上天对我的厚爱。

三

就在那天上午，穿过喧腾的工地，穿过那些劳作的人群，穿过被阳光照得闪闪发光的尘土，一幢三层楼房出现在眼前。汶川地震后，我去过许多被瞬间的灾变损毁的地方，因此熟悉建筑物上那些狰狞的裂纹，知道是怎样的力量使这座建筑在一楼和三楼保持住基本轮廓的情况下，之间的二层几乎消失不见。我们被告知，这将是整个结古镇唯一保留的地震遗迹。我还进一步知道，震前，这座建筑是一家以伟大的史诗主人公格萨尔命名的宾馆。格萨尔史诗是属于全体藏族人的伟大的精神遗产。格萨尔更是康巴人的英雄，他出生在康巴，建功立业也多在康巴大地。在康巴人的心中，英雄受到加倍的崇仰。所以，我推测，这座以格萨尔命名的建筑作为纪念物得以保留，不仅仅是因为这座建筑所留下的地震毁坏力的骇人印迹。

几年前，我曾在这座城镇四周的草原上搜集英雄的故事。就在那时，我就听人们不止一次提起这个镇子上的格萨尔广场。不止一次，有人向我描述那个广场中央塑造得威武的格萨尔塑像。我也在想象中不止一次来到那尊塑像面前。我甚至把这个广场与塑像写进了我的也叫《格萨尔王》的长篇小说。我寻访英雄故事的时候，没有到达结古镇。但我小说中，那个追寻英雄足迹的说唱人晋美到达过这个广场。

在这里，说唱人晋美与要跟他学习民间音乐的年轻歌手分手。

他们又到达另一个号称是曾经的岭国的自治州了。

他们从山坡上下来，贴地的风从背后推动着，使他们长途跋涉后依然脚步轻快。地上的风向北吹，天上的薄云却轻盈地向东飘动。这个城市的广场很宽阔，两个人坐在广场上英雄塑像基座前的喷泉边，看人来车往。年轻人说：老师，我们该分手了。年轻人还要给他一些钱。晋美拒绝了。他的内心像广场一样空旷。身后，喷泉哗一声升起来，又哗一声落回去。他说：调子是为了配合故事的，为什么你只要调子，不要故事？

年轻人弹着琴歌唱，他唱的是爱情。他看见年轻人眼中有了忧郁的色彩。开始他只是试着低声吟唱，后来，琴声激越起来，是他教给他的调子，又不是他教给他的调子。这使他内心比广场更加空旷。

晋美起身了，歌手一旦开始歌唱，就无法停止。歌手用眼光目送着他，那眼光跟歌唱的爱情是一致的，无可奈何，但又深情眷恋。当整个广场和人群都在晋美背后的时候，他流泪了。

在相当大的程度上，我也是一个说唱人。我不自视高贵。这个世界从来就是权力与物质财富至上，在当今时代，这一切更是变本加厉。但我坚持相信，无论是一个国，还是一个族，并不是权力与财富的延续与继承，而是文化——那些真正作为人在生活的人，由他们所创造与传承的文化。我以为自己的肉身中，一定也寄居着说唱人的灵魂。我不自认高贵，但我认为可以因此从权力与财富那里夺回一点骄傲。

现在，我来到了这个广场。我早已从地震刚刚发生时那些关于玉树的密集的电视新闻中，知道了所谓喷泉是出自我的想象。但那座英雄雕塑一如我的想象。这个形象在那些古老唐卡中我曾多次遇见。但在这里，这个形象变得如此立体，坚实的基座上，那黝黑的金属铸成的人与马，与兵器与盔甲如此浑然一体，威武庄严。那么猛烈的地震，没有对这座塑像有丝毫的动摇与损伤。我当然要为此献上一条哈达，和我内心一些沉默的祝祷。我当然很高兴和当地的同胞一起在塑像前合影留念。格萨尔的英姿高高地矗立在我们身后，背后是深远的蓝空和洁白的流云。做过一个梦，在拜读一位喇嘛诗人的诗句，惊奇他突然摆脱了那些陈腐的修辞，把流云比作精神的遗韵与情感的馨香。

四

我来到这里，不只是因为结古镇这个古老城镇正成为一个新生的样板，更因为我一直在因虔敬的固守而踟蹰难前的文化中寻找格萨尔史诗中那种舍我其谁的奋发精神与心忧黎首的情感馨香。

因为这种奋发，松赞干布的大臣去到了大唐。

因此，一个美丽女子走上了从大唐长安到吐蕃都城逻些的漫漫长途。因为这位唐朝公主的经过,结古这个今天还焕发着生机的名字从深沉的史海中得以浮现。一千多年!我们在板房中任手抓羊肉慢慢冷却,任杯中啤酒泡沫渐渐消散,嘴里感叹着:一千多年!即便这一千多年来,我们可能不断转生,但失忆的我们,只能记得此生这几十年的我们并不真正知道一千多年是怎样的悄然流逝同时又贯通古今。聚集的财富消失了,权力的宝座倾圮了,流传至今的,只是深潜的情感与悠久的文化。

又一天的太阳照亮了大地。

负责接待我们的主人把我们带到了浩浩荡荡的通天河边。他们好意,不让我只去看一个又一个重建项目。他们相信,物质的重建会很快完成,但文化方面的重建会更加漫长与艰难。所以,他们还邀我们看看风景与文化遗存。我们来到通天河边的肋巴沟口。大河水深沉地鼓涌着向东南而去。河岸上,那些草地与绿树被太阳照得闪闪发光。主人带我看一面摩崖石刻。一面向河的石壁上,浅浅的线条勾勒出一尊说法的佛。佛头上有一轮月晕般的浑圆光圈。佛像的风格与镌刻方式透露出久远年代的气息。更加显出年代特征的是,说法的佛侧下方那个戴着吐蕃时代高筒帽的男子,和与阎立本画中一样留着唐代女人发髻的面孔浑如满月的女子,她的手中,还持着一枝开放的莲花。

文成公主从唐蕃古道入藏时，曾在玉树的结古一带做较长的休整。传说这壁说法图就是她留下的。那么，那个顶着唐式发髻者，是她为自己所做的造像吗？佛法从印度兴起，绕过青藏高原，东渐汉地，所谓"佛法西来"。这时，佛法又从东土向西而去，并在西去途中，在此留下了清晰的印迹。

瞻礼之时，当地的朋友争相为我解说，使我深感温暖。

然后，我们溯汇入通天河的飞珠溅玉的肋巴沟溪流而上。沿途，满溢着碧绿草木的馨香。一千多年前，文成公主踏上了这条道路。而这条道路显然比一千多年更古老。一千多年后，这条路还像新开掘出来一样，前些天的雨水在泥路上留下清晰的冲刷的痕迹，裸露的石头干干净净。路边开满了野花：鲜卑花、唐松草、锡金报春……一个偏僻辽远的所在，那些草木的命名中，也强烈暗示着遥远地理间的相互关联。然后，又是一处摩崖造像。那是另一位入藏和亲的唐朝公主留下的遗迹。瞻礼如仪后，我们继续往前。

地势渐渐升高，溪谷也越来越开阔。随着海拔升高，植被也迅速变化。一丛丛的硬枝灌木出现在高山草甸上：开粉色花的高山小叶杜鹃，开黄色花的金露梅。这些开花的灌丛，从眼前一直铺展到天际线上。更宽广的草甸上，是紫色的紫苑的天下，是白色圆穗蓼的天下。我热爱青藏高原上的旅行：自然中包藏着文化，文化在自然中不经意地呈现。我问陪同的主人，有没有带上些干粮。回答是没有。我遗憾不能来一顿草地野餐。盘腿坐在草地上日光下，背后是雄浑的走向辽远的山脉，面前是叮咚有声的溪流。就这样，不过一个小时，我们就来到了海拔四千多米的山口。背后的峡谷向东南而去，而面前另一道峡谷向着西北方敞开。

顺着蜿蜒的公路下到峡口，是香火旺盛的文成公主庙。

我这个人，不太喜欢进种种庙宇。作为一个身上天生就有宗教感的人，却总డ处于我们与宗教的终极关怀间，我们与神祇的昭示间的神职人员保持着某种警惕，也并不以为那些庙堂中享受香火的偶像真能代表那些缥缈深沉的神。但在此地，风振响着满山的经幡，还有好些人在庙后的小山顶上撒风马。我脱鞋揭帽，进到庙里，但没有匍匐在崖龛中的佛像跟前，只在心中瞻礼如仪。然后，伸出双手，两个年轻喇嘛把取自龛后的清洌泉水倾倒在我掌上。我小饮一口，一线清凉直贯胸脑。我以为，自己的身，越过了语，直会了意。

然后，我们去到巴塘乡的重建工地。

五

怀着感动与敬意，从巴塘乡重建工地出来，已是六点多钟，夕阳西下。高原的大地在这样的光线下更显得邈远深广。

那些耸峙在宽广草原尽头的岩石峰峦都在闪闪发光。

忍受着强烈高原反应一起采访的朋友该回去休息了。我对主人提出了新的要求：去看看草原上的鲜花。

三四年了吧，我一直在追寻高原花草的芳踪，高原植物学成为我一门业余功课。是四年前某一天，川藏线上，站在一座雪山垭口，对着身边那些摇摆在风中的种种花朵，我突然发现自己对这些严酷自然环境中的美丽生灵一无所知，和绝大多数人一样，我甚至叫不上它们的名字。我突然因此感到惭愧。说自己如何热爱这块土地，却对这块土地上的许多事物一无所知。这个时代，爱成了一个任何人都可以轻易脱口而出的词语，同时，却对倾吐热爱的对象茫然无知。

爱一个国，不了解其地理。

爱一个族，不了解其历史。

爱一块土地，却不了解大地集中所有精华奉献出的生命之花。

因此，一个伟大庄重的词终于泛溢成一个不包含任何承诺，也不用兑现的情感空洞。

我意识到了这种热爱因为缺乏对于对象的认知而变成了一种情感空洞。我决定不再容忍自己身上的这种荒唐的情感。

从此，当我在青藏高原这片我视为自己的精神高地上漫游时，吸引我的不再只是其历史，其文化，以及由历史与文化所塑造的今天的族群的情感与精神秘密。我也要关注这土地上生长的每一种植物。从此，不只是一个一个的人，而是每一种生命都成为我领受这片土地深刻教益的学习对象。

所以，我现在要去拜会那些在这个短暂的美好季节里竞相盛放的花朵。我很高兴，新结识的当地朋友乐意陪伴我。我们调转车头，向草原深处驶去。我很高兴能把这一种种自己认识的草木指示给这些比我年轻的朋友。

在这个高度上，已经没有了树木生长。于是，总是用藤蔓缠绕与攀爬的铁线莲失去了上到高处的依凭，在公路两边的砾石中四处铺展，同时奋力高擎起铃铛般的黄色花朵。

而一层层叶片堆叠而上，奇迹般长成一座座浅黄色宝塔的名叫苞叶筋骨草。一枚枚精巧的唇形花就悄然开放在层叠而上的苞叶下面。

当我们停下车来，草原上细密的白色小花从面前铺展开去，直到视线尽头山峰浓重的阴影中间。那是白花刺参。带刺的叶片间竖立起一根带棱的长茎，顶端举着数朵一簇的象牙白的唇形花。我趴在草地上，从镜头中注视这些花朵如何反射黄昏将临时那最变幻迷离的光线。我用微距镜头表现它们的细部特征，再换上一只广角镜头，表现这些美丽生灵的广布与纵深。

直到夕阳西下，最后的一片光线紫红的阳光消失时，仿佛听见六弦琴一声响亮的拨弦后余音悠远。

晚上,在没有桌子的板房中,趴在床边在电脑上整理这些照片,竟忘记约了那位为我演唱过《格萨尔王传》的民间艺人来谈话。他也不来打搅我,竟在院子中等到凌晨三点!

在玉树,那么多美好的印象应接不暇。最令人难忘的,还是这些真诚朴质的老朋友与新朋友们带给内心的温暖。正是如此醇厚的温暖让这回短暂的走访显得更加短暂。

怀揣着那么多的感动,真的要离开了。

玉树,在此之前,我曾经拜访过它西北部的平旷荒野,也曾经游历过它偏南方向横断山区最北端的高山与深谷。现在,我又来到了它的心脏结古镇。来的时候,迎接我们的有酒,有歌。送别的时候,也是一样。可以说这是一场送别的盛宴吗?食物其实非常简单:现煮的牛肉和羊肉,油炸馓子,酸奶,青稞酒。但的确是一席盛宴。地点经过精心安排,开满了紫苑与毛茛的草滩上,一座美丽的白布帐篷,四壁挂着当地的摄影爱好者们精美的作品。还有那么美妙的歌声与敬酒。这些是灾民也是重建者的人们用他们的豁达与乐观让我们领受的一种文化的伟大力量。

这是最难分手的时候,我却再次要求几个朋友提前出发。再去看看机场路沿途那些前些天不及细看的花草。

我记得那一丛丛紫色的鼠尾草。

我的家乡距此将近两千公里。那几位当地的朋友也和我一样，曾在童年时，把这些漂亮的管状花从花萼中拔出来，从尾部细细啜吸花朵中蕴藏的花蜜。现在，这些花一丛丛开放得那么茂盛，在强劲的高原风中不停摇晃。我拍下了它们美丽的身姿，在流云如浪花翻浮的高原的蓝空下面。我加大相机的景深，把丛丛蓝色花背后的河谷中通向深远的路，和一段高耸的曾经的陡峭河岸纳入背景。

几分钟后，我就将从这条路上去往机场。

我不想说再见。我对这些新朋友说，我还要再来。一个人来。我说出一个又一个的地名，都是玉树这片雄阔高原上，我从未到过的地方。还有一些，是去过了，但还想再去的地方。

我们正日渐廓清文化的来路，却还不清楚文化去向未来的路径与方向。我相信这个答案，只能从民间新生活中那些自然的萌芽中得到启发。能够找到吗？我不肯定。我唯一知道的是，我们不能因此放弃了寻找。

大地的语言

一

朋友来电话,招呼去河南。从来没有去过河南,从机场出来,上高速,遥遥地看见体量庞大的郑州市出现在眼前。

说城市体量庞大,不只是说出现在视线中那些耸立的高大建筑,而是说一种感觉:那隐没在天际线下的城市更宽大的部分,会弥散一种特别的光芒,让你感觉到它在那里。声音、尘土、灯光,混同,上升,弥散,成为另一种光,笼罩于城市上方。这种光,睁开眼睛能看见,闭上眼睛也能看见。这种光吸引人眺望,靠近,进入,迷失。但我们还是一次次刚刚离开一座城市就进入另一座城市。重复的其实都是同一种体验:在不断兴奋的过程中渐渐感到怅然若失。我们说去过一个省,往往就是说去过省会城市。所以,此行的目的地我也以为就是眼前已经若隐若现的这座城市。汽车拐上了另一条高速路，这时才知道此行的目的地，是下面的周口市，以及再下面的淮阳县。

还在车上，热情的主人已经开始提供信息，我知道了将要去的是一个古迹众多的地方。这些古迹可不是一般的古迹，都关乎中华文明在黄河、在这片平原萌发的起源。这让我有些心情复杂。当"河图""洛书"这种解析世界构成与演化的学问出现在中原大地时，我的祖先尚未在人类文明史上闪现隐约的身影。所以，当我行走在这片文明堆积层层叠叠的大地之上时，一面深感自己精神来源短暂而单一，一面也深感太厚的文明堆积有时不免过于沉重。而且，所见如果不符于想象时，容易发出"礼崩乐坏"的感叹。

我愿意学习，但不论在中国还是外国，都不大愿意去那种古迹众多的地方。那种地方本是适于思想的，但我反而被一种莫名的能量罩住了，脑袋木然，不能思想。这也是我在自由行走不成问题的年代久久未曾涉足古中州大地的原因吧。

拜血中的因子所赐，我还是一个自然之子，更愿意自己旅行的目的地是宽广而充满生机的自然景观：土地、群山、大海、高原、岛屿，一群树、一棵草、一簇花。更愿意像一个初民面对自然最原初的启示，领受自然的美感。

在那些古迹众多之地，自然往往已经破碎，总是害怕面对那种一切精华都已耗竭的衰败之感。更害怕大地的精华耗竭的同时，族群的心智也可怕地耗竭了。所以，此行刚刚开始，我已经没有抱什么特别的希望。

二

行车不到十分钟，就在我靠着车窗将要昏昏然睡去时，超乎我对河南想象的景观出现了。

这景观不是热情的主人打算推销给我们这群人的。他们精心准备的是一个古老悠久的文化菜单，而令我兴奋的仅仅是眼前出现了宽广得似乎漫无边际的田野。

收获了一季小麦的大地上，玉米，无边无际的玉米在大地的宽广中拔节生长。绿油油的叶片在阳光下闪烁，在细雨中吮吸。这些大地在中国肯定是最早被耕种的土地，世界上肯定也少有这种先后被石头工具、青铜工具、铁制工具和今天燃烧着石油的机具都耕作过的土地。人类文明史上，好多闪现过文明耀眼光辉，同时又被人类自身推向一次次浩劫的土地，即便没有变成一片黄沙，也早在过重的负载下苟延残喘。

翻开一部中国史，中原大地兵连祸结，旱涝交替。但我的眼前确实出现了生机勃勃的大地，这片土地还有那么深厚的肥力滋养这么茁壮的庄稼，生长人类的食粮。无边无际的绿色仍然充满生机，庄稼地之间，一排排的树木，标示出了道路、水渠，同时也遮掩了那些素朴的北方村庄。我喜欢这样的景象。这是令人感到安心的景象。

如今是全球化、城市化时代，在我们的国家，数亿农民耕作的田野，吃力地供养着越来越庞大的城市。农业，在经济学家的论述中，是效益最低，在国内生产总值统计中越来越被轻视的一个产业。在那些高端论坛上，在专家们演示的电子图表中，是那根最短的数据柱，是那根爬升最乏力的曲线。问题是，他们当中的任何一个人，又不能直接消费那些爬升最快的曲线。不能早餐吃风险投资，中餐吃对冲基金，晚间配红酒的大餐不能直接是房地产，尽管厨师也可以把窝头变成蛋糕，并把巧克力蛋糕做成高级住宅区的缩微景观，一叉，一座别墅，一刀，半个水景庭院。那些能将经济高度虚拟化的赚取海量金钱的聪明人，能把人本不需要的东西制造为巨大需求的人，身体最基本的需求依然来自土地，是小麦、玉米、土豆，他们几十年生命循环的基础和一个农民一样，依然是那些来自大地的最基本的元素。他们并没有进化得可以直接进食指数、期货、汇率。但他们好像一心要让人们忘记大地。这个世界一直有一种强大的声音在告诉人们，重要的不是大地，不是大地哺育人类那些根本的东西。

一个叫利奥波德的美国人在半个多世纪前就质疑过这种现象，认为造成这种现象的原因是几千年的人类历史只发展出处理人与人之间关系的伦理观念，一种人与财富关系的伦理观念，并认为这种观念大致构成两种社会模式，一种用"金科玉律使个人与社会取得一致"，一种则"试图使社会组织与个人协调起来"。"但是，迄今为止没有一种处理人与土地，以及人与在土地上生长的动物和植物之间关系的伦理观。"

伦理观是关乎全人类的，不幸的是，我们并不生活在一个一切社会规则以全体人类利益为考量的世界上。现在的价值体系中，世界上所有的一切都只是资源。人是资源，土地也是资源。当土地成为资源，那么，在其上种植庄稼，显然不如在其上加盖工厂和商贸中心。这个体系运行的前提就是，弱小的族群、古老的生活方式需要为之付出巨大的牺牲。

农业需要做出牺牲，土地产出的一切，农民胼手胝足的劳动所生产出的一切，都是廉价的，因为有人说这没有"技术含量"。几千年才培育成今天这个样子的农作物没有技术含量，积累了几千年的耕作技术没有技术含量，因为古人没有为了一个公司的利益去注册专利。玉米、土豆在几百年前从美洲的印第安人那里传入了欧洲与亚洲，但墨西哥的农民还挣扎在贫困线上，他们离乡背井，在大城市的边缘地带建立起全世界最大的贫民窟，只为了从不得温饱的土地上挣脱出来，到城市里去从事最低贱的工作。我曾经在墨西哥那些被干旱折磨的原野上，在一株仙人掌巨大的阴凉下黯然神伤。我想起了《拉丁美洲：被切开的血管》，一本描述拉丁美洲如何被作为一种资源被跨国资本无情掠夺的书。如果书名可以视为一种现实的描述，那么，我眼前这片原野的确已经流尽了鲜血。眼前的地形地貌，让我想起胡安·鲁尔福描写乡村破败的小说《教母坡》中的描述："我每年都在我那块地上种玉米，收点玉米棒子，还种点儿菜豆。"但是，风正在刮走那些地里的泥土，雨水也正冲刷那些土地里最后一点肥力。

三

今天，在远离它们故乡很远很远的地方，我看见一望无际的玉米亭亭玉立，茎并着茎，根须在地下交错，叶与叶互相摩挲着絮絮私语，它们还化作一道道的绿浪，把风和自己的芬芳推到更远的地方。在一条飞速延展的高速公路两边，我的视野里始终都是这让人心安的景象。

转上另外一条高速路，醒目的路牌标示着一些城市的名字。这些道路经过乡野，但目的是连接那些巨大的城市，或者干脆就是城市插到乡村身上的吸管。资本与技术的循环系统其实片刻不能缺少从古至今那些最基本的物质的支撑。但在这样的原野上，至少在我的感觉中，那些城市显得遥远了。视野掠到身后，扑面而来的，依然是农耕的连绵田野。

我呵气成雾，在车窗上描画一个个汉字。

这些象形的汉字在几千年前，就从这块土地上像庄稼一样生长出来。在我脑海中，它们不是今天在电脑字库里的模样，而是它们刚刚诞生出来时的模样，刚刚被刻在甲骨之上的模样，刚刚被镌刻到青铜上的模样。

这是一个个生动而又亲切的形象。

土。最初的样子就是一棵苗破土而出，或者一棵树站立在地平线上。

田。不仅仅是生长植物的土壤，还有纵横的阡陌、灌渠、道路。

禾。一棵直立的植株上端以可爱的姿态斜倚着一个结了实的穗子。

车窗模糊了，我继续在心里描摹从这片大地上生长出来的那些字：麦、黍、瓜、麻、菽。

我看见了那些使这些字具有了生动形象的人。从井中汲水的人，操耒犁地的人，以臼舂谷的人。

"爰采麦矣？沫之北矣。"

眼下的大地，麦收季节已经过去了，几百年前来到中国大地上的玉米正在茁壮生长。那些健壮的植株上，顶端的雄蕊披拂着红缨，已然开放，轻风吹来，就摇落了花粉，纷纷扬扬地落入下方那些腋生的雌性花上。那些子房颤动着受孕，暗含着安安静静的喜悦，一天天膨胀，一天天饱满。待秋风起时，就会从田野走进农家小小的仓房。

就因为在让人心生安好的景色中描摹过这些形状美丽的字眼，我得感谢让我得以参加此次旅行的朋友。

就在这样的心情中，我们到达了周口市淮阳县。我是说到达了淮阳县城，因为此前已经穿过了大片属于淮阳的田野。

让人心安的田野，庄稼茁壮生长的田野，古老的、经历了七灾八难仍然在默默奉献的田野，还未被加工区、开发区、新城镇分割得七零八落的田野。

四

没想到此地有这么大个还活着的湖。

我说活着的意思，不只是说湖盆里有水，而是说水还没有被污染，还在流动循环。晚上，住在湖边的宾馆里，浏览东道主精心准备的文化旅游菜单，可以闻到从窗外飘来水和水生植物滋润清新的气息。

有了这份菜单上的一切，淮阳人可以非常自豪，对我而言，不要菜单上这一切的一切，我也可以说我爱淮阳，爱窗外广大的龙湖，爱曾经穿越的广阔田野，爱那些茁壮生长的玉米。想着这些的时候，电视里在播放新闻，是世界性粮食危机的消息。其实，不要这样的消息佐证，我也深爱仍有人在勤勉种植，仍然有肥力滋养出茂盛庄稼的田野。但这样的消息能让人对这样的土地加倍地珍爱。

席上，主人向我们介绍淮阳、太昊、伏羲、神农、八卦、陈、宛丘。虽然在肉体上不是华夏血脉，但在精神上却受此文明深厚的滋养，但我更愿意这种滋养是来自典籍浩然的熏染，而不是在一个具体的地点去凭吊或膜拜。饭后漫步县城，规模、气氛都是那种认为农耕已经落后、急切地要追上全球化步伐的模样——被远处的大城市传来的种种信息所强制、所驱迫的模样。这是一个以农耕供养着这个国家，却又被忽视的那些地方的一个缩影。

晚上，在宾馆房间里上网搜寻更多本地资讯。单独的词条都是主人热心推荐过的。就是在本地政府网站上，关于土地与农业的介绍也很简略，篇幅不长，可以抄在下面：

> 淮阳县地处黄河冲积扇南缘，属华北平原的一部分……地势由西北向东南倾斜。西北海拔50米，东南海拔40米……全县总土地面积220.18万亩，其中耕地面积177.32万亩，占总土地面积的80.53%。土壤主要有两合土、沙土、淤土三大类。土质大都养分丰富，肥力较高，疏松易耕，适于多种农作物和林木生长。县境内地势基本平坦，但由于受黄河南泛

多次沉积的影响，地面呈"大平小不平"状态，造成了许多面积大小不等深度不一的洼坡地，其面积约48万亩，占总耕地面积的27%。这些洼坡地昔日是大雨大灾，小雨小灾，"雨后一片明，到处是蛙声"，十年九不收。新中国成立后，党和政府带领全县人民对洼坡地连年进行治理，现已是沟渠纵横交错，排水系统健全，历史上的涝灾得到了根治，昔日十年九不收的洼坡地已变成"粮山""棉海"。

正是这样的存在让人感到安全。道理很简单，中国的土地不可能满布工厂。中国人自己不再农耕的时候，这个世界不会施舍给十几亿人足够的粮食。中国还有这样的农业大县，我们应该感到心安。国家有理由让这样的地方，这些地方的人民，这些地方的政府官员，为仍然维持和发展了土地的生产力而感到骄傲，为此而自豪，而不因另外一些指标的相对滞后而气短。让这些土地沐浴到更多的政策的阳光，而不是让胼手胝足生产的农民都急于进入城市，不是急于让这些土地被拍卖、被置换、被开发、被污染，并在其耗尽了所有能量时被遗弃。

我相信利奥波德所说的："人们在不拥有一个农场的情况下，会有两种精神上的危险。一个是以为早饭来自杂货铺，另一个是认为热量来自火炉。"其实就是引用这句话也足以让人气短。我们人口太多，没有什么人拥有宽广的农场，我们也没有那么多森林供应木柴,燃起熊熊的火炉。更令人惭愧的是,这声音是一个美国人在半个多世纪前发出来的,而如今我们这个资源贫乏的国家,那么多精英却只热衷传递那个国度华尔街上的声音。

我曾经由一个翻译陪同穿越美国宽广的农耕地带,为的就是看一看那里的农村。从华盛顿特区南下弗吉尼亚,常常看见骑着高头大马的乡下人,伫立在高速公路的护坡顶端,浩荡急促的车流在他们视线里奔忙。他们不会急于想去城里找一份最低贱的工作,他们身后的领地那么深广:森林、牧场、麦田,相互间隔,交相辉映。也许他们会想,这些人匆匆忙忙是要奔向一个什么样的目标呢?他们的安闲是意识到自己拥有这个星球上最宝贵的东西时那种自信的安闲。就在不远处,某一座小丘前就是他们独立的高大房子,旁边是马厩与谷仓。在中西部的密西西比河两岸,那些农场一半的土地在生长小麦与大豆,一半在休息,到长满青草的时候,拖拉机开来翻耕,把这些青草埋入地下,变成有机肥让这片土地保持长久的活力。

就是在那样的地方,突然起意要写一部破碎乡村的编年史《空山》。我就在印第安纳大学旅馆里写下最初那些想法。看到大片休耕的田野,我写道:"这是在中国很难看到的情形,中国的大地因为那过重的负载从来不得休息。"

在那里，我把这样的话写给小说里那个故乡村庄："我们租了一辆车，从67号公路再到37号。一路掠过很多绿树环绕的农场。一些土地正在播种，而一些土地轮到休息。休息的土地开出了这年最早的野花。"

从那里，我获得了反观中国乡村的一个视点。

我并不拒绝新的生活提供新的可能。

但我们不得不承认，城市制造出来的产品，或者关于明天，关于如何使当下生活更为成功更为富足的那些新的语汇，总是使我们失去内心的安宁。城市制造出来了一种蔑视农耕与农人的文化。从城市中，我们总会不断听到乡村衰败的消息，但这些消息不会比股指暂时的涨落更让人不安。我们现今的生活已经不再那么简单了，以至于很多的东西不能用一个字来指称，而要组成复杂的词组，词组的最后一个字都是"化"，城市化、工业化、市场化、商品化、全球化。这个世界的商业精英们发明了一套方法，把将要推销的东西复杂化，发明出一套语汇，不是为了充分说明它，而是将其神秘化，以此十倍百倍地抬高身价。

粮食危机出现了，但农业还是被忽视。这个世界的很多地方饿死人了，首先饿死的多半是耕作的农民。比如，我们谈论印度，不外乎说旱灾使多少农民饿死，多少农民离乡背井，大水又淹没了多少田野。对于这个疯狂的世界，这是可以忽略不计的大概率事件。媒体与精英们最热衷的话题是这个国家又为欧美市场开发了多少软件,这些软件卖到了怎样的价钱。我不反对谈论软件,但是不是也该想想那些年年都被洪水淹没的农田与村落,谈谈那些天天都在种植粮食却饿死在逃荒路上的人们?或者当洪水漫灌,国家机器开动起来救助一下这些劫难中的供养人时,城里人是不是总要以拯救者的面目像上帝一样在乡村出现?

五

平粮台。

这是淮阳一个了不起的古迹。名副其实,这是一个在平原上用黄土堆积起来的高台,面积一百亩,被认定为中国最古老的城池——宛丘:

子之汤兮,宛丘之上兮。

洵有情兮,而无望兮。

从那么久远的古代,原始的农耕就奉献出所有精华来营造城市,营造由自己供养、反过来又慑服自己的威权了。这个龙山文化时期就出现的城市雏形如果真的被确认,无疑会在世界城市史上创造很多第一,从而修正世界城市史。几千年过去了,时常溢出河道的黄河水用巨量的泥沙把这片平原层层掩埋。每揭开一层,就是一个朝代。新生与毁灭的故事,陈陈相因,从来不改头换面。但这个高丘还微微隆起在大平原上,它为什么不仍然叫宛丘,不叫神农之都,却叫平粮台?是不是某次黄河水袭来的时候,人们曾经在这个高地储存过救命粮食,放置过大水退后使大地重生的宝贵种子?在这个已然荒芜的土台上漫步时,我很高兴这片土地仍然具有生长出茂盛草木的活力。那些草与树仍然能够应时应季开放出花朵。草树之间,还有勤勉的村民开辟出不规则的地块,花生向下,向土里扎下能结出众多籽实的枝蔓,芝麻环着节节向上的茎,一圈圈开着洁白的小花。人类不同的历史在大地上形成了不同的文化,但大地的奉献却是一样。我记起在俄罗斯的图拉,由森林环绕的托尔斯泰的庄园中,当大家去文豪故居中参观时,我没有走进那座房子,看干涸的墨水瓶、泛黄变脆的手稿,我走进了旁边的一个果园。树上的苹果已经收获过了,林下的草地还开着一些花。淡蓝的菊苣,粉红的老鹳草,再有就是与中国这个叫平粮台的荒芜小丘上轮生着白色小花的一模一样的芝麻。人类操着不同的语言,而全世界的土地都使用同一种语言。一种只要愿意倾听,就能懂得的语言——质朴、诚恳,比所有人类曾经创造的,将来还要创造的都要持久绵远。

果洛的山与河

一

高原上一切的景物：丘岗、草滩、荒漠、湖泊、沼泽、溪流和大河，好像不是汇聚而来，而是在往低下去的周围四散奔逃。

从西宁往果洛，路，那么地漫长，更加深了我这样的印象。

就像在青藏高原的所有路途上一样，那些景物扑面而来，又迅速滑落到身后。风景从地平线上升起来，敞开，逼近，再敞开。然后，是我这个旅行者，以及载着我的旅行工具，从其间一掠而过。风景从身边一掠而过：缓缓起伏的丘岗，曲折萦回的溪流，星星点点的湖沼，四散开去的草滩，还有牧人，和他们的帐幕，和他们的牛羊。再然后，那些风景在身后渐渐远去，闭合，滑落到天际线下。

现代交通工具提供的速度，使人感觉到一切都在向我汇聚的同时，又迅速掠过，然后，四逸流散。

一切都漂浮不定，让人失去把握，并不是一种美好的感觉。苦修的信徒，为了克服这种不确定感，会去观想崇奉的本尊神。为了克服这种荒诞的感觉，我也观想，观想一座超拔天际的晶莹雪山。

观想古老山神的祈祷文里叫作"总摄大地的雪山"的那种大山。

在青藏，这样的大山一定像个威严的武士，头戴着晶莹的冰雪冠冕，在天际线上闪闪发光。

此次的果洛之行，穿过漫无边际的荒野、牛羊、帐幕、稀疏的人群，以及阴晴不定的天气，我带着朝圣的心情，要去拜望那座叫作阿尼玛卿的雪山。原野深远，几种标本一般不断重复的地理样貌出现又消失。只有天气在变化。刚刚穿过一片把车顶打得乒乓作响的雪霰，就见一道阳光的瀑布垂落在面前，穿过去，又见风驱赶着蓝空中的云团，疾速翻卷，如海涛竖立。阳光强烈，沙丘闪烁着金属的光芒。而在低处，碧绿的草滩沉入了云影中，仿佛一渊深潭。就这样，一条公路穿过地理与天气，风景汇聚而来，又飞快流逝，陷落在身后的天际线下。

我像信徒一样开始观想。观想那座雪山。如果说，信徒对本尊的观想是基于虔敬，而在我，却是基于一种忧虑，基于这个激变时代，这片高原拼命固守却又难于固守时的流散之感，以至于地理上的变化也在增强这样的主观。

我让那座雪山的形象度来身前：稳稳矗立时，充满心房；轻盈上升，那金字塔般的水晶宫殿就悬浮在额前。

我就用这种方法，稳定住流散的风景与心绪。只要有那样一座山从心里升起，我就知道，在这漫长的旅途中，似乎正四散而去的风景以及附着其上的一切，就不是在流散，而是在汇聚，向着一个洁净的高点汇聚。那个地方，平凡的生命几乎难以抵达，神性因此得以上升，从高处，从天际发出响亮的召唤。

因为这召唤而汇聚的高旷大地，叫作果洛。

高原上，五百六十公里的行程，是漫长的一天。黄昏时分，我抵达了果洛的行政中心——大武。

夕阳西下，街道那一头，淡蓝的山岚迷离了视线，但我已经感到了那座雪山。冷冽而洁净的风从那个方向吹来，我就此感到了那座雪山。

用一句旅游杂志上常见的话来说：山就在那里。是的，山就在那里，在风的背后，可以感到，只是还未看见。

二

当地朋友好像知我心意,第二天早饭毕,就安排去遥祭阿尼玛卿雪山。

出大武镇,往祭拜点出发。大武镇海拔三千七百米,看着腕表上的海拔读数渐渐升高,我兴奋起来,知道只要达到某一个高点,就能看到雪山从地平线上缓缓升起。那个高处,定是当地百姓祖祖辈辈遥祭阿尼玛卿的地点之一。

经打听,知道真要去这样的一个地方,我变得肃然庄严,整理好了手中的哈达。与此同时,一股香气弥漫开来,是车中暖烘烘的空气使备好煨桑用的柏树枝的香气提前溢出了。

在藏语中,桑,既是指献祭,也有以洁净香气沐浴的意思,我想这是指人在献祭过程中预先或同时经历的身心净化。眼下,这些四溢萦回的芳香之气,使我在前去祭拜的途中,就早早启动了这个过程。

尤其是在夏季,青藏高原上的雪山们不是每次都会在眼前清晰地呈现。既然雪山不是每时每刻都会遂人心愿对祭拜者显露真容,这个预先启动的自我净化的过程,才成为祭山过程中最有意义的方面。

在我的童年和少年时代,即便是表达自然情感的祭山仪式也被严厉禁止。某年,在电视台接受访谈,要我谈谈青藏高原的传统文化，我谈到青年时代第一次参加刚恢复的祭山仪式，看见熟悉的雪山突然就泪流满面时，我在摄像机镜头前再次泪满眼眶。今天，对任何雪山的朝拜都不会让我如此情绪失控，但内心还是会被一种温暖的情愫充满。前些天，我在一座城市和我一本小说的翻译交谈，这位生长于异国大都会的学者有些歉疚，但还是直率地告诉我，他无法真正理解我对自然界神一般的崇奉之感。我告诉他其实我也不太懂得。最后，是他给了一个什么都不说明但又什么都可以说明的答案。他说：也许是血液里的东西吧。

我想，也许是这样的吧。在我的童年时代，那个小村庄的东北方向，就有一座雪山。那时不准提及神灵，当然更无从知道神灵的谱系，但我却知道，就是这座雪山，主宰着山下小村的天气变化。早上出门往那个方向望上一眼，就可以大致知道这一天的阴晴，知道在路上会遇到灿烂阳光还是飘飞的雨雪。或者，看一眼天空，就会知道，那座雪山是被云雾掩去，还是会矗立在眼前闪闪发光。当天气晴好，男人们会脱下帽子，低唤一声山的名字。后来，我知道，那其实同时也是山神的名字。

而眼下，在果洛，我心中拥塞着的，无非是关于它的历史文化的零碎的知识，眼前正在展开的土地却还十分陌生。我尤其不知道在渐渐升高的山谷尽头，遮断视线的云雾会不会被正在升起的太阳驱散，或者被强劲的高原风吹开，让阿尼玛卿雪山出现在面前。

驱车二十多公里后，我们来到了可以遥望雪山的地方。

这是一个平缓隆起的山口，海拔升高到四千二百米，风无遮无拦地吹着。那个我们沿着从东边而来的峡谷，在升高的过程中不断收缩，终于在这里到了尽头，但是，地形又急转而下，另一道山谷向着西面敞开。在青藏高原上行走，随时都会经过这样的地理节点。尽头也是起点。脚下，正是两道从沼地中浅浅濡出的溪流的分界与起点。

云雾非但没有散开，反而挟裹着细雨向着山口祭台四合而来。成阵的经幡猎猎的振动声，使风显得更加凌厉。我把被风猛烈撕扯的哈达系到经幡阵中，手还没有完全松开，豁然一声，哈达就被劲道十足的风拉得笔直，像琴弦一样震动不已。而一同前来的人们，都面朝着同一个方向：山口的西南。我知道，那是雪山所在的方向。强劲的风正从那个方向横越而来，幅面宽广。我熟读过地图，知道我们所在的地方，在阿尼玛卿的东面稍稍偏南。我也把脸迎向风，朝向雪山的方向。

在众人诵念祈祷文的声音里，堆在祭台上的柏树枝点燃了。一柱青烟还未及升起，就被风吹散，融入了四周凄冷的云雾中。当我们绕着祭台念诵祷文，每转到下风处，充满香气的烟就扑到身上，让我接受圣洁香烟的强劲沐浴。我念诵的是一段刚刚学来不久的对阿尼玛卿雪山的赞颂，非关祈请，只是赞颂它的圣洁与雄伟。风继续劲吹，把我们手中扬起的风马搅成一片稠密的雪花，在头顶上升，在四周旋转。然后，熏烟的柏枝被风吹得燃烧起来，变成了一团通红的火焰。火焰被风吹拂，旗帜般招展。

车到了下一个山口，我再次回望，灰色的云雾仍然严严实实地遮断天际，但我知道，在接下来的果洛之行中，我还会环绕它，还会再次靠近它。这不只是指地理上的接近与看见。接近一座雪山还有更重要的途径，那就是从居住在雪山四周的人群中获得关于雪山的一切知识与解释。从歌唱，从传说，从不同时代不同教派的僧侣们写下的关于这座雪山的祈请与赞颂的文字。

信民们点燃桑烟，摆上丰富的五色供品，虔诚地念诵祈祷祭文，雪山渐变为洁白宫殿，祥云霭霭，以阿尼玛卿山神为主的神族，从彩虹装饰的庄严宫门列队而出。

是的，阿尼玛卿是山，同时也是一个神。

在藏语安多方言中，"阿尼"的意思是祖父。据当地的民间传说，这位老祖父名叫沃戴贡杰。和很多民间传说一样，果洛地方原来妖魔横行，而拯救了这片大地，使人们脱离苦海的正是来自远方的英雄。在果洛，这位英雄就是有八个儿子的沃戴贡杰。他派出儿子去征服远方，等到妖氛肃清，他们一家也就定居于此,这个家族首领自然就成了当地的部落酋长。随着部族的代代繁衍,这位祖先(阿尼)成为部族的集体记忆,他的故事开始代代相传,并且在这种没有固定文本的口传故事中,时时刻刻地被改写。终于,祖先成为神。一位创世的神。当他的部族人口增长,在宽阔的草原上星罗棋布,分出一个又一个新的支系,这个部族便需要一个具有象征意义的具象的中心。在青藏高原上,这样的具象中心只能是一座雄伟的雪山。在果洛,便是玛卿雪山。于是,口传故事中越来越了不起的祖先,终于与雪山稳固超拔的形象合二为一。

山神的故事便这样产生了。

大地,因为雪山而汇聚。星散在大地上游牧或家耕的人群,因为山神的信仰而凝聚在一起。

这位祖先,不只开辟了部族最初的生息之地,成为神灵后,还继续以他超常的神武与愿力庇护着这片大地和后世子孙。于是,他又从一位创世之神变成了一个庇护之神。每年,人们都要在祭山过程中,向他供献利箭和骏马。这样的供献当然是象征性的。箭是经过装饰的木杆,在专门的仪式上插到高峻之处的箭垛上,骏马则印在一块块方形纸片上,让风飘送到天上。人们相信,在每一个夜晚,山神还会跨上骏马,挽强弓,挎箭囊,乘风逡巡,肃清一切妖魔鬼怪。后来,印度佛教在西藏化的过程中,在民间庞大的山神系统里也纳入本土神体系，山神又演化成为佛教的护法，这就超出我关心的范围了。

我个人还是喜欢未被佛教化的山神故事。其实，这么说并不准确，因为几乎所有山神故事都被佛教化了，成为佛教的众多护法。但是，从那些山神故事中，我们还是可以部分还原出他们从本土刚刚产生时那些原初的动机。

山神，就是神格化了的人，就是人格化了的山。

山，因为向背的不同，决定了众水的流向。所以，是神。

山，因为高度与纵深，决定了让大气流动还是延宕。所以，是神。

山，高度人格化后，因为人一般情绪的变化造成了天气的变化。所以，是神。

青藏高原的雪山，不止是阿尼玛卿，都关乎着这里的人群对于自然的深沉感受，也关乎着族群对于有建树的领袖的强烈情感。

三

离开大武镇，我往果洛大地的南方而去。

到甘德。

到达日。

天阴晴不定。

像在青藏所有的草原旅行，再陌生的地方都是熟悉的情景。牧人的帐幕、牛羊，河谷开敞，列列浑圆丘岗上不时出现成阵的经幡。某些地方，错动的岩层拱破地表，露出地心深处那些隐秘而强大的力量。也正是这力量让所有雪山挺拔而起，直接云霄。我离阿尼玛卿越来越远。道路往南，而山岿然不动，在北方的天空下面。

雨又下起来了。

我说，这个季节不该有这么多雨水。

当地人说，如果不人工催雨的话。

当地草场并不需要这么多的雨水，是焦渴的下游需要。下游的农田需要，发电站需要，工厂需要，城市需要。只要看一眼中国地图就知道，黄河发源后，就从西南方直奔阿尼玛卿山而来，全数接纳了这座占地几百平方公里的雪山南坡所有冰川和沼泽中发育的溪流。因为这些密布的溪流，黄河得以在上游就水流浩大。资料显示，黄河水量的百分之四十来自这一地区。

而且，黄河在这一地区只是补充，基本没有消耗，也没有污染。下游却只是消耗，再无补充，时常污染，时常断流。所以，源头地区因为催雨而忍受这么多阴雨天，只是为了缓解下游的焦渴。那些缺水的地方并不知道上游地区还在做着这样的贡献。虽说贡献或许会让人产生高尚的感觉，但坏天气总是令人不快。尤其是在青藏高原这短暂的温暖季节，大地，和大地上的万物都那么渴望阳光。渴望太阳给这片大地以热力，使大自然得以把这些热力通过广布的植物转化成能量，催熟花粉使草木与庄稼的子房受孕，让植物来年有众多的种子，更多的种子与根茎成为人与动物的食粮。但现在，雨水淅淅沥沥地落下来，温度降到了十度以下。新开的公路一片泥泞。湿漉漉的草场了无生气，灰色的天空，黯然的河流，显出一种凄凉的被世界所遗忘的情调。特别是那些彼此间动辄相距几十上百公里，建成不过几十年的小镇，从浓雾中突然出现，又从车窗前一掠而过，再次陷落在身后的云雾中间，只给经过它们的人留下零乱、萧索的印象。一天之内，我连续几次拍下这些一掠而过的镇子，发到微博上，同时发出心中的疑问：这些几乎未经任何规划就匆忙建成的零乱小镇，显示的到底是这个时代对于河源地区的珍视还是轻慢？我想起小时候，生活在被世界遗忘的偏僻乡间，常常渴盼去到这样的镇子，但一年里至多有一两次机会。天不亮就起床，徒步上路，三四个小时后，走进镇子时已经疲惫不堪。然后，紧攥着口袋里一两块钱人民币，不知道该是去照相馆照一张相，还是去供销社买一双解放鞋。到今天为止，这样的小镇并没有太大的变化。

我注意到，其中一些小镇正在变大，有了新的建筑群。我被告知，这是执行国家退牧还草计划的结果。为了黄河源区很多生态恶化的草场都不再放牧，牧民变成城镇居民，集中安置到这些小镇上。问题是，这些荒僻草原上的小镇并不能为这么多牧民提供足够的生计。开个小店？已有的店铺已经足够满足当地所有的日常消费。旅游，这是政府官员与媒体常常说到的事情，但在这里的大多数地方，至多是在短暂的夏天有零星的背包客出现。想要做点别的事情，这些小镇离任何一个能够提供商业机会的地方都相距遥远。当然，政府对这些放弃了世世代代游牧生计的牧民有一定的补贴。我打听了一下，每户每年几千块钱。对于一个上有老人，下有儿女的五六口之家，平均到人头，每人所得远远低于内地任何一个地方的低保标准。十几天后，我在北京学习，听一位高官的国情报告。讲到生态问题时，就举到果洛的玛多县做例子。玛多，是黄河源头第一县，20世纪80年代，这里水草丰沛，于是当地政府大力发展畜牧业，使这里迅速成为中国举足轻重的牧业大县，人均收入两千多元，曾经是中国人均收入最高的地方。但是，过量的放牧，加上全球气候恶化，草场迅速沙化，黄河上游水量递减，以至于有如今退牧还草措施强力推进。于是，那些靠一顶帐幕游牧于草原与雪山之间的牧民们定居到了这样的小镇上。

当我们在雨中穿过那些湿淋淋的凄冷草原时，当地的朋友说，不再放牧的草场真的在恢复生机，一些消失的湖沼又蓄上了水，星星点点地辉映着灰色的天光。这情形当然令人鼓舞，但那些聚集到小镇上无所事事的人们呢？他们的贫困，和比贫困更为可怕的失去传统生产方式而未找到新生计的茫然，和这种茫然所导致的精神萎靡呢？

我们需要自然界做良性的转化，却忽略了人的生存与精神也需要良性引导。享受了上游水流滋养的下游在高歌猛进，在欢呼盛世的到来。但如果我们怀揣着良心，在这样的天气里，和我一样穿过这些了无生气的小镇，他们一定会说：我们不应该急于在那些焰火满天的城市广场上提前宣布盛世的到来。

至少，高歌猛进的东部，应该知道，在那里，日渐稀缺的水资源是由西部无偿提供，而且，有一部分人为了保护这水源地，在没有新的生计时就放弃了传统的生计，就不要再渲染他们在如何慷慨地支援西部了。

四

到达黄河边。

汽车过一座桥。桥头写着黄河大桥，桥帮上挂满了经幡。经幡挂得太多，层层堆叠在一起，加上被雨水淋湿，再也无力在风中飘飞，使得印在幡上的祈祷文也无法上达天庭，让众神听见。

就这样，我到达了达日县城——黄河边上的第二座县城。

据说,进县城的这座桥也是黄河上的第二座桥。在旅馆放下行李,看见窗外的天空有放晴迹象,我赶紧出门。穿过一些升起炊烟的院落和零零落落的狗吠,我登上旅馆后面的一座小山。我的鼻孔中充满了青草的味道。

这时,天空中的云层裂开一道道缝隙,露出了天光。

在达日县城背靠的那道蜿蜒到黄河边便戛然而止的山梁的顶端,我转过身去,一道开阔的河谷豁然呈现。从铅云西垂的天边,黄河静静地涌流而来,被云隙中漏出的天光镀上了一层光亮。草原上,奔流而来的黄河不是一条,而是很多条,它们在开阔的谷地中犁开草原与沙滩,不断交织,又不断分开。地理学上有一个名词,把这种样貌的河道叫作"辫状河流",但我更喜欢从书上看来的另一个说法。藏语中,草原上清澈明净的河流叫玛曲,而不叫黄河。"曲"是河流,而关于"玛"有多种解释。我爱的是这一种:孔雀河。这称呼,既直指高原黄河水清澈华丽的质感,更形容出了黄河漫流在草原上时如孔雀开屏的美丽形状。至少,在这一时刻,这一段的黄河真的可以称为孔雀河。

我在黄昏的风中,看着黄河闪闪发光涌流而来,直到我脚下,又被突出的山梁逼出一个大弯,擦过达日县城的边缘,继续流向东南。这时,我离阿尼玛卿雪山已经相当遥远了。黄河流经阿尼玛卿南坡后,在这一段已经变得相当阔大。它在达日县城边稍作盘桓，便继续往东，去接纳更多的水流。青藏高原上的黄河，就这么萦回，这么涌流，就像这片高原上的人群，那样安详，听天由命，没有任何功利目的。就像我现在，站在四合的暮色中，看黄河映射的天光渐渐黯淡，只是将其当作一股源源不绝的情感，把我充满。而黄河在草原上这百转千回，唯一的目的，好像就是要让自己的水流越发丰沛。

我再次穿过山脚下零落的狗吠声，穿过渐渐亮起来的灯火，穿过达日县城的街道，回到旅馆。

或者是刚才眺望黄河的心绪未尽，或者因为主人给我安排的房间过于宽敞，我只觉得心里空空荡荡。于是，灯下，我再次展开地图，看黄河出了达日县城后继续往东，出了果洛，流到了四川阿坝，眼看，就要突破青藏高原东北边缘那些浅山，却突然转弯北上，进入甘肃，再突然，又折而向西，再次流入了青海，回到了阿尼玛卿山之北，继续接纳这座雪山北坡上发育的河流。

黄河绕着阿尼玛卿形成了一个美丽的字形。

难道巨龙回头，是要绕阿尼玛卿一圈吗？

但我知道，这已经不能够了。黄河回头西行不久，就一头向下。青藏高原东北边缘那些黄土与红土深厚的山地使它猛烈深切，陡然下陷，从此扶泥带沙，身躯日渐沉重，再也无法回到四千米左右的高度了。

离开达日，我又折而西向。我从阿尼玛卿的北坡而来，现在要去到这座雪山的南面。

仅仅过了一个短暂的晴天后，雨水又接踵而至了。我穿过那些已经无人游牧的曾经的牧场。雨无遮无拦地下着，落在草滩，落在河面，落在沼地当中那些正在重新恢复生命的湖泊上。平地而起的冷雾遮没了所有山岗。海拔计指向四千六百米的时候，面前的公路出现了一个分岔。车停下来，在雨刮器的吱嘎声中，司机问我，那条路通向另一个可以遥望阿尼玛卿的祭台，要不要去看看。我看着漫天迷雾，摇摇头：不去了吧。

就这样，我离开了果洛。

中午，在一个冷雨中的小镇，和几个卡车司机，在一个小饭馆里，围着一个铁皮火炉吃了一只烧饼，一碗羊肉粉汤，继续上路。那时，阿尼玛卿真的是越来越远了。我说，我还会来，一定要在一个天朗气清、艳阳高照的日子，看见阿尼玛卿，头顶冰雪冠冕，闪闪发光地矗立在蓝天下面。

下次，我来时，要把这次果洛之行的路线反转了，从南面进入，而从北面出去。这样，我就可以在青藏高原北缘的峡谷中，再次与黄河相遇，看见它如何拖着日渐沉重的身躯经过贵德，经过循化，看见它如何深切大地，开始灌溉峡谷中那些干渴的藏人的村庄和穆斯林的村庄。然后，再次离开它。

最后，我要站在兰州的黄河铁桥上，再次俯瞰它。这时，它已经灌溉过了许多村庄,也翻越了好多座水电站的大坝,滋润了许多干渴的沉重,并接纳了很多污秽。这时,它已经完全改变了颜色,身躯沉重,穿越城市,成了名副其实的黄河。它或许已经记不起自己在草原上清澈的模样和藏语的名字。

而果洛与阿尼玛卿,已经像是个依稀的梦境了。

哈尔滨访雪记

夏天,不管你走到什么地方,除非荒漠,总是绿色覆盖了原野。夏天的绿色像一个帝王,把整个国家至少从地理上统一起来。到处都是雨水,到处都是浩大的水流。而冬天就不一样了,从北到南,气温分成了一个又一个的梯次,从低到高,改变了大地的色调。与此同时,水在枯萎,同时也变化出了丰富的形态:冰,雪,霜,雨,雾。仅仅凭借于此,整个国度就分出了北方与南方。2005年元旦,我从成都出发的时候,就担心弥漫在四川盆地里灰蒙蒙的雾气使飞机不能正常起飞。温润的空气里绿色植物继续生长,但雾气长期阻断视线却使人心情黯淡。

飞机在耐心的极限到来之前起飞了,降落在作为这次旅途中转站的北京。地理书告诉我们,北京是在冰雪的北方。但是,这里没有冰雪,没有水的另一种形态与气息。只有大堆的房子，干冷的风。好在今天，这里只是一个中转，只是从飞机场转到火车站时经过的一个地方。天很蓝，枯萎的树却是灰蒙蒙的一片。

夜晚的火车向着哈尔滨进发。火车穿越寒冷而又干燥的大地，除了偶尔一声汽笛，没有原野的辉光与声音。铁轨与车轮合奏的单调音节与同一节奏的摇晃，把人扔到床上，沦陷于睡眠。

夜半之后，我醒来，不是因为吵闹，而是因为安静。火车行进中那单调的声音越来越低，低到犹如梦境一般了。然后，我听到了一种巨大的差不多是无边的安静，那安静就是原野的声音。这么巨大安静的声音必出自更为宽广的原野。这样的原野上，必有河流浩大，犹如一株枝叶舒展的巨树一般。一些山岗蹲守在远处，犹如神灵。我没有睁眼，那寂静就已经让我看见。睁开眼，就看见透过窗户的稀薄的光亮。披衣走出包厢，走到更宽大的车窗前，光亮像水一样弥漫而来。我看见了南方雾气中久违的月亮！那月亮不发光，像只银盘滑行在天上。光是从地上弥散开来的，准确地说，是从地面的雪、地面的冰上弥散开来，把天空、树木、村庄、山岗照得微微发光，好像天地万物在这个夜晚，从自己的内部发出了光芒，而新鲜的寒冷的空气运行在这些光芒中间。我想，这才是真正的北方，想象中的冬天的北方或者北方的冬天。生活在这个世界上，我们总在想象一些事物的面貌，也总在发现这些事物与想象的差距。但是，在2005年开始的这个夜晚，我看到了与我想象契合的景象。

我呆立在窗前，列车的声音低下去，低下去，梦境一般穿越着冰封雪覆的原野。静谧的月光，穿过云层，穿过树林，越过村庄，梦境一般跟随着列车穿越。直到天渐渐放亮，月亮才隐去。此行是应哈尔滨市有关方面之邀前去观光，所以，我不能说哈尔滨之旅的高潮已经提前到来，但我可以说，哈尔滨之旅的调子已经定下了。

我的目的不是喧闹驳杂的城市，而是静谧广大的原野。南方冬天晦暗的雨雾中，田野已经很疲惫了，但仍然要生长粮食，生长蔬菜，生长鲜花，而不得休息。但在东北大地上，田野盖上洁净的雪被静静地休息了。我喜欢这种安静的休息，我们所有人的内心都渴望这样安静而且洁净的休息。

在中国这个古老的国家里，每一座城市都很古老。这些古老的城市，现在都变得千人一面般地年轻。哈尔滨是个年轻的城市，却舒服地保留了一些老城市的味道，而这些老城市的味道，并没有作为什么遗产，被圈禁起来。仅仅因为这个，哈尔滨就应该让我们喜欢，更何况还有大江穿过，更何况还有冰灯闪烁。更何况，还有程式夸张，内在质朴，语涉低俗、幽默机智却浑然天成的二人转在人们心头唱着，但我还是固执地喜欢着汇集在这个城市四周的旷野。

所以，友人带我逛街时，我特别想到冰封的松花江上。

好客的主人同我去访萧红故居,车经过一条河,我便被疏朗宽展的河床,河道中冰封的蜿蜒水流,河岸两边遒劲沉默的大树,以及背后夕阳的光芒感动了。主人指引说:"呼兰河。"我甚至说,可以兴尽而返,不去看什么故居了。相信哺育了萧红的不是那个故居的地主院落,而是这条呼兰河。当然,后来还是去了故居,果然是一个生气已失的院落。有意思的细节是,看到壁上的名人字画中,有特别不像书法的一幅,四个没有布局也没有力度的大字"怀念萧红"。是美国汉学家葛浩文的手迹。葛也是我小说的英译者,回成都后我发了封邮件给他说这件事情,他以前所未有的速度回了一信:"二十多年以前,呼兰县的人员先把我灌醉,之后让我一生中唯一的一次用毛笔写字,怀念萧红,够丢脸吧。"

所以,一行人到哈尔滨郊区滑雪时,我想到的是,回到南方便无雪可滑,所以不必费力去学。然后,就被滑雪场四周疏朗的松林,松林中厚厚的积雪所吸引,一路踩着雪向着这个山岗的顶部走去。这山看上去很低,攀爬起来,却显得越来越高。太阳的光斑稀稀落落,积雪在脚下吱吱作响,呼吸越来越深,越来越多前所未有的凛冽但也前所未有的新鲜刺激的空气涌入了胸腔。休息时,我脱下手套扒开深雪,现出了干枯的草和绿色的松树苗,但似乎没有想看见的东西。问题是一时半会儿,我也想不起来,自己想在深深的积雪下扒出什么。我躺在雪地上，身上，脸上，洒着斑驳的阳光。在这冰雪覆盖的绵远大地上，身上无法感到阳光的热量，但闭上眼睛，却会感到透彻的明亮，听见阳光落在树上，落在雪地上，发出细密的声响。这种声音里，宽广的大地，白雪覆盖的大地晶光闪耀，向四方铺展。

起身继续往上时，我想起来，前些时候，看过迟子建一篇小说，说是东北的秋天短促，冬天来得迅猛，所以，积雪下会封冻住很多颜色鲜艳的野生浆果。我扒开积雪其实就是想看看下面有没有秋天未及凋落就已被冷藏的浆果。回哈尔滨看冰灯的时候，好像给迟子建谈了这事，她好像大笑，说，有，但在更深的山里，在她的家乡那边。确实，那天穿过的松林都很整齐，树都太小，而且品种单一，只是躺下来透过一些树冠看天的时候，有点森林的感觉。

爬上那座小山岗，举目看见更广大的雪野，更多的连绵起伏的山岗，休息的田野，封冻的长河。然后，一列火车，蜿蜒着穿过寂静大地，从远处而来，又向远处而去，使大地更加洁净与空阔，而道路辐辏，汇聚于目力所及的那片烟云氤氲热气腾腾处，那座叫作哈尔滨的城市——白天活力四射，傍晚，夜幕落下，然后点上盏盏冰灯，笼着那么晶莹的光，在整个白山黑水梦境的中央。

大金川上看梨花

去看梨花。

去大金川上看梨花。

路远，四百公里。午饭后一算，出成都西北行已两百多公里。海拔不断升高，春花烂漫的成都平原已在身后，面前的雪山不断升起，先是看到隐约的顶尖，不多久，雪山就耸立在面前了。这哪里是去看梨花，是把春天留在身后，去重新体味正在逝去的冬天。

那条盘旋而上翻越雪山的公路已经废弃十多年了。我们从隧道里穿山而过，这么四五公里的路途，就已离开了岷江水系，进入了大渡河上游支流的梭磨河。道路转向，折向东南，沿河下行。眼前是海拔三千米的峡谷景色。河岸两边是陡峭的峡壁。向阳的峡壁是草坡，是密闭的栎树林。背阴的峡壁上是满坡的杉树、松树与桦树。阳光是一个美术大师，利用峡谷的岩壁、森林、河流和纵横交织的山棱线勾勒出明亮与阴影的复杂分界，把一面面山壁和整条峡谷都变成了一幅取景深远的风景画。也许是怕这样的画面过于单调，风与云彩都会来帮忙。风摇晃那些树，其实就是摇晃那些光，使之动荡，使之流淌。一朵两朵的云飘来，遮住一些光，失去光照的部分便显得沉郁，未被遮没的部分便在阳光照耀下更加高亢更加明亮。视觉可以转换为听觉。真的似乎可以在这光影摇荡间听到声音。阴影部分是一支木管乐队，低回，沉郁，却也充满细节。春天了，林下的苔藓已一片潮润，正在返青，树木正展开根须，从解冻的土地中拼命吮吸水分，向上输送，到每一个细枝末节。森林虽未呈现绿色，却也能让人感到一派生机。而那些被阳光透耀的部分简直就是高亢明亮的铜管乐队在尽情歌唱。我耳边响起一些熟悉的旋律，比如柴可夫斯基《意大利随想》开始部分小号那召唤性的歌唱。

就这样沉湎于脑海中的乐音时，突然，峡谷敞开。山，变得平缓了，退向远处。河，不再是被悬崖逼向山根，而是回到谷地的中央，缓缓流淌。这些山谷就是河流日积月累的工夫造成的，河两岸的人家也是河流哺育的，河流应该在大地的中央。河岸的台地上应该有村庄，村庄周围应该有农田。那些村庄和田野的四周应该出现那些鲜明的花树。那是一树树野桃花开在村后的山坡，开在村前的溪边。那又仿佛弦乐队舒展开阔的吟唱。

停下车,走进一个村庄,我要去看那些野桃花。远看,野桃花一树树站在山下村前。近看,野桃花密密簇簇,缀满枝头。粉红色的花瓣被阳光透耀,有精致的绢帛质感。也许这种比方太精致了,与眼前的雄荒大野并不匹配。想起日本人永井荷风描写庭院中的桃花就用过这样的比喻:"桃花的红色,是来自平纹薄绢的往昔某种绝品纹样的染织色。"永井荷风说,他写桃花所在的庭院狭小局促,甚至"不是一座为漫步而设的庭院,而是为在亭榭中缩着身子端坐下来四处打量而设的庭院"。而我现在却是在高天丽日下挺身行走,长风吹拂,田野包围着村庄,群山包围着田野。进入那个村庄。又走出那个村庄。风起处,吹落的野桃花瓣纷纷扬扬。走出那个村庄,村后的山坡上又是一个台地,坡地上仍然是开满繁花的野桃树。山坡上又是一个村庄。这是午后时分,沿着曲折的村道攀一个高台,走到上面的村庄。村子很安静,家家门上都落了锁,不知人都上哪儿去了。只有村前村后的野桃花安静而热烈地开着。这阔大、静谧又热烈的花事,保持着如此原初的风貌,没有什么现成的修辞可以援引以形容。从这里,又可以张望到花开更热烈、更宁静的村庄。但这些桃花不是此行的重点。所以,张望一阵,也就回头下山,奔遥远的金川梨花而去。

这个地方叫松岗。一个藏语地名,对音成汉语,也倒有着自己的意思。岗上也未见松树,而是那些花树兀自开放。"松",本是藏语,一个数量词,三的意思。三个什么呢?没有人,也无处去问了。

这一天上午,溯岷江而上,越走海拔越高,景色越来越萧瑟,完全是在离开春天。然后,在大渡河流域顺河而下,又一步步靠近了春天,进入了春天。与早晨刚刚离开的成都平原上的春天截然不同的春天。

又是一次山势的变化,又进入一个峡谷。

花岗岩的山壁更加陡峭,岩石缝隙中是一株株挺拔的柏树。这些柏树已被列为国家二级保护植物,名叫岷江柏。我在一本叫《河上柏影》的书中写过它们。这些墨绿色的树还在沉睡,树梢上还未绽出新叶。与之伴生的树却按捺不住了,山杨已经一树新绿,野桃花也一树树开得更加灿烂。这里,一条更大的河和梭磨河相汇,站在一面壁立的悬崖前,可以听到河水相激的隐隐回声。

这个悬崖壁立、悬崖上站着许多柏树的地方叫热觉。

峡谷再次敞开,谷中出现更多的村落,更多的开满花的树和正在绽放新绿的树。绿树是先长叶再开花的树,花树是先放花再长叶的树。

然后,二十公里左右吧,在一个叫可尔因的镇子上,开阔的谷地再次猛然收束。高高的花岗石山使得这个镇子一半在阳光下，一半在山影里。又一条从北而来的河流汇入。从此，这条水势丰沛的河就叫作大渡河了。

我们伴着大渡河又在浓重的山影里穿行。

峡谷更深，春天更深。悬崖间有了更多的绿树与花树。而且，间或出现的一个小村庄前，开放的已经不是野桃花，而是洁白的李花与梨花了。

这道峡谷我是熟悉的——四十年前，曾经开着拖拉机每天往返。现在，道路加宽了，路面也铺上了柏油，但山还是那些山，河还是那条河，公路依然顺着河，贴着山脚向前蜿蜒。何况，前年也是这个时节，我已经再次到访过这里。所以，我可以向同行的人预告，我们就快要冲出这景色雄伟的峡谷了。果然，前方的山渐渐矮下去，峡口处显现出越来越广阔的天空，可以看到越来越多的亮光闪闪的云团悬停在前面。

然后，车子从一面悬崖下的弯道上冲出去，河流猝然变宽变缓，刚才还滔滔翻滚，一冲出峡口便落下飞珠溅玉的浪头，变成了一匹安静的绿绸。大渡河是地图上的名字，在当地人口中，此河的这一段唤作金川。考究起来，河的得名，与过去沿河盛产黄金有关。但今天，淘金时代早已过去。倒是这一江水，在这宽阔的川西北高原的谷地中，孕育出一个"阿坝江南"。一县之名，也改为金川。几百年前，土司统治的时代，这里的藏语名字是曲浸，意思就是大河。到清末，改土归流，寓兵于民，叫过绥靖屯。民国间设县，叫作靖化。中华人民共和国成立后，改名金川县。这一县地名的演变，也可窥见治乱的兴替、时代的进步、文化的变迁。

已经夕阳西下时分。悬浮的白云镶上了金边。星罗棋布的村庄掩映在漫山遍野的梨花中间，炊烟四散。黄昏降临大地，梨花的色彩渐行渐淡，终于掩入夜色，变成一团团隐约的微光。

晚饭后，和县上的主人出来散步，但见河面辉映着满城灯火，晚风轻拂，带来了四野围城的梨花暗香。回到酒店，我特意打开房间的窗户，虽然春天的夜晚有新鲜的轻寒，但我不想把那些浮动的暗香隔在外面。躺在床上，突然想起川端康成的一篇散文《花未眠》。他写的是插在旅馆房中的海棠花："凌晨四点醒来，发现海棠花未眠。"他是以惊喜的口吻来写这个发现的。的确，花，好些品种都会在夜里闭合打开的花瓣，当然，也有花是昼夜都开放的。我就曾经在原野静坐一个黄昏，看一群垂头菊，如何随着太阳光线的黯淡，慢慢闭合了花瓣。我也去观察过，一大片蒲公英怎样在太阳初升的清晨，在十多分钟的时间里打开它们闭合的花瓣。但夜里的梨花是什么情形，却未曾留心过，想必依然是在星光下盛开着的吧。

金川一县，大部分村落与人口都沿着大渡河两岸分布，从清朝乾隆年间开始便广植梨树。看前些年有些过时的统计资料,说四野中栽种的梨树达百万株了。金川全县人口七万余。城里人和高山地带的农牧业人口除外,摊到每个农业人口头上,那是人均好几十株了。所以,这里的梨花不是一处两处,此一园,彼一园,而是在在处处。除了成规模的梨园,村前屋后,地头渠边,甚至那些荒废的老屋基上,都是满树梨花。

一处处地想看完看尽,怕没有那么多时间,便挑两处去看。一处沙尔,一处噶尔。两处地方,如今都是藏汉民族杂居,你中有我,我中有你。地名也是藏语汉写。沙尔在金川河谷最宽处,两岸田畴绵延,村庄密集,填满了好几公里宽的谷地。田畴、道路、村落间所有的空隙,都站满梨树。梨花开满,如雾如烟。那些雾,那些烟,都似乎在将散未散之间。远山逶迤的山梁上昨夜又积上了新雪。春天,梨花开放时,这个地方往往低处下的是雨,高处降的就是雪。现在天放晴了,高处是晶莹的新雪,低处谷地里是雨后的梨花。一样的白,又是不一样的白。如雾如烟的白。不太知道是要马上散开,还是正在聚拢的白。在沙尔,我们去到山半腰,背后是积雪的山头,正好把这壮阔的美景尽收眼底。早餐时,餐厅墙上挂着的一张照片就是从现在这个位置拍摄的。县委书记说,有客人看了这张照片,以为不是真实景色,而是一张P图,因为他们不是在梨花盛开的时节来的,不相信积雪的山头和谷中的梨花可以同框,可以这样交相辉映。可是现在,我们就站在这美景中间了。太阳正在升起来，阳光照耀之处，那些梨花变幻出了更加迷离的光芒。

我们下山，要到那些村中去，要到那些如云如雾的梨花林中去。

那是一个很大的梨园，十几级依山而起的梯田。雪山还在远处的蓝空下面，我们已经在这里身陷于盛开的鲜花阵中了。梨树都很高大，没有过多地修剪，都是自由舒展地生长。树干粗粝、苍老，分枝遒劲，生机勃勃。每一个枝头，就是一簇簇繁密的花朵。少的十朵二十朵，我数了最繁密的一枝，竟有八十多朵！再移步近观，那些花朵的细部就呈现在眼前。像蔷薇科的所有亲戚一样，梨花也是五出的瓣，此时，它们被阳光照耀着，格外明亮耀眼，同时也散发着格外浓烈的香气。香气那么浓烈，让人觉得有一层雾气萦绕在身边。又似乎是梨花的白光从密集的花团中飘逸而出，形成了隐约的光雾——花团上的白实在是太浓重了，现在，阳光来帮忙，让它们逸出一些，飘荡在空中，形成迷离的香雾。我架好照相机，在镜头中再细细打量那些花朵。比起野桃花那薄如绢帛的花瓣来，梨花的瓣就丰腴多了，也滋润多了，是绸缎的质感。就那样，五个花瓣捧出了丝丝青碧的花蕊。每一枝蕊的顶端都是一团花粉。花刚开时，花粉是红色的，两天三天后，就渐渐变成了沉着的黑色。它们在等蜂来，把它们带到另外的一朵花上，落在每一朵花最中央羞怯地低着身子的花房上。于是，生命的奇迹发生，那是花的美妙性事。从此,我们可以期待秋天的果实。当然,传播花粉更有效的还有风。这大山谷地中,风是可以期待的,谷中的空气受热上升,雪山上的冷空气就下沉来填补。空气对流,这就是风。风把花粉从这一群花带到那一群花,从这几树带到另外的那几树。风不大,那些高大的树皮粗粝苍老的树干纹丝不动,虬曲黝黑的树枝却开始摇晃,枝头的花团在这花粉雾中快乐地震颤,那是生命之美。我的眼睛在相机的取景器上,手却忘记了按下快门。而我脚下的梨园土地上,满是乡民栽种的牡丹,此时正在抽茎,肉红色的叶芽像婴儿的小手般团在一起,再有几场太阳,再有几场风,再有几场夜雨,那些叶子就要像手掌一样张开了。

我就这样在梨花深处几乎忘记了身在何处。

我在这里阅读自然之书。美国自然文学家约翰·巴斯勒说:"伟大的自然之书就摊放在他面前,他需要做的只是翻动书页而已。"而在此时,梨园顺着一级级黄土台地依山而起,梨花怒放,风摇动了一切,我只是站在那里,那些书页也是由午间的谷中风一页页地翻动。

这时,风止歇,一阵高潮已然过去了。

我们离开沙尔,去往另一个目的地噶尔。这也是一个藏语的地名,这个名字曾在清代乾隆年间的史料中频繁出现,不过是音译为噶喇依而已。那里曾是当年金川土司的一个坚固堡垒。乾隆皇帝派重兵进剿，费去十数年时间、数万条生命，才将大金川地区征服。此地面对大渡河有一块平整的土地，是肥沃的良田，如今，麦田青秀，油菜花金黄，挺拔的梨树高擎着一树树繁花点缀其间。一派平和景象。而当年这片土地却浸透了对战双方数万生命的鲜血。

我不止一次来过这里，我想我应该逢着一个人，一个村子里的贤人，这个村庄中一个老人。果然，他已经在那里等着我们一行人了。差不多三年不见，老头子依然腰板挺直，精气旺盛。我问他带着酒没有。他笑笑，从身上掏出一个扁平的金属壶，像美国西部片中那些马上英雄必带的那种，他拧开盖递到我手上。我喝了一大口，酒辣呼呼地下到胃里，又热烘烘地上攻到头上。太阳也热烘烘明晃晃地照着，立马我就感觉到在花间嘤嘤歌唱的蜜蜂都钻到脑袋里来了。他问我酒够不够劲。我说你更有劲。他说，我看了你最新的书。这个老农民闲来无事，研究当年发生在这里的战史，并不惮繁难数年如一日地为游客做义务讲解。一到这里，导游都自动躲在一边，任他引领游客了。

我们从河边的平地沿着陡峭的台阶拾级而上，台阶两边，全是过去堡垒的残墙。残墙间站满了苍老的梨树，好些树的树冠已经干枯了，在蓝空下依然展开苍劲黝黑的枝柯。而树的下半部，那些枝柯依然生机勃勃，盛放着耀眼的梨花，一路护持我们登上那条像鼻一样伸向河岸的山梁。如今，那些厚墙高矮的堡垒都倾圮了。废墟之上，盖了一座御碑亭，其中立着乾隆皇帝撰文题写的《御制平定金川勒铭噶喇依之碑》。义务导游带着我的同行进了碑亭，我没有进去。我熟读过那通碑文。乾隆当然要写碑了，平定金川之役是他十大武功之一。我就是四处走走看看。我去看一种早放的野花，这丛顽强的灌木从水泥阶梯的护墙缝隙中伸展出细枝，开出了成串的花朵。这是醉鱼草属的密蒙花。它的香气强烈，嗅闻久了，让人有迷离的感觉。我听见那位村中贤人洪亮的声音在亭子中回荡，他在讲述一场远去的战争，那些熟悉的人名地名断断续续飘到我耳中。我还是坐在那里，头顶着烈日看那丛密蒙花。后来，他们从亭子里出来了。我听到有人在问他的身份。不是问他是什么职业，而是民族身份。这其实是问他，到底是被征服者的后代还是征服者的后代。他们去看梨花了，我遇见了几个熟人，与他们说话，所以没有听见他如何回答。他本人的具体情形我不了解，但在大金川河谷中生活的大多数人，他们既是征服者的后代，也是被征服者的后代。当年惨烈的战事结束以后，当地人中男丁几乎死伤殆尽，清廷为了长治久安，活下来的士兵留下来就地屯垦，外来的士兵配娶当地妇女，共同劳作，繁育后代，使这片渡尽劫波的大地恢复了生机。

我查过金川一地很多资料，看这满山满谷的梨树是什么时候有的。果然就在不同的书中发现一鳞半爪的线索。一本当时人的笔记讲到战前当地的物产,说当地有叫楂梨的梨树。又在后来的史料中发现,说有留下屯垦的山东籍士兵从老家带来了梨树种子,与当地的梨树嫁接后,新的梨树结果出了鸡腿形的、甜美多汁而几乎无渣的果实,因为这种新的梨树生长在雪山之下,就名为雪梨,又名金川雪梨了。从此,这个世界上就多了一种树,一种梨树。不知是什么时候,这些新的梨树就站满了大金川河谷,改变了这个河谷的景观。而多民族的融合也改变了这里的人文风貌。新民植育梨万树,生涯不复旧桑田。后一句引自晁补之《流民》,前一句是我编的。如此,大致能概括乾隆年间的惨烈战争后大金川一带的变化吧。

当地政府有一个强烈的意图,就是把种植农业往观光方向转化。这样满山满谷的梨花,的确是一个很好的观光资源。杜甫诗:"高秋总馈贫人食,来岁还舒满眼花",虽是写桃树,但移至梨花上,也很恰切。物以致用,先是用的,这个功能实现后,其审美性的观赏功能或许更有价值。我们这一行,就是受邀来看梨花、写梨花的。可怎么写这些开放在雄荒大野、野性而生机勃勃的梨花的确是个问题。这几天,老听人在耳边念岑参的诗:"忽如一夜春风来,千树万树梨花开",我心里却不满足。他写的虽跟眼前景色一样的壮阔,但那诗到底是写雪，写唐时轮台的雪，只是用梨花作比附。真正到古诗词中找写梨花的诗句，都是写那小山小水小园中的，到底显得过于纤巧，与我们眼前的金川梨花并不相宜：

  梨花雪压枝，莺啭柳如丝。（温庭筠）
  梨花千树雪，杨叶万条烟。（李白）
  梨花如静女，寂寞出春暮。（元好问）

再有些感怀时，一腔春愁，更与眼前这轰轰烈烈的花开盛景不能相配：

  梨花自寒食，进节只愁余。（杨万里）
  梨花有思缘和叶，一树江头恼杀君。（白居易）

我在这盛开着梨花的高山深谷中行走，只感到勃勃生机的感染，即便有些真愁或闲愁，此时，都烟消云散了。

梨树都是梨树，但有不同姿态；梨花都是梨花，却开出不同格调。何况树由人植，人更是个个不同，金川的人民，历史将其造成了特别的族群。树生别境，这里雄阔的雪山大川，化育了这种接近原生状态的梨树。中国文学书写草木，尤其是散文书写，常常套用传统文化中那些托物寄情、感时伤春的熟稔路数，情景相近时，虽也恰切，却了无新意。中国的地理和文化都很丰富，同一个植物在不同的情境中，自然就发生不同的情态与意涵。所以，不看主客观的环境如何，只用主要植根于中原情境的传统审美中那些言说方式，就等于自我取消了书写的意义。日本作家永井荷风在写梅花时就注意到了这个问题。他说："我一望见梅花，心绪就一味沉浸于测试有关日本古典文学的知识当中。梅花再妍美动人，再清香四溢，我们个性的冲动却在根深蒂固的过去的权威欺压下顿然消萎。汉诗、和歌跟俳句，已经一览无余地吸干了此花的花香。"美国文化批评家苏珊·桑塔格也说过艺术创新的根底，就是培养新感受力。也就是说，对于不同的对象，要有新的体察与认知。在这一点上，永井荷风也说过意思相近的话："我们须首先清心净虑，以天真烂漫的崭新的感动，去远眺这种全新的花朵。"

的确，如果对此种写作方式缺乏应有的警惕，那就滑入了那些了无新意的套路。我看梨花，就成了"我看"梨花，而真正重要的是我看"梨花"。前一种，仅仅是一种姿态；后一种，才能真正呈现出书写的对象。今天，游记体散文面临一个危机，那就是只看见姿态，却不见对象的呈现。如此这般，写与没写，其实是一样的。法国有一个批评家曾经指出，无新意的文本，造成的只是一种"意义的空转"。空转是什么意思，就是汽车引擎发动了，却不往前行进。对于文学来说，文字铺展开来，却没有发现新的东西，那就是意义的空转。

所以，我看金川的梨花既考虑结合当地山川与独特人文，同时也注意学习植物学上那细微准确的观察。写物，首先得让物得以呈现，然后涉笔其他才有可信的依托。

还想到一点，旅游、观赏，是一个过程，一个逐渐抵达、逼近和深入的过程。这既是在内省中升华，也是地理上的逐渐接近。所以，我也愿意把如何到达的过程写出来，这才是完整的旅游。看见之前是前往，是接近，发现之前是寻求。我愿意用这样的方式去发现一片土地，去看见大金川上那些众多而普通的梨花。

海与风的幅面

——从福州，到泉州

去海边，往福建的海边。那里，海与风有更宽阔的幅面。临上路前，我正在中国的另外一端，西部高原。

大多数时候，我都在亚洲内陆的高原上穿行。高原上，风横吹，山脉不动，荒野却在汹涌。荒野上面的草，树，还有沙尘，相互争逐。然后，是夜的降临：星光淅沥，寒气下降，一切都凝结，霜花闪烁，星星点点。连水都静下来了，一条条奔流的河，泻入内陆的咸水湖，静止，凝结，如酥酪，如硝盐，如水成岩。水成岩，就是水中物质凝结成的石头。只剩下一个人，在时间的深渊旁，思绪明灭，犹如星光。居住在高地上的人们，相信自己可以俯瞰世界。换个角度看，也可说很容易被封锁在一个难以突围的世界中间。难以逾越的雪山，参差在四周。在当地语言古老的修辞中，这些雪山被比喻成栅栏。栅栏是人类基于防范的发明，别人进来不易。这物化的东西竖立久了，即便作为物质的存在已然腐朽，化为了尘，却依然竖立在灵魂中，别人进来已无从阻挡了，但那东西的影子毒刺一般立在自己心中，反倒成了自我的囚笼。

离开高原前的某个夜晚，我一个人站在高地上那些四围而来的奇崛地形中间，一半被暗夜淹没，一半被星光照亮，脚下是土层浅薄的旷野，再下面是错落有致的水成岩层——那是比人类史更长的地理纪年。以千万以亿为单位的地理纪年告诉说，脚下的崎岖旷野，曾经是动荡的海洋。间或，某个岩层的断面上会透露出一点海洋的信息，一块菊花石，或者一枚海螺的化石。但是，从这化石中已经无从听到什么了。一枚海螺内部规律性旋转的空间也填满了坚固的物质，那是上亿年海底的泥沙，已然与海螺一样变成了石头。本来，从一个空旷的海螺壳里，确实可以听到很多声音回荡。我相信那是海的声音：宽广，幽深，而又动荡。

因此，我总向往着要去海上旅行，或者需要不时抵达那种可以张望海洋，听得见海潮鼓涌的地方。

那些有腥膻海风吹拂的地带，和中央高耸、四围无际的陆地大不一样。在那里，陆地只是一个开敞的狭长的地带，濒临着宽广与魅惑的海洋。那里通行另外一组词：信风、洋流、异国、远航——即便是帆已破碎未能抵达目的地的远航。那里的陆地也会对海洋采取防守的姿态：用岩岸，用盐沼，用红树林，用长长的防波堤。同时，那里的陆地也向着海洋敞开。在每一条河流的入海口，在那些三角洲上，大陆向着海洋敞开。那是内陆社会以外的壮阔景观：港口，船，潮水，还有灯塔，口音奇异的人群，他们依靠另外的词汇交谈。他们站在陆海的交接线上劳作交谈时，远处，水天相连，浑茫无边。

我这个骑马民族的后裔，虽然已经告别游牧，坐在书房，却因为海洋经验的缺乏，只能在生起海洋之想象时，以别人的诗章浇自己的块垒。我想起聂鲁达《大洋》中的诗句：

> 这不是最后一排浪，以它盐味的重量
> 压碎了海岸，产生了
> 围绕世界的沙滩的宁静；
> 而是力量的中心体积，
> 是水的伸展的能量，
> 充满生命不能动摇的孤独。

我愿意直接从高原上下来，越过那些深陷于山间平原与丘陵间洼地的内陆省份，直接就落脚在腥风扑面的狭长海岸线上。航空业为这个愿望的实现提供了可靠的支撑。当飞机越过深陷的内陆时，我昏睡。临近海岸时，我醒来，凭窗俯瞰。曲折的海岸线，孤悬的岛，与大陆藕断丝连的串珠般的群岛，蓝色海洋，用波浪，用沙滩给每一座岛镶上一道飞珠溅玉的花边。

我还想起一本古代的阿拉伯地理著作中关于海浪的描述。在这本地理书的修辞中，把海浪说成"海水在膨胀"："海水在膨胀如大山之后，它们又落下去如同深谷一般。但这种海浪不会碎成浪花，从来也不会覆盖如同人们在其他海中发现的那种泡沫。"

正是这样起伏的海浪构成了海洋与陆地决然不同的富于张力的表面。也是这张力，使得阳光下的海以及向海敞开的河口，闪烁着金属般的光泽。

飞机在降低高度，那大河的出口越发清晰。

陆地沉黯，水，闪闪发光。越发开敞的河流闪闪发光。浩渺的海洋更加闪亮。

事前细读过地图，知道现在机翼下缓缓流向海洋的水流是闽江。在自身造就的小平原上，闽江舒展开了身子，一分为二，造出一个岛，还在岛的两个对岸造出更宽广的土地，让人们在河流即将入海的地方造一个城。这座城叫作福州。然后，再合而为一，流向海洋。而在即将入海的地方，又一分为二，再造出了一个大岛和若干小岛。所有那些迂回曲折，是要造成一些深水区，让向往海洋的人们营建港口和船厂。

走出机场，车上高速公路，木棉花盛开，台湾相思树树冠华美，凤凰树羽叶飘摇，看不见海，东南风吹送，充满我鼻腔的已是来自大海的味道。当天晚上，在福州城，朋友请茶。茶自武夷山来，那里是闽江源头地区。饮茶的深夜，我想，这时，闽江正浩浩荡荡奔向海洋。在它的入海处，某一处港口，正有一艘大船，解开了粗缆，发动了轮机，缓缓起航。众多的货物中，有一宗最古老，也最新鲜，还带着初春山林气息的货物，叫作茶。密闭在集装箱里，要随船去往异国，去往他邦。在异邦的另一条河口，某个海港，已经有茶叶抵达，巨兽般的吊车启动，把东方的货物环抱上岸，而某一家高鼻深目的主妇，正在准备合适的桌布与瓷器，来迎接中国的神奇树叶。因为这些茶叶，还有丝绸与瓷器，一本古老的阿拉伯地理书的作者揣测说："流经中国的河流犹如底格里斯河与幼发拉底河那样大。"那位古代的阿拉伯地理学家一定认为，没有浩大的有航行之便的河流的驱动，人类就不会航向海洋。没有大河的驱动，人类就不会想到，要从没有陆地的海上，去寻找另外陆地上的国家与城邦。尽管我们早已知道，仅仅是流程短促的闽江，就可能比那些在阿拉伯沙漠中流淌的河流更加水量丰沛，却又不能不承认，他们早于我们开始对与水相关的世界进行探索与想象。那个叫马苏第的古代阿拉伯人早在公元10世纪就写下了上述所引的文字。据说，他曾经从巴格达出发，穿过印度洋，直到马来群岛，到达过中国南海上。

这次福建之行，几乎所有的参观项目，都与海洋相关，更准确地说，是与中国人如何走向海洋密切相关。

为了叙述的方便，我得打乱一下参观路线上时间与空间的顺序，为的是，不必让那些历史相互交叉的线索过于夹缠。

福船文化馆在福州著名的三坊七巷。文化馆坐落于一个重门深户的古老民居中，套叠数进的传统院落，正好构成一个递进的关系，成为一个以空间展开时间的场所。在这里，我们看见了濒海的人类构造船舶的历史。从简单的独木舟，到深谙流体力学的，状若展翅飞鸟，下有分隔的水密舱室，上面耸立楼层的曾经远航到大洋之上的福船。我们既直观地看到造船工艺的演进，更可以想象一代一代的弄潮人，怎样驾着这些船，驶向远方广阔的海洋，在一条条陌生的海岸线上，靠近一个又一个远方的岛屿与大陆。文化馆中还陈列着来自异邦的船舶。我注意到，解说员不断强调，以福船为代表的中国船，采用的是飞鸟的造型，而西方的船舶采用的是鱼的造型。船舶的航行，凭借的是风与水两种动荡的流体。福船那飞鸟展翼般的造型，显得更轻盈，其中既包含对自然之力的充分理解，更体现出中国人审美中一以贯之的飘逸之感。我恍然看到现在停靠在文化馆，被精心布置的灯光所照亮的福船，正在海上航行。那姿态仿佛一只正拍击着翅膀准备从水面起飞的大型海鸟，开展而上翘的船头犁开海面，激起浪花，又压碎了浪花。季风到时，顺着洋流,那船是怎样轻盈地飞掠在宽阔的洋面!

中国的文化本来是多元的。在大河的上流,高原上游牧的民族,也以马背为舟,席地幕天,即便身处蒙昧,也追求着一种宽广的生活,而在河的下流,向着海洋敞开的三角洲,也哺育出另一种更具冒险精神的文化,激情被未知的宽广所激荡。如果中国一直以这样多元的文化相互激发,而不是日渐以河流中游农耕文明哺育的文化一统天下,那该是一种什么样的景象。

航海人去向远方,往南,是南洋,过了南洋,再往西,是印度洋。

航海人去向远方,往东,是台湾,过钓鱼岛等一系列岛屿,是琉球,是更为宽广的太平洋。

当一个族群总是去往远方,远方的族群也会来到你的面前。

在福州城里,就有一处专门招待"远人"的所在。那里,老榕树笼罩的阴凉隔绝了近处大街上喧哗的市声,也庇护着一座古老的建筑:柔远驿。这是一座始建于明代,又在清代重建过的驿馆。据当地有关海洋交通的史料,那个时代,正因为有了福建所造的那些适于远航的福船,明中叶之前,琉球群岛和中国大陆间的交通以直航福州港最为便捷。加上从事中琉贸易的人很多是明代初叶移民到琉球的福州河口人,因此前来中国的琉球人，无论朝贡还是通商，往往先在福州港靠岸。于是，当时福州官方便在城东南建好廨舍，专供琉球人驻足盘桓。福州民间称之为琉球馆。明朝成化八年，正式设立怀远驿以接待琉球来往人员，其地址就在原琉球馆附近。明朝万历年间，怀远驿更名为柔远驿。其意取自《尚书》中的"柔远能迩"，寓意优待远人，以示朝廷怀柔之至意。

现在，柔远驿四周高楼林立，出了树荫浓重的小街口，市声沸腾，但远方来人早绝了行迹，已经改造成一座博物馆的古老馆驿静寂无声，只有一些经历了历史上重重劫火而得以存留的文物在顽强证明中国古代也有过何等开放的文明。20世纪80年代初，我曾在中学课堂上照本宣科过中国历史。那些历史教科书中，有一个不容置疑的结论，那就是封建王朝的闭关锁国。其实，那时才是重门深锁后国门初开。我们在意识深处只是从一道门缝中好奇地向外张望，而没有想过要超越一元论史观，全面地打量自己国家历史更复杂的局面。这种影响，在国人思维中其实一直延续至今。所以，当我在柔远驿改建的博物馆中看到两张记录道光十六年和道光十七年琉球和福州间往来商品的详细记录时，心理感受要说是"震动"也是毫不为过的。

所以，我愿意不避文章的冗长将这物品清单抄录在这里，因为，很长的历史时期以来，我们总是急于对历史进行意识形态的定性，而对于丰富的细节以及包藏其中的意味过于忽视了。

道光十六年琉球使者从海路输送到福州港的主要物品：

海带菜，一十五万七千余斤；海参，二万三千斤；鱼翅，七千斤；鲍鱼，二万九千余斤；目鱼干，五千二百余斤；

酱油，五千三百斤；铜器，九十斤；

棉纸，一百二十余斤；刀石，一千余斤；

金纸固屏，二架；白纸扇，一千把；

木耳，一百余斤；夏布，三百二十四。

道光十七年从福州港输往琉球的物品更加丰富多样：

绒毯，三千六百斤；药材，二十一万余斤；砂仁，八千四百斤；

茶叶，七万二千斤；粗瓷器，三万五千余斤；白糖，六万五千斤；

沉香，八千三百斤；徽墨，八十斤；线香，一万一千余斤；

锡器，一千一百余斤；玳瑁，一千一百斤；甲纸，二万零五百斤；

虫丝，八百斤；棉花，三千五百斤；粗夏布，三千四百匹；

油伞，九千把；毛边纸，十一万六千余张；

针，二十五万根；织绒，六十匹；油纸伞，二万二千余把；

大油纸，三千四百张；篦箕，八千个；漆茶盘，六千个；

哔叽缎，二百丈；中华绸，二百九十余匹；绉纱，二百三十四匹；

小鼓，二十余面；旧绸衣，二百余件。

愿意不厌其烦抄录这张贸易物品清单，是因为这是历史生动而丰富的细节。从这张清单上，可以揣想那个以外邦藩属朝贡、朝廷赏赐为主，民间自发贸易为辅的贸易体制的面貌。也可以从这份清单看到中国以精细的农耕和手工业技术为核心而对周边藩属之国保持的延续了上千年的技术优势。中国的商船扬帆出海，周围的藩属之国还在从陆上，从海上络绎前往中央之国。但是，这时已是道光十七年，大清国正在从其天朝大梦中滑向迟暮之年。与此同时，那些比传统外邦更加遥远的殖民帝国正四围而来，鲸吞或者蚕食由朝贡体制维系的中国周围的藩属之国，将它们改名换姓。正如《剑桥插图中国史》所说："当世界力量的平衡慢慢移动时，没有任何中国人给予足够的关注。"乾隆皇帝在答复英国国王要求通商的信中是这样说的:"天朝物产丰盈,无所不有,原不藉外夷货物以通有无。"这是以朝贡羁縻藩属之国而得到的经验。上述的物品清单正是这种意识的有力支撑。道光十七年,在福州,与琉球的海上贸易还在进行,琉球的使者与商人还出入于柔远驿中。但更大宗的与正在兴起的海上殖民帝国的贸易却被朝廷限定在广州。"中国人不按欧洲商人希望的数量购买其羊毛、刀子和钢琴",而对欧洲人来说,工业革命后,购买力增加,不但传统的丝绸与瓷器需求更加强劲,新的消费习惯又形成对于茶叶的需求。"山雨欲来风满楼",柔远驿里进出的人们感觉到了风暴的来临吗?中国的中央朝廷感受到了这种危机的迫近吗?那些琉球的朝贡使与商人感到他们最终将像脱离了引力的陨星被更强悍的引力场所虏获吗?我想,末梢神经总是敏感的,总是会感受到危险的迫近。只是,把这些信号传递给中枢的途径已被阻塞;又或者,那个本来拥有多元文化信息来源的中央大脑,早已习惯于接收与处置陆地农耕文明的信息,而将本国文化中本就具备的源于海洋文明的种种信息顽固地屏蔽了。如果没有工业文明的兴起,没有西方列强的次第东来,那么,看看张挂在当年的柔远驿墙上中国输出物品的清单,就知道,对于一个自给自足的社会来说,似乎真的是不需要什么了。那些物品,是足可以维持一种稳定而且雅致的生活了。

但这时,一套由西方人制定的游戏规则已经在全世界运行,"他们还希望中国放弃朝贡贸易,通过特使、大使、商约和已经印行发布的关税率处理与他国的关系"。但这样的声音,依然以为自己处于世界中央的大清国朝廷没有听见。读书人还在书斋背诵孔子的语录:"远人不服,修文德以来之。"是的,周围的藩属之国总还要从海上,从陆上络绎而来。但三年后的道光二十年,鸦片战争一声炮响,他们都要日渐疏离了,失去这些藩属屏蔽的中国,漫长海岸线上所有通向内陆的河口都将在强力的驱迫下,不情愿地敞开。

一个悲情时代正在到来。

在福州,很多纪念性的处所,都是温习这段悲情的课堂,但我不想花太多时间去重温那些悲怆。我更愿意重温中国人,至少是东南沿海的中国人,频繁而自信地出入于海上的时代。也是在柔远驿,和当地朋友交谈时,听到了番薯如何进入中国的故事。当地史志中记载:"按番薯种出海外吕宋。"其实,番薯和今天我们习以为常的很多食材,如辣椒、玉米、西红柿、马铃薯等,都来自更遥远的美洲。番薯先是被殖民者带到欧洲,再传到吕宋,然后,被明万历年间到吕宋进行海上贸易的福建人陈振龙发现。他见当地遍植番薯,并了解到此种作物耐旱、高产、适应性强,生熟皆可食用。一本美国人所著的叫作《马铃薯:改变世界的贫民美馔》的书中说:"自1493

年开始，西班牙的船只从海地及其他地方陆续回到欧洲，并引进了甜薯。"最初的欧洲人并没有充分认识这种植物的食用价值，而是被西班牙国王作为观赏植物栽培在花园中。后来，他们又将这开花植物赠送给英格兰国王。这个国王是亨利八世，"也非常喜欢甜薯，但却是为着一个终将让他失望且沮丧的理由：他以为这是一种春药"。这个甜薯，就是福建人口中的番薯。我们已不知道此种作物又如何传播到吕宋诸岛，却确切地知道，恰恰是在番薯进入欧洲一百年后的1593年，陈振龙将番薯从吕宋引种到了家乡福建。我们还知道，那时番薯的经济价值已经被殖民国家充分认识，所以，其种苗和种植技术不是自由传播的。陈振龙是靠把番薯藤编织在船上所需的众多的索具中，才避过了出境检查。他经过七昼夜航行回到福州，随即在住宅旁的空地上开始试种。这时正逢闽中大旱，五谷歉收，陈振龙促其子陈经纶上书福建巡抚金学曾，报告吕宋番薯可以救荒。金巡抚允许试种，俟收成后呈验。当年，试种成功，金巡抚即于次年传令遍植闽境，解决荒年缺粮问题。闽人感激金学曾推广之德，一时间曾将番薯称为金薯。今天，中国凡气候适合之地，已遍种此物。并在中国不同的方言区中有了更本土的名字：比如地瓜，比如红苕。今天人们不仅食用其淀粉丰富的块茎，其藤叶也成为一道餐桌上常见的健康食品。这次行于福建沿海，有虾蟹鱼蚌的餐桌上，也总有一盘嫩绿的薯藤在丰富的动物蛋白中加添几缕植物疏淡的清香。今天的贸易主流，是技术与资本，而在古代，从陆上丝绸之路到海上丝绸之路，来自不同方向的众多的外邦植物改变了中国的农业与中国人的食物结构。

一个番薯故事，足可让我们体会到开放与贸易带给人民的福祉。

所以，我更愿意先来写写此行在曾经因开放而繁盛了好几百年的泉州的所见所感。

十来年前，去过一次泉州。唯一的原因，就是从书上看到这座城市曾经的一个名字——刺桐。字是中国字，词是中国词。但不知为什么，却觉得那是一个异国风味十足的名字，和历史中那些由非汉语的字眼对音而成的地名一样有着别样的风情。那些引起我同样兴趣的地名是汗八里，是花剌子模，是暹罗，是占城。那是中央朝廷还没有动不动就兴起海禁之想的时代里流布于汉语典籍中的名字。

刺桐，这种春天开满红花的树木和番薯一样，也从南洋而来。这种极具观赏性的高大乔木，至少在唐代，就已经完全改变了一个中国城市的面貌。读过一本写中国古诗中植物的书，说刺桐在唐诗中已经大量出现：

> 海曲春深满郡霞，越人多种刺桐花。

那时，阿拉伯人早已从海上到过中国。

前面说过，生活于10世纪的那个叫马苏第的阿拉伯人在他的地理学著作《黄金草原》中，已经有了关于中国的描述。他说，从阿拉伯出发，要经过七个不同名字的海，"第七海是中国海"。那似乎也是他们向东航行的极限，"在中国以远，于大海下侧既没有已知的王国，又没有已被描述过的地区，唯有新罗及其附属岛屿例外"。

《黄金草原》作为一本古代的地理书，大部分篇幅说的是海，是船，是海路，和海路通往的那些传说般遥远的国家，却偏偏命名为草原。把海洋当草原，游牧其上，那人内心里鼓荡着的是怎样一种浪漫精神！这位地理学家甚至用阿拉伯语给中国的皇帝重新命名。比如奈斯尔塔斯，比如阿温，比如艾赛敦。他还记述了一位他命名为赫拉丹的中国皇帝，"该王令人建造了大船，让那些负责出口最为典型的中国产品的人登上船，以前往信德、印度、巴比伦等远近不等和通过海路可以到达的地区。他们必须以他的名义向这些地区的君主们奉送珍奇的和价值昂贵的礼物。在他们返回时，他们又为他带来了各地在食品、饮料、衣服和毡毯方面所具有的最为珍贵，甚至是最为罕见的物品。此外他们还负有致力于了解他们曾参观过的所有民族的政府、宗教、法律和风俗习惯的使命"。

这些文字记述的大约是唐代时的中国，陆疆与海疆都高度开放的中国。但是，今天已经很少遇见唐代的文化遗存了。在泉州游走，总是会与郑和劈面相逢。在地面上，一座面海的山丘，还竖立着一座高塔，传说郑和下西洋前，屡上此塔眺望海上浩渺的烟波。在地底下，前些年出土了一座被海边的风潮掩去的寺院。在这座重见天日的佛寺中，循例该有的佛教众神殿中的那些佛菩萨外，还有妈祖和郑和雕像，作为那些时常去往无边的海洋上闯荡的泉州船民们的庇佑之神，与佛教的偶像一起在同一座大殿中享受香火。郑和的先祖是中亚细亚人，从陆上丝绸之路来到了中国。到郑和从中国海航向阿拉伯海的时候，除了伊斯兰信仰，他已经是一个百分百的中国人了。泉州当地史志中还有关于率船队扬帆远航前到灵山圣墓行香的记载。

灵山圣墓，坐落于泉州城东灵山南麓。唐武德年间，即公元7世纪初叶，伊斯兰教初创，即有伊斯兰教创始人穆罕默德门徒四人随商队东来中国传教。正如《古兰经》经文所说："船舶在海中带着真主的恩惠而航行。"这四位伊斯兰贤人到达中国后，三贤、四贤便在泉州居留传教，并在此终老落葬。这两座并排安卧于泉州的伊斯兰式墓葬，就是在整个伊斯兰世界看来，也是现存最古老、最完好的圣迹之一。

郑和下了西洋。他的航迹最远究竟抵达何处，在今天的世界重又成为人们热心争论的话题。

这其实并不十分重要。

要紧的是他们的行为方式与目的,带着那么强烈的中国文化印记,正如马苏第在《黄金草原》中的记述,他们"还负责激发外国人对宝石、香料及他们祖国器械的爱好。大船分散于各个方向,在外国靠岸并执行委托给他们的使命。在他们停泊靠岸的所有地方,这些使者便会以他们随身携带来的商品样品的漂亮程度而引起当地居民的赞赏"。于是,"大海流经其疆土的国家的王子们也令人造船,然后载运与该国不同的产品而被遣往中国,从而与中国国王建立联系,作为他们获得该国王礼物的回报,也向他奉献贡礼。这样一来,中国就变得繁荣昌盛了……"

唐代或更早前的中国人如何扬帆去往海外,从中国的典籍中已经很难寻觅翔实的记载,但在这些早于郑和下西洋五六百年的记述中国人航向世界的文字,仿佛正是对郑和们所做功业的详细描摹。

至今,在泉州当地还有遥远的锡兰王子因故不能归国,而长留泉州,其家族世代繁衍而最终化入中国的美好故事。

漫步泉州城中,四处都有海洋文明所带来的多元文化的遗存。

伊斯兰教的清净寺创建于北宋,据说是仿照了大马士革著名的礼拜堂的形制。如今这座寺院已基本损毁,但有着鲜明阿拉伯风格的门楼依然高耸。倾圮的礼拜堂有了更中国化的名称：奉天坛。但四围的墙壁仍在，其西墙正中还有拱形的壁龛。内壁上镌刻的阿拉伯文仍清晰可见。专家告知，这些文字都是《古兰经》中的警句。今天，信众们的礼拜之处是屡塌屡修的明善堂，已然是一个中国风味十足的砖木结构的建筑。

浓重的树荫背后，开元寺双塔雄峙的身姿缓缓从天际线上升起。

眼前情景正合了李太白的诗："宝塔凌苍苍，登攀览四荒。顶高元气合，标出海云长。"不由不听了主人的导引去往开元寺。

刚刚来到庙前，我的目光便被一块石雕所吸引。这块花岗岩石雕砌入了廊下的石阶。那狮身人面的雕像显然不是佛教众神殿中的造像，其强烈的风格让人想起印度教万神殿中的造像。然后，在这座佛寺中，我们又相继见到了多个印度教风格的神像和建筑构件，它们或者单独陈列，或者已经作为建筑材料嵌入了佛寺的整体构造。就是这样一些物件，透露出生动的文化气息：在这座佛寺建立之前，印度教也曾在这块向着海洋敞开的土地上传播，并构建过自己敬奉众神的神庙。活跃在这个城市的外邦商人，兴许也有接受了这种宗教的当地人，在这里以香花敬神，以歌舞娱神，以猛烈的祈祷求得神灵的佑助。有史料显示，唐代的时候，随着贸易的人流，从陆上和海上两条丝绸之路来到中国的,也有世界各地信仰坚定的传教者们络绎不绝的身影。他们带来了伊斯兰教、犹太教、摩尼教、袄教、景教,在泉州开元寺,我又看到了印度教也曾到访,并试图扎根中国的确切物证。印度教当时流行本地的景况已渺不可考,我却想起撰于唐代的《大秦景教流行中国碑》的文字,想必也可由此大致构想当时印度教流布的情形:

> 或重广法堂。崇饰廊宇,如翚斯飞,更效景门,依仁施利。每岁集四寺僧徒,虔事精供。备诸五旬。馁者来而饭之,寒者来而衣之,病者疗而起之,死者葬而安之。清节达娑,未闻斯美。

今天,景教与印度教在中国土地上几乎断绝了踪迹,但同样自西而来的佛教依然在中国大地上香火旺盛。熙熙攘攘的信众,正依了佛经的教导,"见佛塔庙,作礼围绕"。

出得庙来,在佛寺之侧,我见到高过殿檐的几株菩提树,微风过处,那些有着七到八对明晰叶脉的绿色叶片便敏感地震动起来,发出细密的声响。佛教的创始人释迦牟尼就是在此树庇荫下悟得佛教精义,因此,菩提树在虔敬的佛教徒那里也是圣物,风动震叶,所发声音,亦可当成是梵贝之音,在称颂礼赞,有消除业力的无边功德。我辈俗人,不是阿难,不是迦叶,也仿佛听见佛所教导:"谛听!谛听!汝当谛听!"

我静心谛听,不是佛教徒,未感受法力的加持,却似乎从历史深邃处看到文化强劲的光亮。

那天,还在树下发现数茎结构简约精巧的蓝色小花,如星光闪烁,这花的名字,也包含有远方消息,名字唤作阿拉伯婆婆纳。

终于到达海边了,去寻访马可·波罗出海处。立在泉州海边,退潮时分,夕阳西下,有长桥通往烟水迷茫处;身旁,坚固的水泥码头上有起重机举着集装箱在轨道上徐行。

恍然看见中国风的福船正在扬帆出海,看见阿拉伯风格的船正在靠岸,水手们正在徐徐地落下一面面风帆。

脚前因退潮而裸露的滩涂上有小生物在匆匆奔忙,山脚前,刺桐和杧果树正在开花。杧果树以结果为要,花虽繁密却又朴素至极。但是刺桐,不着一叶,却以苍劲的枝干高擎着一簇簇艳红的花朵。仿佛为了表明来自异邦的身份,那一枚枚花朵都采取了弯曲的象牙的形状。又仿佛为了表达与这片土地的亲和,每一朵花,都闪烁着丝绸的质感。

我来到这里,还因为这些滩涂上淤积的泥沙中,曾有一艘古船重见天日。然后,我在泉州海上交通博物馆中见到了那艘发掘于滩涂泥沙下的漂亮的大船。

那是一艘宋船,船的前半部尚完整,果然是在福州听人介绍福船时状若飞鸟的形象,果然如古典的记述,"上平如衡,下侧如刃"。船的尾部已不可见,船上的桅,桅上的帆亦不可见。馆内也没有风,只有冷光源静静地照耀。

有宋一代,也许由于陆疆逼仄与局促,反倒激发了海疆的开放。高超的造船术之外,还发展出一整套的关于远航海上的知识与技术系统。

晚上翻看得自当地的《泉州古代海外交通史》,那些与航海知识与技术有关的文字真让人生出旷远之想:

> 大海弥漫无边,不识东西,唯望日、月、星宿而进。
>
> 舟师识地理,夜则观星,昼则观日,阴晦观指南针。
>
> 以针横贯灯心,浮水上,亦指南。
>
> 今既论潮候之大概于前,谨列夫神舟所往岛、洲、苫、屿而为之图。
>
> 每暑月,则有东南风数日,甚者至逾旬而止,吴人名之曰:"舶趠风"。
>
> 船舶去以十一月,十二月,就北风;来以五月、六月,就南风。

其实,航海业的发达,除了航海技术本身的发展,还有更深刻的原因。

北宋时期,泉州一地兴建许多水利工程,并从越南引进占城稻种,大面积种植。同时,棉花、甘蔗、茶叶等经济作物也开始大面积种植,并发展出成熟的种植与加工技术。更重要还有蚕丝织造与造窑烧瓷技术的发展。唐宋时期,中国社会经济重心与人口渐渐南移。有资料表明,早在公元742年进行的全国人口普查中,中国南方人口所占比重就由一百年前的四分之一,增加到了接近一半。

"产自南方的茶叶不再被视为药材,而主要用于提神。全国各地的人都开始饮茶,从此茶叶成为主要商品。随着中国沿海及东南亚一带的海上贸易剧增,广州、泉州和福州等南方港口城市发展起来。"《剑桥插图中国史》中说:"宋朝自成立之初,就鼓励对外贸易,尤其是海外贸易。朝廷官员出使东南亚国家,怂恿他们的商人来中国,中国商贾也主动出击。在宋朝,载着中国商人航行在南海上的中国船只,取代了南亚和西南亚的商船……各省城市的增长速度也是前所未有的……福建北部的建康(疑为建阳)是个内陆城市,居民可能有二十万之多。福建南部的沿海城市泉州更大,其知州在1120年声称,该市加上乡村有五十万居民。"

元代,泉州港繁盛的剧目还在继续上演。

所以,马可·波罗到达泉州时自然要发出赞叹:"运到那里的胡椒,数量非常可观。但运到亚历山大港供应西方世界各地需要的胡椒,就相形见绌,恐怕不过它的百分之一吧。"

所以,14世纪来到元代中国的摩洛哥人伊本·白图泰会留下这样的文字:"我们渡海到达的第一座城市是刺桐城……该城的港口是世界大港之一,甚至是最大的港口。"

只是,西方人所说的作为"世界中心"的中国的黄金时代行将落幕了。

明朝皇室对待海洋似乎有一种奇特的态度。

一方面,有郑和率官方庞大船队七下西洋的壮举。另一方面,又出台种种限制海洋贸易的措施。原通于万国的泉州港此时被规定只能与琉球通商。于是,当官方限制或禁止民间的海上贸易时,逐利的商人成为走私者,甚至成为海盗。在大明朝廷开始封禁海疆之时,日本的海盗,以及从事殖民贸易的荷兰人、葡萄牙人已经相继前来叩击关门了。而支持郑和七下西洋的朝贡贸易体制,终归因入不敷出,而被廷议所中止。海禁的时代到来了。

终于,随着主管海上贸易的官方机构市舶司迁往福州,泉州湾中,那些曾经帆樯如林的港口,被泥沙渐渐淤塞。还看到过一则史料,刺桐城的衰落,还与农耕时代过度开发造成植被破坏,严重的水土流失导致那些深水港被泥沙淤塞有关。总之,以刺桐之名获得世界性荣耀的城池,火红的刺桐

花终归是渐渐凋零了:

> 刺桐花谢刺桐城。

> 泉城已渺刺桐花,空有佳名异代夸。

所以,在福州城的柔远驿中,我知道,那张道光年间与琉球间通商物品的清单,已是辉煌落日中最后的一道余晖了。那时,中国的船队不再远航,那些不断前来朝贡的藩属之国,也行迹日疏,如陨星般一一消失了。1871年,琉球国被日本吞并,1875年,日本政府命令断绝琉球与中国的朝贡关系。今天,再看到琉球的消息,其名字已是非常日本化的名字,叫作冲绳。

也是在道光年间,继荷兰、葡萄牙人以后,英国人和法国人又相继出现在中国的海岸。传统的丝绸、瓷器以外,中国的茶叶,特别是产自福建的红茶,使得这些殖民者对于闭锁海港的中国的侵略欲罢不能。这时来到中国人面前的欧洲人,不但一如既往地具有殖民者的野心,更重要的是,新兴的英法等国经过工业革命与资本主义革命的技术与制度革新的双重锻造,比那些老牌的殖民国家更加强大。"因为中国不愿意按照欧洲的模式组织贸易,而英国有力量迫使它接受自己的条款。"这一结果,当然是鸦片战争。西方历史学家说,这场发生于道光二十年的战争,"为后来的战争定下了调子,而且逐渐给中国带来了重大的象征意义"。那位叫伊佩霞的美国历史学家说,这样的战争成为"一个鲜明的例子说明国际上的以强凌弱和把不同的道德取向强加给那些试图做正义事业的人。这种道德尺度反过来使中国人很难看清自己应从西方文明中吸收什么"。

对照当时中国泛道德化的知识界主流的声音,对照当时朝廷中枢的种种反应——无论是出于国族自尊而义愤高蹈的主战派,还是因不知世界格局剧变而震愕,而懦弱,不得不在不平等条约上签字的投降派,西方历史学家的这种论断确乎道出了某种历史的真实。

中国文化中向来具有多元的基因,只是一直占据上风的大一统思想对于边缘的声音总是忽略的。中国地域辽阔,地理与官僚机构的设置总是使陆疆与海疆的声音显得微弱而遥远。在世界剧烈变化的时代,首当其冲的海疆总是更加敏感,而中枢的反应却疲惫而迟缓。

海上台风迫进,当然是身在海边的人首先感受气压的变化,首先看见天边的乌云翻滚。那时候,宋元时代曾航行天下的福船已然折戟沉沙。直面海疆危局的人,从帝国梦中惊醒,首先想到的自然是"师夷长技",学习西方先进技术,制造坚船利炮。

于是，左宗棠、沈葆桢这些直接面对海疆深重危局的地方大员，才要首倡设立船政局，引入西方的新技术来武装自己，力挽颓势。

我们去到马尾，当年船政局首开西法造船的地方。在博物馆中，看到左宗棠上奏朝廷，请求自欧洲"购买机器，募雇洋匠，试造火轮船只"的奏文："窃惟东南大利，在水而不在陆。"其中的见识，并不是一般的应急反应，而是在"防"之外，还看到更深远的"利"。所以，制造新式战船，武装水师，不是单一的防守，而是"欲防海之害而收其利"，而要达此目的，"非整理水师不可，欲整理水师，非设局监造轮船不可"。而要施行这些措施，非得改变一些陈旧的意识，"泰西巧而中国不必安于拙也，泰西有而中国不能傲以无也"。

回顾唐、宋、元时代，中国，尤其是福建一带海上贸易的繁盛，一是来自开放的襟怀，背后更有当时领先世界的造船技术和发达的农业与手工业作为可靠支撑。

古老的罗星塔，曾是当年频繁的航海活动的见证，当福船的风帆落尽，塔下的江湾中，又一轮试图振兴的努力开始了。虽然左宗棠创立船政局不数月，就被调往伊犁捍卫西部陆疆，但他的继任者们确实做出了不小的实绩。1866年，船厂开建。1869年，中国第一艘千吨级机器轮船万年清号在马尾下水。1872年，当时远东地区自制的最大兵舰扬武号首航。

船政局还充分意识到"船政根本在于学",设立船厂外,还设立船政学堂,学制五年,用法国人和法文教材训练制造人才,用英国教师和英文教材培养驾驶人才。

1866年,船政学堂初开,一个出身于当地中医世家的年轻人考入学堂,学习海船驾驶。这个人就是在中国近代促使中国人思想开放方面有大功德的严复。在马尾船政学堂学习五年期满,严复以优等成绩毕业后在军舰上开始其海上生涯。1877年到1879年,严复等被公派到英国留学,先入普茨茅斯大学,后转到格林威治海军学院。留学期间,严复对英国的社会政治发生兴趣,涉猎了大量资产阶级政治学术理论,并翻译出版了赫胥黎的《天演论》、亚当·斯密《原富》等思想性著作。相对作为洋务派的左宗棠们,严复辈对中国的自强之道有更深的认知:"自强于今日,以开民智为第一义。"有西方历史学家说,"严复一度认为,中国的困境只有百分之三十是由洋人引起的,大部分都是由自己的毛病造成的,故而可以通过中国自己的努力得到补救"。正因为有些识见,严复归国后即在天津创办以英国《泰晤士报》为范本的《国闻报》传播新知,呼吁改革。

在那个危机重重的时代,中央王朝以及内陆的官员与学人们大多仍囿于陈规旧识,但在那些面向海洋的地方,"一个更加积极的地方精英阶层正在形成,他们渴望参与政治秩序的重建"。日本历史学家菊池秀明在《末代王朝与近代中国》一书中指出："近代中国是中国历史上第一次从南方开始复兴之路的时代。""洋务运动、维新变法运动等改革运动以及新思想、新文化的接受与创造,亦多由南省出身的人物担任骨干,或以此时代发展起来的南方边地城市作为其衍生发展的舞台。"

福州城中现有严复故居一处,那也是他大半生漂泊在外的落叶归根之处。他1920年回到福建,便在此宅中居住,次年,便与世长辞。那时,大清朝败亡,中华民国初创,新文化运动方兴未艾,随着《新青年》杂志的创办,中国思想史开启了陈独秀、胡适之、鲁迅们的新时代。在严复度过生命中最后两年的福州郎官巷西段北侧20号院中,我看到一副严复手书的对联:"团扇初开长眉始画,落花入领微风动裾"。优雅,闲适,甚至情色。不知这副对联写于他生命的哪一时期,其中透露的中国古典文人气息,倒与严复启蒙思想家、翻译家的形象有些矛盾,但这也正是人的复杂与丰富的一个例证吧。无论如何,在他的暮年,无论航程多么曲折诡异,中国这艘航船已经迎着来自海上的时代风潮,重新起航了。

这些日子,在福建的沿海游走,一直听当地朋友说两个字,也许是因为那个简化的词组对我而言还过于陌生,也许是因为当地朋友的普通话总有些闽人特别的口音,直到行程即将结束，我才恍然大悟，他们不断重复的那两个音节是"海丝"，即海上丝绸之路的缩略表达。从语言学的角度看，简洁缩略的表达方式的出现，意味着这种表达所指称的事物被普遍认知，或者这种表达所指称的观念已成这个语言群落的共识。

当年，面对老大帝国的重重危机，中央与地方，官员与学者，曾有"海防"与"塞防"之争。其实，国家安全首先就是领土与领海的完整，所以，当年左宗棠得离开刚刚创办的马尾船政局，从东到西，横穿了整个中国，率军收复伊犁，巩固陆上边疆。而今天的中国，开放自沿海口岸始，三十年后，已经是海陆边疆的全面开放。所以，"海丝"之外，"一带一路"，这个缩略语的流行，也显示了开放观念在今天已是如何深入人心。

突然想起，去年，我曾有海上岛国斯里兰卡之行。所带的枕边书，是法显的《佛国记》。法显是东晋时代的僧人，公元399年，以六十多岁之高龄从长安出发，经陆上丝绸之路去往印度取经学佛。后来，他由印度乘商船到狮子国（今斯里兰卡），居留两年，再乘商船东归，中途经耶婆提（今苏门答腊岛或爪哇岛），再换船北航回到中国。法显成为有史可考的中国同时游历了陆上丝绸之路与海上丝绸之路的第一人。在斯里兰卡期间，我常去海边徘徊，寻找当年法显东归的登船处。当然，确切的地点自然已无迹可寻了。但是，在科伦坡，面海的长堤尽头，一个崭新的港口正在兴建。港口的兴建者，是一家中国公司。港口建成后，持有该港口相当股份的中国公司还将参与海港的管理与运营。

是的，今天距福州城中柔远驿的关闭已将近一百五十年，距离严复先生在福州辞世也近一百年。面临大海的中国，在开放与禁锢中又犹疑过，摇摆过，但终于还是向着世界敞开了所有口岸。所有向着海洋的三角洲都成为新的出发地，成为新的文化与经济思想的发生地。

当然还有那一条条江河的三角洲，敞开的河口向海洋交出了陆地，敞开的河口以宽广接纳应时而至的潮汐，纵切过排排横波的是船。诗歌的记忆里的帆船，不是"野渡无人舟自横"的那一种，不是"孤舟蓑笠翁"的那一种，不是那种停在农耕的村庄边的船，不是从这一村到那一村的船。是不够静谧的诗，是动荡鼓涌的诗！是海船，是去往空阔无际的大洋上的船！惠特曼写过那种船：

> 看哪，这里是无边的大海，
> 在它的胸脯上一只船出发了，张着所有的帆，
> 甚至挂上了她的月帆，
> 当她前进时，
> 船旗在高空飘扬着，她是那么庄严地向前行进——

下面波涛竞涌,恐后争先,

它们以闪闪发光的弧形运动和浪花围绕着船。

    只是现在,那些船都去掉了帆,而采用了更可靠稳定的机械动力。机器的心脏,每一次转动,都输出强劲的脉动,驱迫着沉重的钢铁躯壳钢铁骨骼的船舶,去往远方。重新航向世界的中国船来到了海洋之上,带着历史晦暗或光辉的记忆,来到了海上的中国船已经日益稔熟于洋流与信风,前方徐徐展开的前景,扑面而来的海与风,正是中华复兴理想最舒展的幅度。

黄州访东坡行迹记

一到黄冈，就期待着赤壁之游。

摄影包里，普通镜头之外，还带了一只广角镜头——为要去到一个浩渺雄浑的水世界。

为作赤壁游，一路读诵苏东坡的词《念奴娇·赤壁怀古》《前赤壁赋》和《后赤壁赋》。不由得想起佛经里的一个短句：受持读诵。诵读这些铿锵而又低回深致的文字，应是一个后来者必修的功课。

真正前去的时候，天阴着，我想象着铅云之下，那浩荡的江流一定泛着一种光，一种类似金属灰的光，在低垂的天空下流淌，旋转，鼓荡。一船人在波涛之上，向着名叫赤壁的赭色崖岸渐渐逼近，心情激荡。那时，我将把相机换上广角镜，拍下同时有着时间与空间纵深的广大景象。

然而，当我们来到一个小小丘岗的顶部时，被告知，这就是赤壁的所在了。

丘岗上有几座建筑。从有路的一面上去，走进的建筑是佛教的，也是对苏东坡进行某种纪念的。

无路的丘岗背面，是一道二三十米高的断崖，照例有一座亭子，亭下崖缝间，斜着一株乌桕树。树不高大，枝干苍老，叶片依然绿光照眼。当地朋友说，脚下的山崖，就是传说中的赤壁。俯下身子去看，崖壁确乎有些暗红，只是被杂草被苔藓遮没，没有那么鲜明而已。崖下一个池塘，上面点点浮萍，一时被稀疏的雨点击打，一时又被漏出云缝的阳光照耀。我当然要问长江何在，当地朋友的手指向南边。我的眼光越过池塘，看见一条马路，隔着马路又看见一些错落的楼房，一些间杂其间的树，然后，是灰色的天空。长江不可见。我知道长江就在那灰色天空的下面。

自苏东坡来黄州后，又过了近千年漫长时光，漫流的长江水一次次束堤就道，早远离了赤壁。今天，没有了江流拍岸的赤壁，却并不落寞，因了苏东坡流传千年的诗文，自有一大巴一大巴的游客，前来览胜，前来凭吊。

不太贴切地想起苏东坡的话："逝者如斯，而未尝往也。""盖将自其变者而观之，则天地曾不能以一瞬。"

我选旅游目的地，不会因为别人去所以我也要去，也不会因为读了种种旅游指南。我的一种旅游，就是为了追踪我心仪的人物。去古眉州，是为去三苏祠。我去青神县山下的岷江边，是为看苏东坡年少时的读书台。那里好风水，正是李白写下"峨眉山月半轮秋，影入平羌江水流"的地方。我也曾住在西湖边上，每天走苏堤一遍，风雪无阻，达一月之久。

如今来到黄冈，自然也是因为苏东坡。

因为苏东坡在那时还叫黄州的地方生活过，写作过。

公元1080年，跌入人生低谷的苏东坡出了监狱，大年初一，由差人押解，自北宋的都城开封出发，一月之后，到达了贬谪之地黄州。贬谪当然是人生的大失败。按今天流行官场的成功学，他不必选择这种失败。王安石这个拗相公想富国强兵，搞改革，这个改革很必要。那时的北宋朝，与西夏，与辽（金）构成一个并不稳定的三角关系，时战时和，常备大军外，还要为维持和平往北方输币纳贡。所以日本历史学家杉山正明说："被强调为文化大国的北宋，实际上是一个拥有大量军队的军事国家。这不仅对北宋政府的财政，就是对其社会也造成很大负担。"今天，人们只说苏东坡反对改革，却不说他和很多反对改革的保守派不同。他不反对改革本身，而是反对过于激进的改革，反对用人不当的改革。从这个角度看，苏东坡不是保守派，而是理性派。但中国这个国家，改革与保守向来容易陷于极端，理性派几乎从来不占上风。

国家政治牵涉一个人的宦海沉浮，情形总是过于复杂，我的兴趣也不在理清这千头万绪。我感兴趣的只是感受文化的力量。贬谪，放逐，这种官场的失败可以摧毁绝大部分人的生活。但对于极少数的人，对于杜甫，对于李白，对于苏东坡，情形则是两样。文化使生活继续，使他们得以光芒四射地继续着诗意的生活。或者说，偏偏是从官场的失意处、失败处，他们的生命与人格放射出最灿烂的光华。

苏东坡来到黄州，在定惠院，在临皋亭，在雪堂，在新垦的东坡，禅定，读书，交友，饮酒，躬耕，出游，吟诗，作文，发明菜式，怀乡，与亲人生离死别。林语堂在《苏东坡传》中说："黄州也许是湫隘肮脏的小镇，但是无限的闲暇，美好的风景，诗人敏感的想象，对月夜的倾心，对美酒的迷恋……这些合而为一，便强而有力，是以使诗人的日子美满舒服了。当庄稼已然种上，无金钱财务的烦心，他开始享受每一个日子给他的快乐。"

是的，快乐。没有文化，没有文化造成的旷达与自信，何来快乐？一个官员退了休，不去庆幸平安着陆，却因失去权柄抑郁而终，怎能理解中华文化中有一股伟大力量，可以使一个人，在贬谪中，从艰难的生活中依然获得快乐？

想来，那时的官僚体制里，即使不断上演着劣币驱逐良币的戏码，却也没有强大到能把每一个体制中人都完全异化的力量。所以，一个人，如苏东坡者，在被体制抛弃时，却得以在边缘处修复心灵，在边缘处从对生活的审美而获得重生的力量。

读到当地史料统计说，苏东坡在黄州，四年，一千余天，竟写诗作文数百篇，平均两天左右便有一篇。如此，一个人，在人生低谷处，却将自己成就为中国文化史一座高峰。

初到黄州，孤苦无告，在他笔下，却轻描淡写："见寓僧舍，布衣蔬食，随僧一餐，差为简便。"

在黄州见到故乡的海棠，说成是："也知造物有深意，故遣佳人在空谷。"古人诗云："岷蜀地千里，海棠花独妍。万株佳丽国，二月艳阳天。"苏东坡在客地见到，想成是上天垂怜，以家乡名花来安慰游子。

以天下为家的人，却可以时时遭逢故乡，因为，水从家乡峨眉山上奔流而来。"临皋亭下不数十步，便是大江，其半是峨眉雪水，吾饮食沐浴皆取焉，何必归乡哉！江山风月，本无常主，闲者便是主人。"

一个传统的中国士大夫，身上交织着许多因素：文化，学问，读历史的教训，对社会的本分责任。一个社会，知识分子愿意担负社会责任，但社会却不给他机会。一个体制，知识分子愿意提供历史教训——比如苏东坡看到改革的躁急与滥用小人参政——却因此被放逐。那么，他就只剩下一条路，完成人格的塑造，在历史深处留下一个文化巨人的身影了。在政治腐败与崩溃处，文化的影响得以扩大，文化得以源远流长。

如果说，到今天文化已经因为有了太多的定义，太多目的不一的阐释而面目全非。但在那时的黄州，文化还是按自己的法则运行。拯救一个弱小的人，同时，成就一个伟大的人——一个不会再有来者的人。这个人就是苏东坡。他生活，他书写。他的书写是一个丰盈灵魂的外化。汉语文中会永远屹立着苏东坡在黄州的书写立下的丰碑。

《记承天寺夜游》，最好的小品文，自然天成。读完此文，再看张岱，就会觉出些许雕琢之感来。

《念奴娇·赤壁怀古》，中国最大最长的江流，李白在三峡，在黄鹤楼书写过，但一直要等到这伟大的辞章诞生，长江仿佛才具有与其体量相称的文化与历史的重量。

《前赤壁赋》和《后赤壁赋》，让我们可以品味中国的文化人如何以儒释道三家的精义丰富一己的生命感，并洞穿天地与时间的融通与深邃。我甚至以为，要说洞穿圆融了儒释道精神的中国士大夫气质，这两篇奇文自是最好的范本。

还有可读可观的《寒食帖》。中国的文字有意义，有形象。这种形象的书写本身就可以见性情，见修为，见人格。苏东坡留墨在此，让我们心甘情愿成为这种精妙文字永远的臣仆。

长江可以改道，赤壁可以不复当年景象，但黄冈，因为苏东坡，自成为一个文化高地，千古不移。

所以，今天的黄冈人要建一个名叫遗爱的公园来纪念他。所以，今天黄冈人要建一个美丽气派的城市公园时，才有那么多可以依凭的风雅深致的文化资源。临别之夜，去到遗爱湖边的曲折湖岸，不用一一去过依东坡逸事与诗文意境构建的十数个景点，只消看湖水在面前摇荡，那些清词丽句就在心头涌起。举目望去，湖的中央，倒映着远处繁华市尘与街衢迷离的灯火。

就此离去吗？

还要去东坡去过的黄梅。那里有禅宗六祖悟道的东禅寺。那时，六祖惠能还是一个广东地面的樵夫。到客店卖了柴，却听闻一个旅人读诵经文。"惠能一闻经语，心即开悟。遂问客诵何经，客曰《金刚经》。复问从何所来，持此经典。客云：我从蕲州黄梅县东禅寺来。"惠能便立即北上求法了。

这样的地方苏东坡是必去的。读他的诗文集，果然有诗两首。他去时，《六祖坛经》里的东禅寺已经叫了五祖寺。苏东坡初到此处，便口占一首《游五祖寺》。待与寺中长老接谈后，又作《五祖山长老真赞》："问道白云端，踏着自家底。"好个自家底！没有这个底，入寺燃香点烛，佞佛而已。有了这个底，才能领略到"万心八捧禅，一月千江水"的澄明化境。

我们去时有雨，山与寺都隐在雾中，我在寺中佛经流通处，得《金刚经》一本，便立在廊下佛像前读诵，通身微微汗出。再到寺中施禅茶处讨茶吃，一个年轻僧人以山泉水泡铁观音，三杯过后，我通身大汗。立于山前，此时雨停雾开，破云夕阳，照亮山下田畴平旷，屋舍俨然。而夕阳的光瀑后，那不可见处，便是长江，正浩浩荡荡。

当年苏东坡离黄州，是乘船过江。过了江，还听到黄州城头的鼓角："黄州鼓角亦多情，送我南来不辞远。"

下山来，我再乘车过黄州，飞回苏东坡的老家四川。在飞机上想起1984年，第一次参加文学笔会，就吃住在眉州三苏祠中。那时，在祠中得尚未公开发行的林语堂著《苏东坡传》一本。从此尊苏东坡为神，忽忽已经三十年了。

春日游梓潼七曲山大庙记

春二月末梢，去梓潼。

车出成都，一路艳黄的油菜花田，开在平原，开在丘陵脚下和腰间。溪边或村前，一树树李花开放，辉映着春日的淡淡阳光。心旷神怡时，时间过得飞快。佛经中形容时间短暂，常用"刹那"这个概念。唐玄奘在印度取经时向长老讨教，一刹那到底有多长，如何度量？长老的回答是，一个念头初起的时间，就是刹那。看来，这不是个确切的物理时间，而是可长可短的心理时间。那我坐在车中前往梓潼的两个多小时，满眼的黄花和间或的一树白花，在阳光下熠熠发光，陶醉春光，心中一念不起，这时间就连一刹那都算不上了。反正，一路的色照眼、香沁心，色流香溢中，梓潼就到了。

过潼江，眼前景色一换，并不峻急的山在前方隆起，山上林木茂密，在夕阳的光照中，更显深远。那些浅山后，是更远更高大的山，隐约竖在后面，如画屏一般。画屏中满是中国山水画的浓墨淡烟。以前没有到过梓潼，所以来前要做点书上的功课，预习一下当地的地理人文。虽然不能确认，但知道眼前这些山有叫长卿的，是出川北上长安的司马相如盘桓流连过的。还有座叫兜鍪的，因为山峰的形状像顶头盔，自然就有了中国人都明了的某种象征性。主人明白指出了七曲山。这是明天将去访问的地方。路蜿蜒上升，已经望得见七曲山上蓊郁密闭的柏树林，在暮色中更显得凝重深沉。晚上，和主人饮酒说话，听他们介绍梓潼，听得最多的一句话，是"平来坡往"。这话也可倒着说，"坡来平往"。说的是梓潼的地理，处于四川盆地和秦岭山区的过渡带上，北上的人是从平地来，往山上去。反之，北来入川的人，则从坡上来，往平地去。一百多年前，德国地理学家李希霍芬就把秦岭定为中国南北的分界线，那现在我们所在的平地将尽，群山伸出山脉的长臂之处，就正是南方将尽，北地方始的古道之一金牛道的起点了。

第二天上山，柏油公路依着山势蜿蜒，我没有问主人这路是不是沿了金牛道的路线。但每一次停车驻足，遭逢的都是历史遗迹。从书上读到关于古道的文字，在这里都化成了一个个具体可感的真实存在。

翠云廊，古人就赞美它"二百长程十万树"，正是古蜀道上由参天古木护持的一段。古人修筑或维护古道时，会同时在古道两旁栽下行行树木，"植木表道"。古木全是柏树，每一树都亭亭如盖，树树枝柯相连。从七曲山下开始，一路向北，越过剑门雄关，这条古柏夹峙的道路绵延了三百余里。当年，拓路植柏的人却是从北方开始修筑这条道路，当他们面前出现了四川盆地平坦无垠的千里沃野时，这条古道便到了终点。当地有一个传说，路修到这里，接下来已是一马平川，那些没有用尽的柏树就都栽到了七曲山上。于是这座山就由千棵万棵的柏树荫蔽起来。今天，走在那些古柏的阴凉中，古道上那些铺路石上，还深印着车辙与马蹄印。那些"霜皮溜雨"的古柏的枝柯间传来清丽的鸟鸣，让人仿佛听见了穿越千年时光而来的驿马銮铃声，忽高忽低，似近又远。

然后就来到了上亭驿。

这是一段顶部平坦的山梁，路旁有两户农家，几树樱花，几块油菜花田。道路另一边，临着山涧，旷地上立着一通石碑，上书"唐明皇幸蜀闻铃处"。原先，这里曾有过一座名叫上亭的驿馆。安史之乱爆发，唐明皇仓皇出逃，经历马嵬兵变，穿越幽深险峻的秦岭，到此处，已然不见刀光剑影，兵戈之声也远在秦岭以北，惊慌失措的唐玄宗这才稍稍定下神安下心来，时在公元756年7月17日。按阳历算，那时这山里已经有些淡淡的秋意了。那时，天空中一定有一轮明月高悬，正是白居易所写"夜半无人私语时"，风摇动檐前驿铃，在唐明皇这个痴情皇帝听来,都是那位"宛转蛾眉马前死"的杨玉环,一声声急,一声声慢,还在叫着"三郎……三郎"。现在,立在碑前,却只见道旁坡下古柏森森,有蜜蜂在菜花间振翅吟唱。历史太过久远,这样的故事已经激不起情感波澜,上亭驿也不存片瓦块砖。古道上来来去去过那么多人,都比路更快地掩入了荒烟蔓草,消失不见,只有少数人留下的真伪难辨的故事还在流传。更多最终会在路上消失不见的人,会传说那些故事,为发一点幽微诗情,为得一些道德教训。而唐明皇的这个故事,显然是两者都兼备了。至于人们是否真能从这样的故事中得到真正的教训,那又是另一回事情了。

但我们都还愿意做那个传递故事的人,同时也就处在故事的氛围中了。

这是七曲山为游人进入它的主题故事准备的一个序篇。

离开上亭驿,再上路,古柏苍翠的七曲山就在眼前了。一路上,香客络绎于途,进入古柏林中不多时,就已经看见密林深处现出了重阁飞檐,听见了笙箫之声。庙旁广场上有一座戏台,一些穿了旧时衣裳的人,正在合奏七曲山篇幅浩繁的道教音乐《文昌大洞仙经》。高亢时是在赞颂神仙,低吟时是在劝谕众生。进入庙中,一重重殿,一座座阁,供奉着多神信仰中不同的神,也是中国古庙的气派与格局。但占着最重要地位的,就是那位主管人间文运的文昌帝君。香花,炷香,红烛,大都奉献在这位也叫奎星或魁星的文昌帝君神位之前。看那些签上之词，看那些还愿供物上的文字，无一例外，都是为在各种升学考试中得到好的成绩。未考之前，来乞求好运。还有考好了，前来还愿。学生，家长，熙熙攘攘。中国人兴文重教的传统，延续了几千年。崇拜孔子之外，一地方，冀文运昌盛；一个人，一个家庭，望科考顺畅，既崇孔子，也拜文昌。现在，裹入人流，自己的心情也变得虔敬庄重了。这些都是题中应有之义。

在重视教育的中国，孔庙之外，文昌宫也是到处都有的。但现在，我们来到的七曲山大庙，叫作文昌祖庭。也就是说，遍布海内外华人世界的文昌崇拜，都是从此地起源。出得庙来，庙侧的广场上，洞经音乐还在继续。音乐声中，人们正在置高案，铺红毯。明天，这里将举行两岸同胞共同参加的文昌祭祀大典。

也许是文昌帝君要让我多知道些他的故事，才让我在这里遇到一位熟识的老作家。他是专程来为这次大典撰写祭文的。眼下，祭文已成，他又到这重阁柏影中来走走看看。找了间茶室，窗前柏影森森，杯中绿茶青碧，我们谈论着从梓潼七曲山肇端，最后广布华人世界的文昌信仰。

文昌，是中国古人智慧天空中的星宿，封为道教神灵后便主司人间文运。

可是,在荒蛮的古代,道教还没有产生,天上的某个星座还未有文昌的命名,这里就有了原始的神灵崇拜。那时梓潼当地有一个从狩猎转为农耕的强大部落,首领名叫亚子。那似乎是连文字都还没有产生的时代,亚子却已经用善恶观来统领他的部落,一个今人称之为"祠"的宗教建筑在现今的大庙所在地出现了。祠中没有神像,而是陈放着一些画上符号的木板。一个人做了善事、好事,刻一个符号在上面;一个人做了坏事,也有一个相应的符号。这个板叫"善板"。亚子让部落民众相信,做善事多者,得善报,作恶多者,将被一种叫"雷"的神秘力量惩罚。后来,梓潼部落灭于更强大的蜀国。亚子死难。他被部落民刻木成像,穿上他在世时的衣服,供奉进"善板祠",化身成了梓潼神。人们相信他有神力保佑一方土地没有瘟疫,风调雨顺,五谷丰登。再后来,就接续上了唐明皇避乱入川的故事。唐玄宗夜宿驿馆时,也没有一味陷入思念杨贵妃的悲情中间。他终于还是睡着了,梦见了叛乱的平定,虽说是别人的浴血奋战平定了叛乱。他在北回长安路上,再次经过七曲山,想起那个当时曾给他些许抚慰的梦境,认为他得以北返长安应是亚子显灵的结果,便封这位梓潼神做了"左丞相"。唐朝是中国史上强盛的帝国,梓潼神亚子受封却是在唐朝皇帝最为凄惶之时。而被更凄惶的人赐封号的故事还会发生。也是唐朝故事。那是最后一位唐朝皇帝了,他被黄巢起义军逼入四川避乱。逃亡在古蜀道上的唐僖宗夜梦亚子请缨平乱,于是,在七曲山将亚子封为"济顺王"。这两位唐朝皇帝,仓皇辞庙之时,众叛亲离,最缺的是忠勇的武将保护,亚子便应势而成为一个护佑皇家的武神。

等改朝换代完成,天下稍安,便要偃武修文,于是,亚子便应了这样的政治需要开始向着文神转化。先是南宋高宗皇帝封他为"神文圣武孝德忠仁王",再是元朝皇帝仁宗封其为"辅元开化文昌司禄宏仁帝君",从此被正式纳入道教的多神系统,终于完成了一个地方神向道教神的转化,也完成了一位武神向文神的转化。从此,一个蛮荒时代的部落首领终于演化成了主宰地方文运与学子前程的文昌帝君。

追踪这个变化过程,我们看到的其实是一条文明演进轨迹。也可以看到人在什么样的情境下,会转而寄望于超自然的神力。中国有几千年兴文重教的传统,也为读书求知定下了不同的目标,有"格物致知",有"明心见性",最终还是"修身齐家治国平天下"这样的倡导,与科举制度高度合拍,人文理想的实现先得在自下而上的考试系统中出人头地,取得功名。这也是梓潼的亚子由人而神,并得到越来越广泛崇拜的过程。文昌帝君对应的那个星宿本名为"奎",在七曲山大庙也就大书为魁首之"魁"了。

文昌崇拜只用数百年时间就广布天下,这期间,文昌神的形象也在不断重新塑造。在七曲山大庙看到用文昌帝君口吻所写的《阴骘文》一通。文章开篇就点明梓潼神亚子曾不断重返世间："吾一十七世为士大夫身"，从部落首领变成了士大夫了。其自述的功德是"救人之难，济人之急，悯人之孤，容人之过"。这是一个复杂的形象。有道家的影响，有佛家的情怀，也有儒家的修为。由此可见，这位道教之神的形象塑造中有诸多对儒家与佛家道德观的吸纳。《阴骘文》其实是一篇劝世文章，"于是训于人曰"种种行善积福的事例。有"救蚁，中状元之选"，有"埋蛇，享宰相之荣"。更直接提倡广行三教，"或奉真朝斗，或拜佛念经"，在道德层面求善，并没有一门一教的门户之见。而提倡"诸恶莫作，众善奉行"，倒是又与亚子所创"善板祠"的动机一脉相承了。文昌帝君是皇家诰封的尊崇身份，信仰的内涵却是民间色彩浓重的道德教化。看起来无非是劝教向善，真做起来却也是知易而行难。所以，信众也需要一个切实的酬答，不是道教许诺的长生成仙，也不是佛教报以往生西天极乐世界，而是现世的报答。按《阴骘文》所说，是报应于现世的"驷马之门""五枝之桂"。这是一条寒窗十年后，一举成名天下知的光荣路径，既适应国家体制，更符合国民心性。今天，科举制度虽已废除一百多年，但普通人最主要还是通过教育改变命运。更普及的教育带来更多的考试，考试的成功意味着更多有关前程的选择。对于一个人，一个家庭，考试的重要性显而易见。于是，相比于道教众神殿中其他神灵，主管文运的文昌帝君自然就得到更多的信仰。拜这个神可以白日飞升，拜那个神可得长生不老之术，在面对着更多迫切现实焦虑的老百姓看来，非但结果难以验证，实行起来也有重重困难。倒是文昌帝君所司所管，是中国每个家庭的心心念念。这一点，非关制度，而是一种文化的定命。所以，明天就要举行的一年一度的文昌帝君的祭典，才有来自海峡两岸的那么多人前来参加。我和一群作家同行也接到参加这个盛典的邀请。明天，我也将排列在奉祭的行列中，向文昌帝君献上一束鲜花。

夕阳余晖中，和朋友在七曲山古柏林中散步，离热闹的大庙越来越远，听着掠过树梢的风声，看着春日里道旁已经开放的密蒙花和照眼的千里光，心里想着明天献花时该对文昌帝君说句什么样的话。

蜀锦重光

成都市博物馆落成不久，就举办了一个"天府之国与丝绸之路文物特展"。此展刚开，就去看过。一个月后，省作协开会，与会作家又一起去看了这个展览。至此，这个展览已经两个多月了，在成都市民中，也掀起了一个持续的观展热潮。甚至外省游客到成都，知道这个展览的也都想去看看。我曾接到一个北方朋友电话，说他父母来成都旅游，想看看这个展览。我告诉他随时可去，免费，也可以在网上预约。后来反馈说，是个好展览，四川之行有了更大的文化含量，对四川，这个具体的文化与地理存在，有了更深广的历史感。

这个展览从丝绸之路这个切口进入，因为展出者精心设计，的确包含着清晰而具体的历史感。这种历史感，让观众直观地面对基于丝绸之路这条物流之路导致的不同国度、不同地区、不同宗教和不同族群间更深远持久的文化交流。这个文化交流既包含了观念形态的互相影响与融合，也包含了生产技术与生活方式上的相互影响与融汇。佛教和伊斯兰教的东传，主要是通过丝绸之路来实现的。本次展览附设的克孜尔、敦煌和麦积山石窟艺术就直观地展示了佛教东传进入儒道文化区的过程，同时，也通过佛教造像与经变壁画在不同时代的风格变化，生动展示了西来的宗教与艺术中国化的过程。以丝绸为载体的物质贸易是阶段性的，但文化的交互影响却恒久不变。德国地理学家李希霍芬于19世纪末主要基于汉代通西域的史实，首次把欧亚大陆桥上古老的通道命名为丝绸之路，那时，中华帝国已在夕阳西下的时节，丝绸之路上除了一些探险家来来往往，丝绸贸易早已断绝。但无论如何，这唤醒的是一段光荣的历史记忆。

这次有关丝路文化的展览在成都举办，唤醒的也是四川一地的历史记忆。四川一省，深入内陆，却衔接南北，过渡东西，形成了四川盆地特别是成都平原优越的自然条件，从远古时代开始，就发育出丰饶的文明。古蜀国就有以"蚕丛"为帝号的国王，据有些文字学家考证，蜀国之"蜀"所象之形就是一条能吐丝作茧的蚕虫。这次展出的文物中，就有一组出土于四川盆地的汉代画像砖，生动描绘了蜀地先民采桑于林、织绸在机的图案。而一台出土于汉墓的织机实物，其结构之复杂与精巧，也是当时文明发达程度的生动佐证。这是那个时代领先世界的中国制造的四川篇章。

>春月采桑时，林下与欢俱。养蚕不满百，那得罗绣襦。

这首汉代的乐府诗，也可借为那时蜀人男耕女织生活的写照了。

北宋词人仲殊所写《望江南》词，更是直接描绘了彼时成都蚕市的盛景：

>成都好，蚕市趁遨游。夜放笙歌喧紫陌，春邀灯火上红楼。车马溢瀛洲。　　人散后，茧馆喜绸缪。柳叶已饶烟黛细，桑条何似玉纤柔。立马看风流。

丝织行业发达，带动了上游蚕市的兴旺。也正是围绕丝绸业的频繁大宗的交易，中国最早的纸币"交子"首先在成都出现。

是的，从古代蜀锦的光芒，其实能看到创造精神的光芒。

那时的四川盆地不在古丝路的主干道上，却以丰富精美的丝绸产品加入了这条西去中亚与欧洲的频繁贸易之路。本次展览的文物中，有两件实物正是四川以其精美的丝绸产品加入丝路贸易的明证。这两件汉代四川丝绸产品的实物都出土于新疆和田尼雅遗址。一件叫"'五星出东方利中国'护膊",一件叫"'千秋万岁宜子孙'锦枕"。护膊,该是"挽弓当挽强"的武人护身的用具;锦枕,"宜子孙"三字,已道出了这件床上用品中隐含的心声鬓影了。国人说历史,惯说沙场残酷的征战,宫廷阴暗的内斗,却往往忽略那些曾经生动体现物质文明进步与交流的细节。这样的文物,让我们回到历史的细部,让我们烛见文明的更深处。这些细节还告诉我们,四川以这样的技术与物产的贡献,在很久以前,就参与了世界性的物质与文化交流,而不是处于自外于人类文明进程的褊狭苟安的格局之中。更不要说,南北朝时期,因为战乱,出陕西,经陇东的丝绸之路交通断绝,成都在两百年间成为史籍中丝绸之路"河南道"的起点,经川西北,上青藏高原东北部,过青海湖,越祁连山,在张掖与古丝路重新相连。我走过那些地方,蔓草丛树中,古道上的驿站城池还隐然可见。更何况,成都还是陆上南方丝绸之路的起点。有个故事知道的人很多,那就是张骞通西域,开辟丝路时,就已经在今阿富汗(大夏)发现了经过今印度和巴基斯坦输送到中亚的纺织品"蜀布"了。但今天,这条陆上南方丝路的面目还模糊迷离,远不及北方的丝绸之路和海上丝绸之路那样线索清晰。表面看,这是一个历史问题,但今天的现实与历史有着千丝万缕的联系,历史记忆的模糊不清,也与当下政治经济及文化格局中自我认知的程度有相当关系。

两次看完这个展览出来，我都从市中心向南步行一小时回家，一来是为活动筋骨，二来还是脑子里意念丛生，这一个多小时的步行，正好平复一下观展后的脑力激荡。在成都这个越来越现代化的城市中行走，那个所谓的李约瑟之问免不得要在心头涌起。在今天中国和平崛起情势下，这一问也是激励中国人重新奋发的重要缘由。中国制造也在这个进程中重新走向世界，从全然的低端制造，向着更高的层级迈进——更多的科技含量，更高的制作水准，更鲜明的文化气质。我们四川也正抓住"一带一路"带来的机遇，求新求变。放在这样的背景下来考量，这个展览就有了更现实的意义。不只是激活渐被遗忘的历史记忆，更是唤醒创造精神，促使我们在新时代里重新奋发。

此时，成都中心商业区灯火通明，人流如织，展示着充分的活力与时尚。成都，横穿城中的河流当年因为织锦业的繁盛而得名锦江。这个城市的别名锦官城也与发达的丝织业密切相关。但现在，时尚的女性们在这春寒料峭的夜晚，脖间一袭时尚的丝巾，多是来自当年丝绸之路极西端罗马的产品。隔着轩敞的橱窗，还可以看到爱美的时尚女性在那些欧洲名品店的丝织品橱窗前流连。而那些时尚产品所来的地方，在很长的历史阶段中，贵族精英阶层都以拥有中国丝绸为身份与地位的象征。想必那时的欧洲宫廷中，也定有蜀地丝绸绚丽光影。是什么样的情形下，世间事起了这样一个反转。

又想起一件事，春节期间，杜甫草堂在正月初七人日举行祭拜诗圣杜甫的活动，邀我主祭，穿西装去不合适，便在城中遍寻中式服装。用遍寻这个字眼真不过分，在我想象中，该是丝绸的料子，唐装的样式。遍寻的结果，竟没有找到一件称心如意的。除了丝绸质地还差强人意，大概齐整的剪裁，并不精心的缝制，细部的刺绣都很粗糙，色彩也俗艳，穿去了怕要愧对写出"晓看红湿处，花重锦官城"的杜老先生了。传统的丝绸业，至少从晚清以来就开始的退步，不仅体现在工艺不精致方面，更与审美能力的下降和心意的专注与诚恳程度降低有关，也与中国国力的衰败和文化自信心的低落密切相关。

今天，我们有很多非物质文化遗产的发掘与保护，就四川而言，最有开发价值的非物质文化遗产，也许就深藏在曾经光华绚烂的丝绸业完整的产业链条中间。成都号称锦城，穿行成都之水，号称濯锦之江，汉以来就以发达的丝织业闻名于世，唐宋时期更达到了辉煌的高度。不是某种细碎的工艺，不是某种隐而不传的秘方或绝技，而是一个持续兴旺于中国几个最繁盛朝代的完整产业，既显示了四川一地良好的自然条件，显示了四川人民的智慧勤谨，也通过这种物质的生产，显示了四川文化中所包含的极高的技术水平与审美水准。依托于发达的丝绸业而名扬天下的蜀绣正是精致工艺与高水准审美力的明证。这种古老的传统产业，是物质的，也是文化的。因为丝绸产品的生产过程，从质地到色彩，从色彩到纹样，从纹样到形态，精湛的技术是基础，更重要的却是审美，是创新力，是文化。最终，是文化审美决定了产品的雅俗高下。而这种物质产品走出四川盆地，走向全国，走向世界，更需要一种基于开放心态才能形成的不断适应外部环境的商业模式。这样一种传统产业，一定是把四川文化的精神气韵全部包含其中的。所以，我才以为，这可能才是我们最大的物质文化与非物质文化遗产。这样宝贵的遗产能不能在这个改革开放的社会背景下，重新焕发光彩，更是一个看我们能不能凝神聚力，重新焕发敢于独步天下的精气神的问题。今天的四川，在现代制造业方面，已经展开了鼓舞人心的壮阔画卷，但丝织这个传统的，在今天依然可以具有巨大生机的产业，却沉寂不振，这样一种局面，对于看过这个展览的四川人来说，不能不是一个值得深长思之的问题。

从这个展览掀起的观展热潮来看，唤醒记忆，振作人心的作用已然产生。让我们期待，在不太久远的将来，我们就可以在成都或者世界任何一个地方，看到一个主题是今天四川丝绸业重放异彩的展览。这个展览的名字就叫：蜀锦重光。那将是深厚的文化积淀与时代精神交织的光芒，是通过精美工艺折射的精神气韵的光芒。

故乡春天记

春天了。

这些年的春天里总想,而且总要回乡。

如今城乡疏隔,回乡是需要理由的,高原的春天便是我回乡的好理由之一。

高原的春天来得晚,在成都,所有春天的繁花开过,眼看就是绿色深浓的夏天,家乡那边才传来春天的消息。达古冰川的朋友今天打电话说,高山柳开花了;明天打电话说,落叶松和桦树发芽了;又说,你教我们认得的苣叶报春和龙胆都开了。

达古冰川在黑水县,在小时候从故乡的小村庄时时仰望的那座大雪山的北边。

大雪山叫作阿吾塔毗,山南边是我的家乡马尔康县。那些日子,县里也打电话来说,老家梭磨乡的开犁礼要在木尔溪村举行了。所有这些消息，都在诱惑着我。当下就把几乎在车库里停了一冬天的车开到店里保养，换了新轮胎。我要回去看家乡的春天。

新轮胎黑黝黝的，新橡胶的味道也像是春天的味道。

取车的时候，站在已经开过了一树红花的刺桐树浓重的阴凉下，我想，成都的春天刚刚过完，我又去过家乡高原的春天。多么幸福！一年过两个春天！

这一天，是4月15日。

4月18日，终于可以出发了，先去黑水县。

"名家看四川"系列活动之一，邀请作家中的大自然爱好者，去黑水县境内新开发的风景区达古冰川，去走走看看，多少有帮忙发现与提炼景区丰富美感的意思。达古冰川不仅有壮美的雪山风光，更有从海拔两千八百米到海拔五千多米的冰川造就的地质景观与植物群落的垂直分布。旅游业勃兴后，这样的审美发掘工作，正是作家可以做些贡献的地方。

但我决定不随团行动，不参加半途上的集体午餐。但我对工作人员建议：安排的饭食要有山里的春天——刚开的核桃花、新鲜的蕨菜。而且，眼前马上就浮现了那些石头建筑错落的村寨，高大的核桃树刚刚绽出新叶，像一团绿褐色云雾，笼罩在村寨上面。浅浅的褐色，是树叶的新芽。绿色是核桃树正在开花：一条条肥厚的柔荑花序，从枝头悬垂下来——那就是颜色浅绿的花。这个时节，村民们会把将导致核桃树结出过多果实的花一条条摘下，轻轻一捋，那一长条肥嫩的雄花与雌花都被捋掉了。焯了水拌好的，其实是那些密集的小花附生的茎。什么味道？清新无比的洁净山野的味道！而在那些不被人过分打扰的安静村庄，蕨就生在核桃树下，又嫩又肥的茎，从暖和肥沃的泥土里伸展出来，一个晚上，或者一个白天，就长到一拃多高了。要赶紧采下来。不然，第二天它们就展开了茎尖的叶苞，漂亮的羽叶一展开，为了支撑那些叶子，茎立即就变得坚韧了。乡野的原则就是简单，取了这茎的多半段，摘去顶上的叶苞，或干脆不摘，也是在滚水中浅浅焯过，一点盐，一点蒜蓉，一点辣椒。什么味道？苏醒的大地的味道！

这样一顿风味午餐后，他们还要去看色尔古藏寨。

这些好味道我都很熟悉。而那古老的村寨——我自己就出生于与之相似到相同的村庄，至今仍在细细观察。我在一首叫作《群山，或者关于我自己的颂词》的诗中写过，这些村庄，都跟我出生的那个村庄一模一样。我是说人、庄稼、房舍、牛栏、狗、水泉、欢喜、忧伤。

正因为这份稔熟，这些年，我从熟悉的乡野找到了新的观察对象——在青藏高原腹心或边缘地带走动时，会留心观察一下野生植物，拍摄那些漂亮或不太漂亮的开花植物。这正是我要单独行动的原因。

从成都去黑水县城,将近三百公里,一路都沿岷江峡谷而上。其中一半行程,成都到汶川是高速公路。相当部分是在深长的隧道中穿行,无景可看。出汶川县城,过茂县,公路傍着的都是岷江主流。出茂县,沿着岷江主流上行二十多公里,有一处地方叫飞虹桥。在这里,河流分岔,过桥右行,是岷江主流,去松潘。左行,是岷江支流猛河,沿河而上,到黑水。这段时间,是山里的融雪时节,所以江流有些混浊。水清时,比如秋天,站在飞虹桥上看在桥前汇聚的两路江水,岷江主流清澈见底,左边的猛河一样清澈见底,却水色深沉,因此猛河也被叫作黑水,连带着分布在这条河上下两岸的地方也叫作黑水了。这一带,海拔已经上升到两千多米,而且还在继续渐次抬升。山高谷深,山势陡峭。一路上,见有道路宽阔的地方,我就停下车来,爬上山坡去寻找开花植物。春天进到岷江峡谷已经有些时候了。公路两边人工栽植的洋槐正开着白色繁花。河谷台地上,那些石头寨子组成的村落里,桃树已是丛丛翠绿。可是,河谷两岸干旱的山坡上的灌丛仍然一派枯黄。但我知道,这些枯瘦的灌丛里一定有早开的花朵。这一路,走走停停,上到山坡,又下到路上,果然遇见了好几种开花植物。

两种蓝色鸢尾。

一种叶片细窄,花朵也清瘦,长在土质瘠薄的干旱山坡上那些多刺的灌丛中间,名字叫作薄叶鸢尾。

再一种，叶片宽大肥厚，在有肥沃腐殖土聚集的地方，一开一片，花朵硕大。风起时，那一朵朵花摇动于随风起伏的绿叶之上，仿佛成群蝴蝶飞翔。它们正式的名字就叫鸢尾。以其美丽与广布成为鸢尾属植物的代表。

一种枝上开满细小黄花的带刺的灌丛，名字叫作堆花小檗。米粒大的小黄花一簇簇拥挤在一起，抢在绿色叶片展开前怒放。这植物的名字概括的正是其花开的繁密。小檗的根茎中可以提炼一种叫小檗碱的物质，也就是平常所称的黄连素。

还有耐旱耐瘠薄的带刺灌丛沙生槐也开出了密集的蓝色花。

折腾得累了，我坐在山坡上，翻看相机里的花朵，却突然弄不明白，大自然为什么要让植物开出这么多的花朵。这些花朵，和这神秘的不明白，也许就是我这一天的收获。

是的，人们都在世界上力图明白，但我宁愿常常感受到自己很多的不明白。

拍完最后一组照片，坐在山坡上喝几口水，一根根拔去扎在衣袖裤腿上的灌木刺时，已经是山谷中夕阳西下的时刻了。

车再行二十多公里，就是黑水了。

黑水县城分成两个部分。先到的老县城。即便地处深山，这些年也被城镇化的潮流所波及，到城镇上来讨生活的人越来越多，地处狭窄谷地的老县城容不下这许多人了。五年前的汶川地震后,又在老县城上方一公里多,起了新县城,新建了一些机关和商业网点,更多的是往城里聚居而来的四乡村民。这次住在新县城。县城是新的,酒店也是新的,四层楼房,居然有一座运行有点缓慢的电梯。

县长和管理局局长请大家吃饭。当地猪肉,这种猪半野放,肉香扑鼻,是名藏香猪。野菜多种。最受欢迎者有三。一种,土名刺龙苞。其实是五加科楤木的肥实叶芽。蕨菜和核桃花已经说过。这些野味入口就是清新的山野气息,加上所有人都会想到无污染绿色这样的概念,就更觉得不能不大快朵颐了。只是酒不好,当地产烧酒,有点遗憾。但也理解主人,眼下禁止公款胡吃海喝,不但理解,而且赞同。

我对坐我右边的县长说:好喝,好喝!

又悄声对坐我左边的李栓科说:明晚我请你喝好酒!

栓科是我过去做杂志时就认识的,跟我一样,高兴了酒量就好。他做《中国国家地理》杂志前是地质学家,到有地质奇观的地方来,自然没有不兴奋的道理。

达古冰川

19日,坐景区的观光车跟大家一起游览达古景区。车穿过峡谷,穿过峡谷中三个藏族村落。这三个寨落都叫达古。因地势高低分别叫作上、中、下达古。车上有同行问我,"达古"在藏语里是什么意思。我有点说不上来。从词根上说,达,是马的意思,古,是深远的意思。不是汉语中年代的深远,而是指地理的深远。但这两个意思如何串联起来?我不知道,当地人不知道,问过一些学者,也不太知道。去年的初春时节,我走访过这三个村寨。中达古村长是个有文化的人。上过初中,因"文革"而辍学。我来访问前,他已经把村子的历史和达古雪山群中那座叫洛格斯的神山故事写成了两页汉文材料。要不是有位央视的纪录片编导随行,善于访问,我都不知道该再问他什么问题了。上达古村的老百姓,以前多居住在半山上,如今,当年斜挂在山坡上那些土地已经不再耕种,响应国家退耕还林、保护长江上游水源的政策退耕还林了。那些曾经的庄稼地,正在被荒草和灌丛重新掩没。村子里的人家相继迁移到山下的公路边,寻找新的营生,构建新的生活。

那天,村长给我们讲上、中、下三个达古村的历史。

讲他们每年祭祀山神的意义与程式。

讲森林中的动物,和已经成为历史的狩猎故事。

中达古村还有一座小佛寺,但没有常住的僧人。只是在佛历上一些重要的日子,那些半职业的僧人才回到庙里,和村里百姓做些法事。平常的日子,寺庙门上落着锁,并不干扰百姓的生活。僧人们自己也在各自的俗家中帮助生产。我个人喜欢宗教的这种存在方式。

在上达古村前,猛河已变成了一道溪流。溪上一座带顶的藏式木桥,廊柱上有"红军桥"的字样。这里确实是当年红军长征经过的地方。到达此地之前,红军已经翻越了宝兴县和小金县之间的夹金山,又翻越了小金县和我老家马尔康县之间的梦笔山,接下来,又经过我们马塘村继续跋涉,翻越雅克夏山进入黑水县,就是现在达古景区所在的地区。这里,雪山更加密集地紧靠在一起。刚从雅克夏雪山下来,当年的红军马上又遇见一座昌德雪山,下昌德雪山,就是上、中、下三个达古村所在的这个峡谷。当年的红军,那些并不确切知道自己该去哪里的人,在此地盘桓一阵,补充些粮食,就从现在叫了红军桥的木桥上过了溪流,又顺着蜿蜒的山道直上达古雪山。过了这座雪山,便是毛尔盖,接下来就是宽阔的川西草原了。这就是所谓的红军爬雪山过草地。中央红军主力和四方面军一部,一共在阿坝州境内翻越了五座雪山,其中三座都在黑水县境内,而且,就围绕在达古景区主峰的周边。

这一天,我们要去的是这雪山群中两座从未被人逾越的雪山——有冰川群的达古雪山主峰和洛格斯神山。

这已是我第三次来达古冰川。

前年,我来这里时秋林在高原艳阳下五色斑斓。那是落叶松、红桦、白桦、栎、花楸、栌、高山杨、槭这些树木群落浩然盛大的色彩大交响。

去年，比此行早二十天，我来时，晚上一夜飞雪。早上风停云开。驱车到达古村时，湖水映着碧蓝天空，阳光下融雪时的滋润气息带着松杉的芳香。保护站小屋中，炉子里烧着旺火，壶里茶滚烫。屋顶上的雪融化了，从窗前淅沥而下，像断了线却落不尽的珠串。听保护站的工作人员谈林子里金丝猴、羚牛的故事。茶喝到出汗，路上的雪化开了。半山上为游客布置的木头栈道上的雪也化开了，洇湿的厚木板上有漂亮的纹理。走上这条木板栈道，正对的洛格斯神山冰清玉洁，莹光逼眼。在一些藏语文本的诗性表达里，喜欢把巍峨纯净的雪山形容为一个戴着水晶冠冕的人或神，如果你在一个空气清新、阳光明亮的上午，看见这样直插幽深蓝空的雪山，就知道，这样的形容有多么精妙，且带着神圣之感。顺着栈道一路向前，那并肩而立的三座晶莹雪山就在峡谷尽头越升越高，诱导你一直走到跟前，把平视变成仰望。在山下的达古村，村长告诉我，这座雪山的神是古代三个为了保卫村落与美丽山水而献出生命的达古青年勇士的灵魂所化，因此是三个达古村共同的保护神。

那天真的走到栈道尽头，倒在松软洁净的雪中仰望雪山。山峰和蓝空间漾起片片薄云。那是山上起风了，把山体上的雪花飞扬到半空里。薄云很快又消散了。那是风停了，雪花又落回山上。四野寂静无声,某片杉树林中,传来一两声鸟鸣。婉转悠长的是画眉,有些突兀的是粗嗓门的噪鹛。

可是,今次来,大家走上栈道时,洛格斯神山却在自己扯起的一片云雾后面隐匿不见。大家继续朝前,希望突然会云开雾散。但云非但不开,天上还不时洒下些雨点。山神今日休息,山神今天不与凡人相见。我闲着无事,便动手拍已经开放的报春花。顺便把三千多米高度上的一些常见植物,落叶松、野樱桃、小檗、蔷薇、伏地柏指认给大家。而李栓科则指着山谷、岩石和山峰给大家上地质课。就这样,在古代冰川所创造出来的巨大的U形山谷中盘桓一阵,神山仍然没有露脸的意思,大家只好到游客中心午餐。

午餐算是一个冷餐会吧。藏式的手抓肉、包子和一些野生蔬菜。最好吃的一种,学名叫作紫花碎米荠。吃的是它们刚刚破土而出的嫩茎。要到七月间,它们才会开出团团漂亮的紫色花。饭后,一半天空阴着,一半天空中却有阳光破云而出。右手峡谷尽头的洛格斯神山依然隐匿不现。而正面峡谷尽头壁立而起的达古冰川上方的雪山主峰却熠熠闪光,大家赶紧上山。

上山很容易。海拔三千多米的峡谷尽头,有如烟新绿笼着的落叶松林前就是索道站。十多分钟,缆车就将游人运到海拔四千八百米的高度上。据称这是世界上海拔高度最高的缆车索道。管理局的人说,该索道由奥地利一家公司设计建造,一共费了四年时间。也就是说，对游客来说，这是目前世界上不需自己辛苦登攀而能到达的最大海拔高度。

我既是第三次上到这里，便不急于和同行的人马上冲向外面的雪山。我为自己在雪山小屋中要了一杯咖啡，慢慢饮下。情景有些不可思议，有些奇异。人在宽大的观景窗内落座，手捧一杯香喷喷的热咖啡，窗外，海拔五千二百米的达古雪峰覆盖着厚厚的雪被就横卧在眼前，像一只睡着了的巨大动物。山体上是深雪，雪下，才是冰川。这道冰川每年只有7、8两个月，积雪融化时才可以看见。但那冰川显示的力量却清晰得见。下冲的冰川在雪峰下几百米处刨出一个巨大的深坑，夏天和初秋，那是一湖碧水。湖水的上方，劲风猎猎，被阳光照耀，亮得晃眼的云团翻滚在天空，也翻涌在湖中。

喝完咖啡，走到室外的雪野中。瞭望台上，雪深盈尺；瞭望台外，雪深就在三四米了。我发现，好几位同行者因为缺氧、因为过分兴奋有些喘不上气来了。在这个高度上，群山变成波浪，在眼前奔涌。只有身边几座山峰超出我们所在的高度——最高峰海拔五千二百米。在这里，唯有搞地质出身的李栓科面不改色，为大家指点冰川在这雪山之巅造就的地貌杰作：相互错落在云幕下金字塔一般的锥形峰顶，锋利峭薄的山脊——地理学名词叫脊线，被冰川从对面山体上剥离又搬运到面前来的巨大的岩石——冰漂砾。而在我们脚底的深雪下，就是冰川挖掘出的巨大的冰斗，夏天时，是一汪湖水，现在冻成了一块坚硬的冰。

李栓科对景区管理局的唐华祥书记说，冰漂亮，雪漂亮，雪山漂亮，游客一眼就已看见。但是，冰川造就的特殊地形，这样近距离呈现在游客眼前的地方，如果不是唯一，全世界也不多见，需要大声告诉他们。李栓科还说，不要老说这座山像什么动物，那座峰又像什么动物，要说科学。眼前这些，都是活生生的地质样本！

我赞同！

达古景区主推的是两个卖点：一个，雪山和冰川；一个，秋天的彩林。

而我一直说，森林的漂亮，秋天变红变黄自然是一个高潮，但从初春起，不同植物，晕染在山野间的不同色调的新绿也足让人目眩神迷。只不过，中国游客似乎已经习惯由导游来指点——不经别人指点，就不能自己看见与发现，那么，景区更有理由做这方面的挖掘。高原上春天来得晚，初春过后，直接就进入生命竞放的夏天。十数种杜鹃，十数种报春，十数种龙胆，十数种马先蒿，几种绿绒蒿，金莲花银莲花，金露梅银露梅，那么多的高原植物竞相开放，把整个高原的夏天开成一片幽深无尽的花海。这些也都是可以用某些方法指点给游客的，都是可以让他们喜欢与热爱的。我总觉得，达古景区这样的地方，可以成为一个中国人学习体味自然之美的课堂。地理之美，植物之美，共同构成自然之美。虽然时兴的国学热中，常有人说中国人如何具有源远流长的天人合一观，如何取法自然，但在实际情形中，却是整个国家自然界大面积的萎退与毁败，是中国人与大自然日甚一日的隔膜与疏远。

达古景区如果多做这方面的工作，在中国所有自然景区中，肯定在观念与方法上都走在了前面。

达古景区的自然之美真是无处不在啊！在海拔三千多米处，积雪刚刚融化，落叶松柔软的枝条上就绽放出了簇簇嫩绿的针叶。而刚刚从冰冻中苏醒的高山柳、报春已经忙着开花了。再往下，开花植物更多。路边草地上，成片的小白花是野草莓，星星点点的蓝花是某种龙胆，那是比蓝天更漂亮的蓝！到了达古村附近，湖边野樱桃开花了，有风轻摇树梢时，薄雪般的花瓣便纷纷扬扬飘飞起来。再往下，路边一丛丛黄花照眼，那是野生的棣棠。还有藤本的铁线莲，遇到灌丛和乔木就顺势向上攀爬，用这样的方式，把一串串鲜明的花朵举向高处。那些花朵也真正漂亮，四只纯白的花瓣纤尘不染，花瓣中央，数量众多的雄蕊举着一点点明黄的花药，雌蕊通身碧绿，大方地被雄蕊们簇拥在中央。我不知道，这是一种快意的听天由命，任哪一阵风起，或哪一只昆虫飞来，把任一枝雄蕊上的花药洒到那娇嫩敏感的柱头上，在阳光下昏眩一阵，便受精怀子,还是一切都要经由它不动声色地精心选择,拒绝,拒绝,或在拒绝与接纳间犹豫再三,才终于将几颗雄花的精子纳入子房?

达古景区把旅游的高潮定在秋天,如果能打开游人寻美的心思与眼睛,其初春的山野,处处生命力勃发,已是美不胜收了。

当天晚上,我们吃藏餐,藏香猪和各种做法的牦牛肉自不必说,刚刚采摘来的山野菜更让人食指大动。藏式桌子低,座椅也低,其实说是榻才合适,每榻可三个人并坐,有温软的褥子,有靠背,适合喝酒闲聊。我央人从车上取了自带的好酒来请大家。先由李栓科、我和女作家葛水平三个爱酒人组成一个核心小组,率先一大杯接一大杯,以此带动着全桌都喝起来,不久,就央人从楼下车上取第二瓶酒来。这时,大家的话就多起来,话而不足,有谁就带头唱起歌来。一个多小时后吧,又取了第三瓶酒来,并吸引得邻桌的人也自己带了酒来加入。不知道什么时候又喝完了第三瓶酒,大家就兴尽而归了。

突如其来的地震

4月20日。

这一天,说好九点早餐。大家自然要多睡一会儿。我舍不得，早早起来，走到外面去呼吸新鲜的空气。真是好空气！饱含着那么多新萌发的植物的新鲜气息。黑水的新老县城之间一公里多的地段上，还有几户农家，我就站在土豆地边看一阵垄上的新苗，然后散步往老县城去。经过地震后新建的中学，教室中书声琅琅。

走到了老县城街上，突然街边铺面的铁门开始哗哗作响。

地震。我想。

然后，继续散步。

一个小时后，回到酒店早餐。我发现地震正在成为一个比较严重的事件。餐桌上的人除了我都没有动筷子，有人在往家里打平安电话，有人在接问询平安的电话，还有短信和微信。弄完这一切，打开电视，CCTV新闻频道——芦山地震。芦山县城在夹金山下。夹金山是一座积雪越来越少的雪山。我原来计划，几天后回程，从那里到成都，为的也只是更大幅面地感受故乡大山里的春天。电视里只口播说芦山县7.0级地震，除此没有更多消息。我开玩笑说，好吧，过几天，我替你们到那里看看。

九点半，大家又说一会儿地震，才上车离开。我驾车跑在采风团的中巴车前面。我们要一起过雅克夏山，在山的那一边，是红原大草原。他们有一个目标，去看一个分水岭。分水岭下发源了一条河，那是往东南方流去纵贯了我家乡马尔康县的梭磨河。分水岭另一面，沼泽中发育了另一条河，藏语叫嘎曲，意思是白河。白河西北流向，在川甘边境汇入黄河。梭磨河流入大渡河，大渡河汇入长江，所以，这道分水岭也可视作是长江水系和黄河水系的分水岭。作家朋友们要去那海拔四千米的岭上看宽广的雪野，看河的源头。

我和他们约好中午一起在刷经寺镇上午餐。他们去看雪，我要在沿途峡谷找寻早到的春天。车行不久，我就在一座叫沙石多的藏寨前停下来，拍寨子前开了繁花的野樱桃。刚支好三脚架，寨子里有人出来和我说话。他们见我穿得像游客，却不是游客，笑说，原来你就是山那边马塘村的人啊！新中国成立前，我们马塘村是驿道上有一条小街道的大市集。后来，有公路了，这个市集便消失了。我们的爷爷辈还经商开店赶马帮，父亲辈便变成种青稞和土豆为生的农民了。我拍完那几树樱桃花，坐在栅栏前开满野草莓白色花的草地上，和他们一起抽了一支烟。我们一起看着对面高大幽深的山，他们说，都是听爷爷辈的人说过他们翻山去马塘街上卖麝香买快枪的故事，如今，村里爷爷辈的人都没有了。我说，我还听爷爷辈的人说，你们这些黑水人拿着快枪，曾经把我们马塘包围过好多天，一把火，就把街上的店铺、骡马店烧毁了一多半。他们笑说，那一次，可能我们寨子没有参加。

告别他们，我继续上山。开车时，又想起一个故事。20世纪50年代初，解放军来了。山里的人们被告知，这是当年的红军回来了，而且，这一回，来了就不走了。解放军一支部队翻越雅克夏山进军黑水，发现在山顶附近，十几具尸骨，整整齐齐躺在浅草地上。干干净净的尸骨边，一些金属遗留物，说明他们是当年的红军，人数恰好是一个战斗班。在这缺氧的高山上，坐下休息后，就没有一个人再站起来。山那边有一个新中国成立后才兴起的镇子，叫刷经寺。镇子边有一个烈士陵园。小时候，老师领着我们这些红领巾去参观过那个墓园。墓园中，就有睡在雅克夏山顶就没有再起来的那个红军班。

去年，这座山半腰新开的隧道通车了。原来要上去下来两个小时的盘山道，只用不到十分钟就穿过去了。

这个隧道让我又想到地震。

五年前的汶川地震，黑水也是受灾县，由吉林省对口进行灾后重建。这回所住的新县城，就是灾后重建的大项目。这个隧道也是。某一次，我还从电视新闻里看到这个隧道的剪彩仪式上，有一个熟悉的面孔。那是吉林省某厅的副厅长。我们在北京一起学习过。看到他出现在雅克夏山上，我感到他比在北京一起喝酒时更亲切。我发了短信去问，是不是他。他马上打了电话过来，说，就是我！

五年前的地震发生时，达古冰川景区建设刚刚完成，登高的缆车建好了，游客盘桓山中看奇花异草和冰川地貌的栈道建好了，进山的公路建好了，甚至一座五星级酒店也建好了。马上就要开门迎客了，凶恶的地震来了。那一次，死亡载道，沿岷江峡谷的公路尽毁，交通阻绝，达古冰川景区无从开放。直到灾区重伤初愈，政府宣布重建提前完成，才得以重新开放。

我从前年开始，到今次，一共三回到这个景区，去发现地理与植物之美，并把这些美告诉世人，多少也有点帮助灾后恢复的意思在里面。

这时，电话来了，记者的电话。问我芦山地震了，准备做点什么。

我没怎么在意，说不知道。

如是，几十公里的下山道上，就接了好几个电话。

地震，这个问题似乎在别人的提醒下越发严重起来。

我在电话中问记者，那边地震真的很严重吗？是很严重。什么程度？说具体情况不清楚，但房倒屋塌，伤亡惨重。

我也无心再在原野中踪迹春天了，赶紧到刷经寺镇上，那里有电视。十一点钟，我进了镇上一家饭馆，电视机前已经坐着好几个人了。有过汶川地震的经验，看电视上的画面，房屋倒塌的程度，公路毁损的程度，我松了一口气，大地之神不能总是那么残酷。自然，对受难者，这也足够残酷，但相对五年前的惨烈的天翻地覆，死亡枕藉，总是轻了许多。但是，时时刷新的伤亡数字，还是叫人心痛难过。去年，我带着一本前辈学者任乃强先生于1942年写成的《天芦宝札记》在那一带地方行走过。这本书写的正是这次重灾的三个县——天全、芦山和宝兴。

这么美好的春天,地震又来了。

我看电视的时候,一个记者的电话又进来了。他说,发了若干条短信为什么不回?我说我没有收到短信。他不信,他以为我不愿接受他的采访。我没有告诉他我收不到短信的原因。雅克夏山这一边,包括我在的刷经寺镇,属于红原县,这里手机信号不好。这位记者有点生气,他干脆问我,什么时候去灾区?我说,我在老灾区,暂时没有想去不去新灾区这个问题。他说,那么你作为四川省作家协会的主席,准备组织四川作家为灾区做点什么?我说,我无权调度四川作家,如果你一定要知道答案,作家协会不是保密单位,你是记者,你就到我工作的单位做个调查。我没有说我在距新灾区六七百公里外的高原上,这位记者的口吻,好像一个四川作家,应该随时收拾好了装备和心情,只等地震爆发,就立马奔赴灾区。如果真是这样,那我心理也太不健康了。采访没有期望的结果,记者不高兴,我也不高兴。不只是不高兴,简直是心情恶劣。

这时,开饭馆的老板过来打招呼,问我是不是马塘村的某某,我说是。他说,我是邻村的某某家的啊!某家的长辈我认识,但这个比我年轻的人我不认识。他说,你弟弟我们就很认识啊!

看过分水岭的同行们到了。我们就在这个饭馆里午餐。老板说,店里的特色菜就是当地的各种蘑菇,只不过,都是去年初秋备下的干货。干蘑菇配上猪肉牛肉烧了,也是很下饭的东西。饭后,采风团回成都。我站在饭馆前向车上的他们招手再见。

上车前,团里一位年已七十多岁的台湾作家对我说,不想马上回台湾,想去芦山地震灾区,不晓得你们作家协会能不能提供点方便。我的心情又沉重起来。我说,如果我在成都,我愿意开着自己的车送你去……

老作家没有再说什么,我想她肯定认为我在推托。

但我又懒得再做解释,只是有口无心地说抱歉,心里却想,是不是全中国都必须跑到灾区去呢?

同行们走了,我从超市往车上塞了些过日子的东西。沿着梭磨河下行十多公里,就到老家马塘村了。

母亲不在,在城里妹妹家。父亲在家,弟弟和弟媳在家。

四周又安静下来。在家里的寨楼中,我和弟弟说话。说在若尔盖县城帮着我另一个妹妹打理一家小宾馆的侄儿,说刚考到另一个县做了护士的侄女,说地里今年准备种什么庄稼。父亲老了,不理家事了,只是静静坐在我对面,微笑着听我们说话。我想,这就叫生活安好吧!不一会儿,弟媳从厨房里端了一碗手擀的面片汤来，面片之外，汤里有酸菜和小块的腊肉。我口说刚在刷经寺吃过了，还是把那碗面片汤吃了个一干二净。现在，家里生活好些了，常常做些和小饭馆里一样的饭食，但他们都知道，我一回家，首选就是这口酸菜面片汤。

吃过了，到屋外的地头上走走，解冻不久的土地在脚下是那样松软，在阳光的暖意中散发出无以名状的气息。那是苏醒的土地的气息。这也是春天。

我看看山坡，父亲明白我在看什么，他说，你喜欢的那些花开放还要些日子呢。

那我就不用上山去了。

父亲又说，今天早上有人从乡上来，说你明天要去参加开犁仪式呢。

乡里距我们村有二十多公里远。

父亲和弟弟送我离开。父子三个从家中的地里穿过去，我想起三十多年前，和父亲一起在地里耕作的情形。那时，父亲比我现在还年轻，我还只是一个懵懂少年。这么想着，过了桥，到公路边上，我发动车子，父亲在窗外摇手，我离开。从后视镜里看到越来越小的两个人影。汽车转一个弯，镜中的景物切换成了泛出隐约绿色的山野。

又五十多公里，梭磨河的深峡里，绿色越来越鲜明，开枝展叶的绿树越来越多，越来越漂亮。我停下车来，拍开黄花的高山黄华。再停下车来，那是一树树盛开的粉红色的杜鹃了。

我把让人难过的地震忘记了。

进县城，还有我过去在此工作时留下的四十多平方米的老房子，里面有几架没搬走的书。我回去了一趟，从书架上找了两本带到酒店。其中一本，就是任乃强先生的《天芦宝札记》。这本是我自己买的；成都那一本，是任先生的儿子送的。晚餐时和县里领导见过，听他们说些旅游规划方面的事情，我当然说，家乡事，有能出力之处，任凭驱使。

然后，又看一阵电视中的地震，便在灯下读写如今地震了的那三县的旧文字。

说那里地理的有一篇叫《芦灵道中》：

> 自芦山出北门，十里仁嘉场，悉河原坦道，稻田芊芊，村落相衔，为县境富庶之区。
>
> 仁嘉场至天全属之双河场十五里，皆峡道，峡分两部，东段长七八里，势较缓，称为峡口，属芦山县。西段长七八里，为砾岩层之深邃裂隙，劈地三十余丈，以泄双河场之水。两壁相距，自踵至顶，俱仅二三丈，一线天光，非亭午不能达地。行人缘壁，如入洞府。
>
> 瞿塘、巫山未足喻也。土人不呼为峡，曰"大崖腔"。
>
> 沿河多水臼与制香人户。

说到了地震区中心的灵关镇：

扬雄《蜀王本纪》，谓蜀王杜宇，以褒斜为前门，灵关为后户，灵关之名始著于此。

盖此地外控羌氏，内屏邛雅。四周则山道险隘，河谷则田畴腴美，诚边疆屯戍要地也。

唐武德初，始置灵关县。

有市民四百余户。

自灵关北行，过舒家岩为中坝，更逾一狭岸为上坝。上坝尽处曰小关子，往时设卡稽查汉番出入处也。自此入长二十里之山道，无人户。往时沿江岸为路，多设偏桥栈道，人畜多失足坠水，夏涨时每每阻绝。民十八年，灵关上坝善士苟树堂，倡议改修为山道，遂成此路，当时称为马路，实则肩舆亦难通行，唯背夫极感其便。其间经费之什九，由苟氏一人担任，亦可称也。

说到了宝兴县：

宝兴县民十七年就故穆坪土司地改流置，县境包硗碛、陇东两河谷，县治在两河合流处稍南。旧土署所在也，海拔一千一百五十公尺。旧有市街，有江西、湖广、陕西商店，市况与灵关相当。民国二十五年被毁，现存二百余户，市房尚未修复，土司时曾建城垣。

有定西碑，亦为平金川后纪念定西将军阿桂立，有红军改镌革命口号。官军收复宝兴后，以其古物未忍仆毁，以石灰涂之。……碑阴为藏文，未毁。

县境古为氐族住地，唐时氐人同化于吐蕃，宋代有董卜韩胡等七姓首领分王其地。……金川之役，穆坪为进军五大干道之一，随军商贾云集，始建街市。其后汉人移居者渐多，土著亦多汉化，现唯硗碛一区，土人保持番俗。

金川之役，是在18世纪中叶的乾隆年间，那时宝兴县全境还属于穆坪土司领地，是纯粹的藏文化区域。后来，汉族移民渐多，当地人生活也日益汉化，藏族土司也改了汉姓，到任先生去的20世纪中叶，就只有硗碛一角还保持着嘉绒藏人的风习了。

两年前的春天，我去宝兴，并在硗碛镇上小住两天，就是想感受文化变迁。

我常说，自己是一个肉体与文化双重的混血儿，一个杂种。但至少因为身上占了一半的嘉绒藏人的血缘，更因为在嘉绒文化区内出生成长，所以，我认为自己是一个嘉绒人。我在这些地方走动，也是因为宝兴一县，过去是嘉绒十八土司之一穆坪土司的领地。近两三百年中，嘉绒的藏族聚居区受到异质文化冲击最多，也是改变最多的地区。宝兴一县，嘉绒文化的意味，已经非常依稀了。所以，我想看任先生写下那些记录文字七十年后，宝兴全县，嘉绒文化意味最浓重的硗碛又是怎样的状况。我去时的硗碛已经不是过去的硗碛了。原来的硗碛小镇被新修的水电站淹没了。新硗碛镇迁到半山上的更高处。新镇子是按一个旅游小镇打造的。我住宿的这个家庭旅馆的主人，失去老房子的同时也失去了河谷中的耕地，便开了这个家庭旅馆作为新的生计。主人做好了饭，叫我下楼，我取了自带的酒，和男女主人共饮。我用自己也日渐生疏的嘉绒话和他们聊天。男主人不懂。女主人能听懂，也不会说了。这是汉藏交界地带，常见的景况。那天，我们聊他们以前的生活，被水电站淹没的村庄和庄稼。饭后，我在这新造的山间小镇散步，看四处设置了一些藏族文化符号化的东西。我知道，这是政府出于旅游方面的考量，但这些符号下所包含的内容和意义与当地人的生活却很少干系了。

那一回，是晚春。硗碛四周山林里的杜鹃花已经开过了。我对这家主人说，我要来看一回这里的杜鹃开放。其实，哪里是只看杜鹃树开花，还是想体味这种新兴的旅游小镇显现了什么样的发展可能，以及是否会产生一种新的文化走向。本来打算，这一次，我就从马尔康翻梦笔山到小金，再翻夹金山到硗碛，在原来那个家庭旅馆住上一天两天。地震一来，这个计划又要推迟了。

又开了电视，想起雅安的一个作家朋友赵良冶，给他电话，通了，没接。

赵良冶回电话时，我出去散步，没有听见。路上，遇见一个朋友，也说地震。我说电视上说，宝兴县还进不去。他说，那是从成都。阿坝的武警和消防队已经到达灾区了。从马尔康到宝兴县，先翻梦笔山到小金县，再翻夹金山，下去就是宝兴，路程不到四百公里。五年前汶川地震，沿岷江到汶川的公路长时间不通，很多到汶川的救援队伍与物资，就是从成都到雅安，经芦山、宝兴、小金、马尔康，行程八百多公里，才到汶川。本来，成都到汶川只有一百五十公里。地震时，我也经那条路去汶川，沿途都是新竖立的指路牌，牌子上墨迹未干的字，都是汶川。不要说在山下，在夹金山三千多米的山口上，也有人供应免费的饭食。公家派出的人供应盒饭。当地百姓从山下背上来新蒸的包子和煮鸡蛋。我对那位熟人说，本来想回去时再走这条路的，看来不行了。他说，真要去可以帮忙安排，但你去干什么？他开玩笑说，别把自己变成看稀奇的人了。这位朋友是州里领导，汶川地震时，徒步在震中走过许多地方，组织当地百姓自救，努力向外传递消息，那真是出生入死。震后十多天，他从映秀来成都，我为捐建学校的事，和他见面。见面时,他就流泪,说,我们几十年的建设成果,全部毁于一旦!

那一刻,我决定不去灾区了,至少救灾最紧要的时候不去。

回去,见赵良冶来了两个电话。

再打回去,问他好不好。好。问熊猫好不好。好。

问他熊猫,是因为,他有一部作品,写熊猫的发现与保护的历程,还是我作的序。这回地震的宝兴县,就是大熊猫的发现地。那是1867年,宝兴县一个叫邓生沟的地方,有一个法国人建的天主教堂。当时的神父让·皮埃尔·阿曼德·大卫算得上是一个业余生物学家,传教之余,在当地进行广泛的生物资源考察,最大的发现,就是熊猫。我说,过了这一阵,去雅安看你和熊猫吧。

宝兴还有一种漂亮的野生植物宝兴百合。据说欧洲现在最漂亮名贵的百合花,就是由宝兴百合培育而成(另一说,是汶川一带岷江河谷中的岷江百合)。我几次上下夹金山,都未遇见过百合开花。因此还给赵良冶一个任务,叫他百合开花时通知我。去年通知了,人在外国,没有去成。这回,他在电话里说,今年还要来看百合花吗?我说,花开时一定告诉我。

这时,电视里已经在劝告志愿者不要急着涌向灾区了。

我发了一条微博,是夹金山下美丽的宝兴百合。我说,等灾后大家多去那里吧,旅游也是对这些地方的支援。我喜欢汶川地震后的一条宣传语：四川依然美丽！四川的山水，其实就是雄伟的地质运动所造就的。

临睡前，我想，地震让这一天变得好长啊！

古老的开犁礼

4月21日。

走二十多公里的回头路，沿梭磨河峡谷上行，到我老家梭磨乡。

这二十多公里，正是梭磨河峡谷最漂亮的地段之一。深切的河道，陡峭多姿的山壁。更为难得的是，即便是悬崖上，也密生着松、杉、楸、桦和杜鹃。那些树从悬崖上斜欹向河上的虚空里，有种种奇异的姿态。如果山坡稍缓一点，就站满了红桦、白桦、栎树和高山杨。林下，是摇荡不停的箭竹海。这个季节，松杉一味深绿着，栎树林也深绿着。高山杨和白桦蔓生开一片片色调不同的新绿，而红桦林还挺拔着树身沉默着。我一早就出发了，一个人去看这峡谷风光。太阳从山脊后升起来，这一片林子和那一片林子之间，这一面山崖和那一面山崖之间，就有阳光倾斜下来，峡谷中的色彩因此有了更多变化，峡谷中的空间，因此有了更多的深浅远近。在这一片片光瀑中行走，河上清新气息四处弥漫。

一个朋友曾在我家乡任过县长,他告诉过我,说当初有开发商而不是游客发现了这段峡谷。开发商看上的是水电资源,而不是壮美风景,想要在峡中建水电站。最后,那一届县委县政府决定要保护这段峡谷风光,而拒绝了开发。我得说,他们功德无量。我愿意在故乡有一条自然的河流,未被人工建筑一次次拦腰截断。美,自然之美,是今天我们生活中越来越稀缺而珍贵的资源。

我不希望,再过十年二十年,我拿出今天拍下的照片时,要告诉人们,这样的美已经不复存在了。

我这样想,说明我仍然心存危殆之感。

九点钟,我赶到举行开犁仪式的木尔溪村。这个村,就在乡政府对岸的台地上。桥头上几株老山荆子树,等到庄稼出苗的时节,会开出满树洁白繁花。现在,这些树主干黝黑,盘虬的老枝苍劲有力。树后是几家寨子,寨子前是要举行开犁仪式的庄稼地,地的尽头是山坡,坡上是茂密的树林。树林后的蓝空中白云舒卷。

早几天,县里和我联系时就说,21号一定要到,我们是看了日子的。

我问,找喇嘛打卦了?

说,气象局看的天气!我们要一个晴天!

果然是天朗气清。

走到地头，村子里的人已经聚集起来，摄像机的镜头对着两个老人。两个老人弯腰都很吃力了，一个用柳枝在地上画出线条，一个人沿着线条撒下麦面。于是，隐约的线条显现为鲜明的图案。第一个图案出现了，是一个法轮。第二个图案又是一个圆圈，像是法轮，又不是法轮。法轮中的辐线是直的，这个圆中的辐线是波状的。所有人都在问，这是什么？老者之一直起身来，对我说：格央。我把这个词翻译成汉语：太阳。他们又画一个圆，里面却没有那么多的辐条，只是逢中一条弯曲的横线。老者又直起腰来，对我说：泽那。我又把这个嘉绒语词翻译成汉语：月亮。

两个老者，又在并列的日月图案间画了一个供瓶。那自然是献给日月的供养。

然后，一个老者把一枝枝针叶青翠的杉树枝堆在那个法轮图案之上。另一个老者拉着我的手说话，说，你是马塘村谁谁的儿子吧。我说是。他说，你爸爸，我们年轻时在一起的啊！今天是个高兴的日子啊！我说，是啊，春天来了！他说，啊呀，春天说来就来了。电视台上来采访他，老者紧抓着我，说你就当我的翻译吧。老者用古老颂词里那些雅致的修辞比喻春天，用虔敬的语言感谢日月和大地，记者嫌这样的话太迂回曲折，启发他要说更直白的话，老者对我说，我腰疼，背着手走开了。

然后，象征性地往地里抛撒青稞种子。

然后，两架犁到了地里。每一架犁由两头并驾的牛牵引，两头牛前，还有一个牵牛的人。少年时，我就做过那牵牛人。忽紧忽松地把两头牛的穿鼻绳攥在手上，就是为了让这两头牛并了肩笔直行走。现在，牵牛人却是两个健壮的姑娘。掌犁的是村里的壮年男人，嘴里的耕地歌唱起来。牛前行，牵动了犁，犁上锋利的铁铧揳进土地，黑黑的泥土从犁头两边翻卷开来，苏醒的泥土气息也在空气中弥漫开来。也许是地头上太多摄像机和照相机的缘故，聚集在地头的村民也没有记忆中那样自然的庄重，脸上的表情也像是看客。两架犁依然在深翻土地，往东犁过来，对着地头的村寨；掉头往西，对着山峦。来来去去，不久就翻耕出好大一块黑土地了。我放了相机，从后面那一架接过犁，想试试还能不能像三十多年前一样稳扶犁把。地有些坚硬，但铁铧的尖还是破开了泥土，往下深入了。只是我忘了那又像吆喝又像歌唱的耕地歌了。不是忘了，是顾了下犁，就忘了歌唱了。让了位置给我的犁手就在我身后唱起来，前面的两头牛和牵牛的姑娘就往前走了。黑土就在我脚前翻卷起来。新鲜的黑土的味道，那些黑土中被铧头斩断的植物根茎的味道，立时就充满了我的鼻腔。两三趟下来，那些味道就已经充满我的身体了。那是三十多年前,一个十三岁的少年最熟悉的春天气息。

可我已经不是那个少年了,两三趟下来,背上就浸出了汗水,手心也被犁把磨得生疼。我把犁头还给了犁手。本来,我还想温习一下已经生疏的耕地歌的。

这么想着的时候,象征性的开犁也结束了。

已是中午时分了,村人分男女两排坐在地头,午饭,象征性的午饭,感谢大地和日月之神的午饭。这时,每一个席地而坐的人表情都变得庄重了。每一个人面前摆上了一块面饼,饼上一块肉,然后,每人面前又上了一碗加了肉的酸菜汤。人们浅尝辄止,喇嘛开始祝祷。堆在法轮图案上的杉树枝被点燃了。青烟腾地而起,芬芳的烟雾带着人们感恩的心情直达上天!这些乡亲,除了感恩的心情,并不会对上天有更多的祈求。此时,我离开,我知道接下来是欢歌,是舞蹈。

我已经看到家乡的乡亲们如何迎接春天的君临了。是啊,故乡美丽的春天到了。

我开车向下游而去,去看另一片乡野。

沿河而下,梭磨河不断纳入一条又一条溪流,越发壮大。平静处,越发深沉。激越处,越发汹涌。越往下游,海拔越低,春意就越深浓。是的,梭磨河峡谷里的春天是从低到高渐次来到的啊!

沿河下行五六十公里后,我已经在春天深处了。一路上,一丛丛橙黄瑞香盛开，一片片蓝色的鸢尾花盛开。那些蓝色的仿佛在风中要成群起飞的鸟群一样的鸢尾开在一座座村寨四周，开满了进入村庄道路的两边。那些河边的台地宽阔肥沃，加上气候温暖，在很久远的时代，就有人类居住。这一带的河谷里，发现过一万多年前的人类化石，也发掘出过五千年前的整座村庄。那时，距吐蕃帝国向东扩张，征服这些农耕河谷，最终把这些广阔幽深之地纳入藏文化圈，还有整整四千年！

一座巨大的水电站，已经在梭磨河汇入大渡河的河口处的花岗岩峡谷中开始筹建。要不了多少年，深峡上将有钢筋水泥大坝截断河流，巍然耸立。那时，水位提高，河水倒灌，河流经过好多万年的深切，在山间造出的那些肥沃台地将被淹没。那些存在了上千年的古老村庄也将沉入水下，人民将要迁徙。

傍晚时分了，我坐在一段高高的河岸上，看峡谷中即将消失的村庄、田地与果园。一朵云飘过来，一团阴凉便笼罩了一片地面。地面上或者是一片树林，一个村寨，一片新出苗的庄稼，一个果园——核桃树的果园，苹果树的果园……然后，云飘走了，阴凉中的一切又被阳光照亮。这是一种古老的文明，不断闪现出她某一个美丽的局部，让我去想象她的整体，让我试图把握她的来路与去路。我是这个农耕文明哺育的一个生命。我为她那自然纯正的美而深感自豪。同时，在这个任何美都变得脆弱的时代，我已经看到时代的潮水上涨，上涨，但这些美丽的存在，都是一副听天由命的模样，没有惊叫，没有愤怒，甚至没有哀叹。

我想起，在上午的开犁仪式上，那个老者对我说，我知道，这样的方式要消失了。他说，不过，我们老了，不用再看了，但你是会看到的呀！

峡谷里起风了。下午的太阳降低了热力，河面上的凉气就升起来。这就是风了。我的四周，一丛丛野蔷薇和沙生槐沙沙作响，更远的地方，是那些树干虬曲的杨树和柳树叶片翻飞，旋动着如水的绿光。再背后是沉静的大山，斜阳的光幕下，森林更显得幽深遥远。

我要离开了。

再次回首，我得说，这是多么美丽的春到人间的动人景象。

但是，时代在以我们并不清楚的方式加快它的步伐，总有一个声音在催促，快，快！却又不告诉我们哪里是终点，是一个什么样的终点。这个时代，水泥在生长，在高歌猛进，自然在退缩，自然之美在退缩。退缩时不但不敢抗议，不敢诘问，而且带着深深的愧疚之感。

再次回望这即将消逝的田园风光，我想，这一辈子我都将以且喜且忧的，将信将疑的，越来越复杂的心情来探望故乡的春天。

垂钓大西洋

> 天空笼罩着这里,我们感到甲板在脚下起伏,
> 我们感到长久的波动,不息的潮涨潮落,
> 看不见的神秘的曲调,海洋世界的含糊而重大的暗示,流动的音响,
> 那芳香,那些绳索的微弱的声息,那忧郁的唱和,
> 那远处漫无边际的朦胧前景和地平线,都在这里了,
> 这是海洋的诗歌。
>
> ——惠特曼《在海上带有房舱的船里》

那天,先是到曼哈顿的一幢高层公寓里访问阿西莫夫夫人。

夫人是曾创作了数百部科普与科幻作品的艾萨克·阿西莫夫的遗孀,她本人也是一位著名的科普作家。

这位儒雅的女士热情地让我们从阳台上眺望中央公园的草地，眺望树冠巨大的树木，然后，又把我们导入卧室，用阿西莫夫生前常用来眺望星空的望远镜观看公园湖泊水面上游动的水禽。中国人在环保方面名声不是太好，这好像是老外们比较一致的看法。在我看来至少有两种现象给老外们的观点以有力支持：在国外，唐人街可能是任何一座异国城市里最肮脏拥挤的区域之一；在国内，中国人的菜谱上，那么多的珍稀动物被当成美味佳肴，也实在让人匪夷所思。我一面调整焦距，一面就想，这位著名的科普老太太是不是身体力行，要向两个中国人普及环保观念，或者启发我们在中国的闹市中心，也该来上这么一座称为城市之肺的森林公园。正这么望着想着，主人突然谈起了蒙古国。外国老太太多少都有些神经质，所以，她的话题一下就跳到了遥远的蒙古我也并不吃惊。这个话题未及展开又迅速中断了。她要带我们去看她先生在世时写作的房间。阿西莫夫两岁时随双亲从俄罗斯移居美国。这位生物化学博士最后成为享誉世界的大师级科普和科幻作家。他在这个房间里一直工作到1992年离开人世。现在，作家生前的用具都用透明的塑料布遮蔽起来，表示一个结束了的生命与结束了的工作。这个正被尘封的工作室已经成为热爱科学与幻想的人们，努力把科学思想进行艺术表达的人们的共同的记忆。而就在这幢公寓楼三十七层，在那些别的房间中，生活还在继续，阿西莫夫夫人在客厅一角用书架分隔出一个不大的空间，摆上一台电脑，仍然从事着科普与幻想小说的写作。就在出国前不久，我还读到她与亡夫共同署名的一部新书《新疆域》的中文版。这是阿西莫夫生前未能完成的一本书，由夫人补充完成。

于是，我谈起了这本书，谈人类正在拓展中的生存边疆。老太太却再一次与我谈起了"蒙哥利亚"，谈起了蒙古国的恐龙。记得《科学美国人》杂志刊登过一篇记载一支美国科学考察队在蒙古国荒原上发掘到大批恐龙化石的故事。但这和我们有什么关系呢？恐龙至少不是我们，也不是阿西莫夫先生与夫人自己最为擅长的题材领域。然后，她突然就率领我们——我、《飞》杂志副主编兼此行翻译秦莉、充当我们在纽约期间的向导与司机的科幻作家大卫·赫尔三个人急急下楼，上车，然后说出一个地方。大卫说，老太太要我们去参观纽约自然历史博物馆。原来，那些发掘自蒙古国荒漠的恐龙就陈列在这个博物馆中。走进博物馆，老太太带我们停留在一道楼梯的拐角处。那里，一块块金属铭牌中间，有一块上面书写着阿西莫夫基金会。也就是说，阿西莫夫基金会对于这个博物馆的建立有着相当的贡献。所以，阿西莫夫夫人只须告诉博物馆的人她自己是谁，告诉他们她要招待中国同行参观这个博物馆，我们便得到了三张免费票。然后，老太太便告辞打车回家去了。

我们在庞大的博物馆中穿行，这时，面前的走廊地砖上出现了一只只恐龙的脚印，引得人不由得循迹走去。经过几道曲折，甚至还乘了一两次电梯，我们就来到了一个专门陈列出土的恐龙化石的大厅里。看罢说明，才知道，这些恐龙化石全部来自由这家博物馆资助的一次发掘，这也就是《科学美国人》杂志所载那次在蒙古国境内的发掘。

看完展览出来，我们坐在中央公园草坪上休息一下累了的脚和脑子。附近有鸟鸣叫，有情侣接吻。我却在想，展览很有意思。但是，老太太请我们看这个展览，仅仅是尽地主之谊，还是有什么别的深意在呢？她总不是对两个中国人搞科普教育吧。还是大卫说，恐龙就是恐龙，还能有什么意思呢。当然，他说，这些是蒙哥利亚的恐龙。然后，他吸着烟，惬意地喷吐着烟雾的同时，脸上渐渐显出了愁容。明天该带你们去哪里呢？如何安顿客人，确实是主人一个烦心的问题。所以，老太太把我们安顿到博物馆，也是费了一些心机的。她不好意思仅仅在一杯咖啡、一点交谈之后，便把我们送到楼梯口，然后说再见。更何况，在那个博物馆中，除了那些恐龙，还有一些内容更丰富也更有意思的展览。

所以，大卫的脸上开始显现出愁容。他想到了明天，想到明天该如何处置这两位客人。我曾在另外一个场合听这位好客的人说过一句名言：客人像鱼，三天就要发臭了。明天，便是第三天了，我闻到自己身上散发出了浓重的鱼腥味。于是，我先发制人讲了他这句名言。结果他矢口否认。然后,他说,明天我带你们去看海。纽约在海边,但很少有人到纽约去看海。像我本人,便从来没有在上海或广州看过海。我曼声应道,好啊。他悄悄告诉我一句话,但我还是得求助于秦莉小姐的翻译。秦莉说:"大卫说他带你去看天体海滩。"

然后,我们起身坐着大卫的车穿过曼哈顿,去城市另外一边的中国人很多的法拉盛区吃中餐。车过布鲁克林大桥的时候,望得见烟云迷茫的哈德逊河口,那里,是自由女神站着被风吹,被雨淋,被仰望的地方。我没有打算去那里,我只看了看那边水天迷茫的景色,但不敢肯定看到的是海还是宽大的淡水河口。只是到晚餐上桌,不擅开玩笑的大卫说,去看天体海滩是他开的玩笑,他真正的建议是明天到海上去垂钓。我们把这也当成了一个不好笑的玩笑。但我确实在他的公寓里见到好些漂亮的钓鱼竿。

第二天一早,大卫就来接我们了。满眼是耀目的阳光,真是一个看海的好日子。大卫打开车厢后盖,里面便是他那些缩短了身子的钓鱼竿。必须相信他真的是要带我们去钓鱼了。路上,他许诺要带我们钓最美味的鱼,然后亲自下厨,让我们尝尝他的手艺。他声称在写作科幻小说之前,曾做过希尔顿饭店的大厨。汽车在阳光中飞驰。一个多小时后,海的味道传进鼻腔,然后就看见了一片密集的桅杆。这地方叫船头湾。打开纽约地图，果然，这个狭长的海湾像一只大船的前半部分深深地嵌进了大陆。码头上很安静，也很整洁。沿码头一字排开的，都是等待出海的钓鱼船。水手们坐在船头上，静静地等待，没有人上来争抢钓鱼人。而在我们自己的海岸上，如果你揣了一点钱，准备消费时，必然会像一块肥肉一样被一群凶猛动物无情地撕扯争抢。但在此时此地，那些水手只是静静地等候在船上。当你走到他的船前时，他便起身，微笑着向你问好，为你搭好上船的跳板。然后，接过你的钓竿，把你请到船舱里坐下，那里供应一点啤酒和别的饮料。而且，跟美国别的该死的公共场合不一样，这里的船舱里允许吸烟。

于是，我开始大张旗鼓地抽烟，并掏出船钱，每人十二美元。后来，船上又陆续等来了四个人。一个含着烟斗很精神的白人老头。一个戴着棒球帽很绅士，也很孤傲的中年白人男子。两个看上去不太精神的黑人。这时，船上的引擎突突地响起来。雪白的鸥鸟仍然不时从船边浮起又落下。刚才一直坐在岸上的黑人老头提着一只铁桶走上船来。桶里的鱿鱼碎块，腥气冲天。大卫告诉我，那是鱼饵。一位水手过来，又从每人手中收走两美元，收齐后转交给那位老黑人。我问大卫这是小费吗，大卫正色说，不是小费，而是规矩。接下来，我还会多次听到这个词：规矩，或者钓鱼的规矩。而且，我会发现自己喜欢这些规矩。

我们漂亮的DOROTHY号开动了,两岸的景色快速地向后退去。然后,船驶出湾区,来到大洋上面。纽约那些摩天大楼耸立在身后,前方,墨绿色的海水从很深的地方向上有力地鼓荡。

大家坐在船舱里喝啤酒,抽烟。黑老头袖了手坐在船尾,坐在明亮的阳光下。我想他收了我们按规矩给付的美元,该做点什么吧。但他就那样坐在那里,一副十分受用的样子。

倒是两个水手忙活开了:给一支支鱼竿系上一只沉沉的铅坠,再系上两到三颗鱼钩,检查鱼竿上缠绕着大尼龙线的转轴,再一一插在船栏边上。船栏边每隔两三米都焊上了一段钢管,作为鱼竿的插孔。船开足马力行驶了一个多小时,这时,纽约已经看不见了。引擎熄了火,铁锚快速沉向海底。喝干瓶子里最后一滴啤酒,把烟头掐熄在桌上铸铁烟灰缸里,渔夫们走出船舱,举目四顾,都是茫茫的海水。海水有力地从下往上鼓涌,船随着这节奏缓缓摇晃。

海上垂钓正式开始了!

我又有了一个发现,包括大卫在内的四个美国人,都往腰带上系了一件旧T恤。两个中国人却没有这样的装备。破恤衫并不美观,但那样别进腰带,随意悬挂在胯边,就使垂钓者更像一个渔夫了。而我们穿着出客衣服的人,就不够自然了。我曾经做过猎人。打猎的经历告诉我,渔夫们身上悬挂的这件旧

T恤，绝不会徒具一种装饰的作用。果然，当每个人都走到老黑人的桶边，抓一块碎鱿鱼片，挂上鱼钩时，手上便沾满了鱿鱼浓重的腥气和黏糊糊的汁液。于是，他们腰间的旧衣服就派上用场：揩手。但为什么不是一条毛巾呢？想想一条毛巾雪白耀眼，就像早些年的宣传画一样，挂在收割的农民、炼钢和挖煤的工人脖子上，奇怪的是这些有着黑里透红的脸膛的劳动人民，即便在画中挥汗，也是用手背一甩，而不去使用画家们挂在他们脖子上的雪白毛巾。大卫告诉我，这是规矩。于是，我们这两个中国人一手腥污，不好意思往船栏上蹭，就只好委屈自己出客的裤子了。

在一块长方形木板上，鱿鱼片被锋利的瑞士军刀切成小块，挂上了鱼钩。挥动鱼竿，鱼线在风中啸叫而出，转轴飞速旋转，沉沉的铅坠在海面上溅起一点水花，带着鱼钩飞快地坠入海底。我没想到鱼钩入水后还有这么快的下沉速度，水流强劲地冲击着鱼线，但我还是感到铅坠落到海底的那点震荡。秦舌头不时发出惊喜的尖叫。她害怕自己也被飞快坠落的鱼线给拖到大西洋里去了。她再次发出分贝更高的尖叫，这声尖叫里更多兴奋的色彩："鱼咬钩了！"然后，她把绷紧的身子紧贴在船栏上，无师自通地开始摇动转盘上的手柄收线。鱼的挣扎使秦小姐身体的震颤比鱼竿本身的震颤还厉害，如果仅仅是这样也就罢了，她纤弱的身子还像一棵风中的狗尾草似的左右摇晃。这种姿态引发出一些笑声也就不足为奇了。但是，大家都来不及把笑声在洋面上肆意展开，下面的鱼便争先恐后地开始咬钩了。有两条闪着水光的鱼已经被谁从海里扯起来，躺在了甲板上。这时，我手上重重地一顿，我知道这是鱼上钩了。接着又是重重地一顿，又是一条鱼上钩了。那就飞快地转动绞盘吧！鱼在脱离水面那一瞬间，手上的重量一下增加了。但我一用力，便把两条鱼重重地摔在了甲板上。那几个老练的渔夫已经把鱼从钩上卸下来，放进水手准备给每人的一只桶里，上好鱼饵了。苗条的秦小姐发出最后一声尖叫，她的两条鱼终于也重重地摔在了甲板上。她是不容易激动的，这时白净的脸上也飞满了红晕。又有人起钩了。但中国人钓起来这四条鱼可能太饿，向鱼饵扑得太狠，以至于鱼钩把坚硬的上颚完全刺穿了。钩上的倒须又卡得很牢，费了很大的劲，也没办法把钩卸下来。我卸不下来，是不会；秦舌头则是不忍。鱼不断挣扎，我的手被坚硬的鳍扎伤了。

还是水手拿来一把钳子，才解决了卸钩的问题。

连拉了几竿后，我也像个老练的渔夫了。每次鱼钩刚沉到海底，都有鱼狠狠扑上来。有时是一条，有时是两条。这种钓鱼全没有中国诗歌里那种传统的意境。不断甩动鱼竿，听鱼线在轻轻的海风中发出细细的啸声，感到鱼钩带着一大块鱼饵下沉，下沉，手上重重地一顿，鱼已经扑上来，锋利的鱼钩刺穿了上颚。然后，一手把持震颤不已的鱼竿，一手转动绞盘。接着，持竿的手上再次重重一顿，一条银光闪闪的鱼已然离开水面。把鱼提上甲板，用钳子又重又快地一扭，一扬手，啪一声，鱼便挤到同类们身边听天由命了。这时，再去老黑人身边抓一块碎鱿鱼，穿上鱼钩，在裤子上擦一把腥味浓重的黏液，甩动鱼竿，把暗藏杀机的鱼饵投向水面。身子娇弱的秦小姐，仍然要像鱼一样龇牙咧嘴地挣扎着，才能把猎物拖到船上。如是三四竿后，她便从船边消失了。这时，风大了一些，身上的衣服猎猎振动，有点要奋力飘飞的意思。海上的浪也一波波地来去，于是，船便在原来的上下涌动之外又加上了忽左忽右的大幅度摇摆。鱼仍然在不断地上钩，但频率却越来越低了。

这样倒好，有一些等待，反倒有了一点悠闲的感觉，有点像中国人想象中的钓鱼了。静静看着鼓涌的水面，看着随意起起落落的海鸥，在四顾茫茫的海阔天空中，觉得自己多少有些符合传统文化中那个隐忍的，静默的，耐心的，随时准备应声而动的钓者的意象了。那种意象的下钩者，在等待的时候，或者与自然感应，有哲人之思；或者面对空茫，有身世之感。但我辈生活在一个因了科学与经济而讲究实证的时代。于是，在中国西面很远的海上，我在等待的时候开始产生好奇心。这个好奇心就是：自己猎获的是什么样的鱼。也就是说，直到这时，我才有空关心一下自己钓起来了些什么样的鱼。结果，桶里那些把头朝上，拼命张着嘴呼吸的只有一种鱼。

这种鱼好像一种矮壮的人省略了颈的过渡，从头一下便到了肥硕粗壮的身子，尾巴又收束得比让小说家入迷的豹尾还干脆。鳞是一种与海的颜色很配的深灰的颜色。

大卫看我在发扬格物致知的精神，便准备好诲人不倦一番，但我们的"舌头"从未从事过稼穑渔猎，从深海里收获了七八条鱼便弄得腰酸背痛，再加上被浪摇得有些晕眩，便躺在船舱里休息去了。

于是，大卫只好指着鱼吐出一个英语词：瑟巴斯。

我想，这便是鱼的名字了。我脱口一句中文，说：有意思的名字。

大卫好像听懂了一样说：Yeah，Yeah。曾记得我与一位中国的美学教授谈我们共同喜爱的作曲家时，我说莫扎特，美学教授便频频点头，说，Yeah，Yeah，莫扎特。因为那位教授是中国人，我想起这情形时便笑了，这笑已经与鱼无关了。大卫也跟着笑出了美国人那种傻笑，这笑又与钓鱼有关了。美国人经常会笑出这种很孩子气的傻笑，这种笑容，在中国孩子脸上是越来越难以见到了。于是，我也傻笑着说：瑟巴斯。

大卫竖起大拇指说：Yeah，Yeah。完了，交流结束，便又专心钓鱼。我又格物致知一番，然后继续垂钓，但是，鱼不再上钩了。我对大卫说，鱼开会去了。大卫又傻笑，说：Yeah，

Yeah。这时，水手通知大家收起鱼竿，然后，两个人奋力转动船首比我们鱼竿上的那个大好多倍的绞盘，起锚了。船首像马头一样高昂起来，随着马达一阵轰响，船身便劈开波浪飞驰向前了。大家又回到船舱，依然是啤酒与香烟，只有老黑人依然面无表情地守在船尾。水手过来，把我和秦舌头桶里的鱼一一用那张切鱼饵木板长的一边来比量。结果，不够长度的鱼又回到了海里。

水手知道我是一个英语聋哑人，便对有点晕晕乎乎的秦舌头说，这是规矩。过去，中国人似乎是以规矩多而著称于世的。现如今，报纸电视上天天讲法律，讲了法律我们却未能搞定一切。但是好多规矩却被人忘记了。在很多公共场合，一群相貌文雅的中国人会突然生猛，像一群生番。一次在东京机场转机，上万人出入的候机楼里一切都井然有序，每个人都随意而收敛，突然，一个角落里喧叫声大起，如果是在一个不安定的国家，你会以为有暴徒冲进来在血洗机场。结果，只是几个在中国人里号称文雅的上海人在用扑克来一点小小的赌博。

所以我想人人都记得一些规矩是好事。我希望那些鱼对这次经历有一点惊恐的、疼痛的记忆，并能将这种记忆用什么方式进行传播。这样，海里聪明的鱼便越来越多，聪明到有一天想出一种什么办法，把船上的人给诱惑到海里。

水手走到船头放锚，又一处渔场到了，大家再次钻出船舱。因为都有了相当的收获,所以都不像刚才那么上心地钓鱼了,而是眯缝起双眼四处打量。目力所及之处,唯有海天茫茫。只有几只海鸥,很落寞地跟在船尾,在水上,在风中起起落落。但这里的鱼可能视力不佳,鱼饵下去老半天,也感觉不到它们来碰触一下。于是,我们也来看海。终于有鱼咬钩了,拖上来,还是那种身子肥硕的瑟巴斯。我问秦舌头,瑟巴斯是什么鱼。我的意思是问这鱼的中文名字,学名或者俗名。她不知道。于是回身去问大卫,大卫的回答是,大西洋里最美味的鱼之一。这时,每个人面前的小桶里差不多都装满了鱼。鱼们上钩的频率也越来越低。大家钓鱼的兴致已不太高,于是闲聊,看海,沉思,同时继续摆出一个垂钓的姿态。

老黑人仍然穿着厚呢外套坐在船尾,好像是什么都看见了,又像是什么都没看见。

水手过来把鱼桶从我面前拎走,我跟了去。水手在后船甲板那里放下一个案板,围上橡皮围裙,戴上橡皮手套,从桶里拿起一条鱼,啪一声摔在案板上,一手摁住头,斜着一刀,便片去了鱼半边身子上的肉,鱼又被啪一声翻过来,又一刀,另一边身子上的肉又被片了下来。鱼从胸到腹裸露出一副完整的骨架,护卫着整套蠕动的内脏。骨架一头连着完整的头,一头连着完整的尾,如果加以精心制作,会是一个特别的鱼类解剖标本。但是水手毫不可惜地就将这个呈现出内部真实与美丽的躯干扔进了一只大号塑料桶里。于是，一条鱼便从这个世界上消失了，只剩下来两片毫无生气的肉。这两片肉是对我们这些渔夫的犒赏。好在我们不仅仅是为了这种犒赏才来到海上，我们来到海上，还感到了海的味道，海的动感和海的幽深与宽广。

我注意到水手片鱼时，遇到大一些的鱼都要用一根铁尺比量一下。然后，打上一个记号。如果遇到下一条鱼的长度突破了这个界限，那么早前的那个记号被抹去，新的记号便成了新的纪录。

太阳斜射，海上反射的阳光开始向金色转换。这次垂钓在秦舌头的一声欢快的尖叫里结束。因为她钓上来了一个动物五角星。一个看上去了无生命迹象，但确确实实是一个海底动物的海星。水手把每个人的鱼肉分开，在保鲜袋里封好，过秤。我们三个人不是成绩最好的，加在一起也有整整六公斤鱼肉。

船又起锚了，引擎突突作响，吹向大陆的风在推动，我们也感到了风的推动。大家回到船舱，一个水手在船上收敛钓竿，一个水手站在舱里的吧台后，当起了侍应。船舱里又是啤酒与香烟的天下了。秦舌头作为唯一的女性，无法与一群男渔夫消受这一切，加上有些晕眩，便让水手给泡了一盒美国产的，没有什么作料的方便面。忙活完船上的小买卖，水手又走到我们中间，每个人都往他手里放了两个美元。大卫又说，这是规矩。于是，我也往水手手里放了两个美元。最后，那位自己也弄支鱼竿钓了一阵的水手，自己也放了两美元在里面。然后，十六个美元被交到了我的手上，几个渔夫举起酒瓶向我致意。

钓鱼船上的规矩，每个钓者把鱼饵抛向大海后，都参与了一个两美元的赌注。钓到最大那条鱼的人便会得到那若干个两美元。大海对我很看顾，使我成为一个幸运者，让我成为那十几个美元的获得者。

我喜欢这样的规矩，真的喜欢。喜欢给那个给我们提供鱼饵的漠然的老黑人几个美金，而不用他露出下贱的微笑；我喜欢每一个人都自觉地把没长大的鱼放回水里；我喜欢那个小小的赌博，其实那不是赌博，而是培植大家对别人成功的祝福。

一周以后，在北美大陆的另一边，在旧金山厚木板铺成的渔人码头，我和秦舌头坐在明媚的阳光下，面对太平洋午餐。看着一只只船驶出湛蓝的海湾，我们又一次怀想那次垂钓，怀想那些人，怀想那些法律之外的，肯定是传诸久远的好规矩。法律建立与维护秩序，而那些更具人性的，渗透到各个不同行业之间的大大小小的规矩，使这个社会更加人性与温暖。我笑话秦舌头不知道瑟巴斯这种鱼的中文名字。这当然让这位英语硕士有些耿耿于怀。于是我安慰她大可不必如此介意，因为她的第二学位是MBA，而不是海洋生物学，同时，她也不是大西洋上某个渔夫的女儿。

在美国的旅程还在继续着，几天后，从丹佛机场出来，我们又站在北美大陆高耸的中央了。汉学家葛浩文开车来机场相迎，在去三十英里外科罗拉多州立大学所在地波德镇的路上，高速路两边，是与故乡一样高旷而金黄的草原，有马三三两两立在路边，风吹拂，长长的鬃毛轻轻翻卷。草原尽头，是壁立而起的落基山脉。山体上裸露的大片岩石闪耀着铁青色的光芒。波德镇就在草原尽头，那些青色岩石脚下。葛先生的家便置身其间。

进了这个外国"舌头"的家，大家一律行礼如仪，然后，我与葛先生坐下来谈文学，秦舌头被葛太太导引着参观花园。她们回来时，带回来一个话题，就是在这十万人的镇上，竟然晚上有鹿从山上下来造访花园，吃掉不少精心培植的花草。葛先生说，有时还有熊来到大街上，由警察护卫着回到山上。于是，话题便转到了我们在大西洋的钓鱼。我便再次提出这个很傻的问题，瑟巴斯是什么？葛太太说，有呀，超市里有卖，美国人视为美味的几种鱼之一。这鱼的美味我是品尝过的，在纽约，在据称辞了希尔顿饭店大厨这个油水职业来做穷作家的大卫租住的公寓里，他用平底锅，加植物油，加洋葱，加姜，把每半个鱼身子都煎得像一块小牛排。也许是自己亲手所钓，这鱼吃起来，真是别有风味，让人难以忘怀。今天，我还想信手取一块在手边,照了纽约人的煎法做熟,加一杯干白,犒劳一下自己。可惜,这些鱼都储存在纽约那个穷作家的大肚子冰箱里了,我手长莫及。而我现在要说的是,葛先生是操英、中双语的,也是一条大"舌头"。"舌头"们的特征之一,便是有很多很厚的双语词典。于是,我们搬来好些沉重的砖头,放在一杯杯的咖啡之间,终于查到了这个词:英文seabass,中文海鲈鱼。接下来便是特征描述,与它的纲目科属。但我自己也不是海洋生物的分类学家,我只要听到了一个中国名字,并不要知道以后的这些解释,心里那点悬疑就没有了。中国字让一颗中国心落到实处了。好像只要有了一个中文名字,那鱼才算是一个真实的可以把握的存在。于是,我便开始将这些鱼慢慢忘记。

眼下,我开始向往另一次钓鱼。也是在美国,俄勒冈,有一位也做"舌头"的凯伦女士,她曾带来了一些鲑鱼干送给我。鲑鱼就是广东菜里的三文鱼。而在我眼前,是电视片里,它们千里洄游的身姿。我们相约,某个时候,当她把我的一些文字变成英文时,便要在鲑鱼洄游的季节里,去一趟她生活工作的俄勒冈。风很宽广的俄勒冈,荒野粗犷的俄勒冈,高远宁静的俄勒冈,溪水欢快流淌像舒伯特的那首《鳟鱼》调子的俄勒冈。

非主流的青铜

一

置身在抚仙湖岸上,无论是细雨霏霏光线暧昧的黎明,还是夕阳衔山时湖面显得一派辉煌的黄昏,看到湖水拍岸时,总听到一个声音在天与地这个巨大的空间中鼓荡。

是的,无论晨昏,无论天光晦暗喑哑还是辉煌明亮,在抚仙湖这个特定的空间里,我总在这特别的光色中感到青铜的质地,进而听到青铜的声音。一波波的水浪拍击湖岸,那是有力的手指在叩击青铜;水波互相激荡,仿佛一只巨掌在摩挲青铜。那是谁的手?谁的指与掌?我不想说那是造物主之手,我想说,那手的主人就是时间。在进化论者看来,造物主就是无形时间的一种拟人化的直观显现。

没来由地就想起了戴望舒的诗句:"我用残损的手掌/摸

索……"

时间与天地共始终，所有时间之手即便都用青铜铸就，穿越了那么漫长的岁月，它的指与掌一定都磨损得相当厉害了。从现代物理学的观点来看，时间岂止是与这片天地共始终，即便这片天地消失了，它还要在我们所能理会的世界之外独自穿越，于是，伫立于雨雾迷蒙的湖岸，我想起了自己的诗句："手，疲惫而难于下垂的手……"同时，恍然看到一尊有些抽象的青铜塑像站在面前，发出一声轻轻的喟叹。

我很奇怪，产生这种感觉的地方，不是历史在泥土中沉淀为一个又一个文化层的古老的中原，而是这里，是抚仙湖，在云岭之南。

二

必须说，过去我驻足于抚仙湖畔时，山即是山，水便是水，并没有这样多的联想。

那时，我也像许多来去匆匆的游客一样，站在这样一片通神般的湖光山色之间，却不知道近在咫尺，有一座小小的红土山丘叫作李家山。更不知道，李家山出土的那些奇迹一般的青铜器。

直到我稍稍离开湖岸，来到李家山，与那些青铜遭逢，一切才得以改变。

其实,又何止是我呢?

对多数一直受着一元论教育成长起来的中国人来说,青少年时代读过的教科书中,青铜所铸的物件都是"国之重器",属于黄土与黄河,那是中华文化的正源。云南这样的边疆地带,可以书写的历史,在有着众多盲点的正统史观中,如大观楼的长联所写,无非是"汉习楼船,唐标铁柱"而已。当然我们也在正统的历史之外听闻过云南的青铜,那就是一些流传于边地的铜鼓。这些铜鼓的存在与使用,不过使民族风情更为浓郁和神秘而已。当一个人想起月夜下的隐约迢递的鼓声,就已经神游在原始与蛮荒的风情之中了。所以,人类学家说:"鼓发出各种信息,或具有仪式的性质。"鼓声传达的信息,对别人总是难解,而鼓声在不同仪式上所具有的神秘性质,更是助长了我们关于一些古老风情的想象。

但现在不一样了,我看到了李家山出土的青铜。再站在抚仙湖边,感受就复杂起来了。其实,我之所以多次来到抚仙湖边,并不仅仅因为这湖光山色的胜景,而是因为这些青铜给我的震撼与启示。

比如,在这里,我发现了一只铜鼓。

这只铜鼓在一些庄重神秘的场合肯定被无数次地使用过,而且因为这频密的使用而老旧了。于是,人们让它重新回到曾经浇铸它的工场，开口以传出声音的那一面被一片青铜封闭起来，再加上一个小小的开口，一只具有礼器庄严的铜鼓，立即变成了很世俗的东西：贮贝器。顾名思义，就是储存贝壳的容器。贝是古代的货币，一面通灵的鼓使用经年后，再次来到匠人手中，变成了一只存钱的罐子！

对匠人来说，这个举动也许是不经意的，但这个行为却无意间构成了一个巨大的颠覆！今天，一句用滥了的话叫：走下神坛。很多时候，使用这个短句的人其实是在替这个过于庸常的时代开脱，也是每一个身陷于世俗泥淖者的自我开脱。但在意识中满世界都飘荡着各种神灵的古代，让一面可以通灵的鼓走下神坛，将其变成一只日常的器具，的确是一个伟大的举动——至少比今天我们不为自己的庸常开脱还要伟大。

就这样，李家山的青铜在中国的青铜中成了一个异数。如果那些试图上通于天的青铜代表了主流，那么，李家山这些努力下接于地的青铜就因为接近民生而成为非主流，我就会肯定地说，我所热爱的就是这种非主流的青铜。

三

正因为如此，我才不止一次来到抚仙湖边，不止一次走向那座博物馆，走向那些青铜中的异数，异数一般的青铜。

不是铸为祭器与礼器的青铜，不是为了铭刻古奥文字记录丰功伟绩的青铜，也不是铸为刀枪剑戟的青铜。所以这些青铜，在中国历史书写中不是主流。

这并不是说李家山的青铜器中没有这样的东西，比如铜鼓，比如此地视为标志的牛虎铜案，比如众多的兵器——而且在刀枪剑戟之外，还有叉与啄，有狼牙棒这样别处青铜陈列中未见的兵器。同时，我还第一次看见啄与狼牙棒这样的兵器顶部还连铸有造型生动的动物雕饰，兵器的威力未减，但在观感上，却有了一点日常用具的亲切。但我更想说的是另一些非常生活化的物件与雕饰，复活了古代滇人的生产与生活场景。如果不是这些青铜器的出土，也许古代滇人的存在就永远是一个似是而非的传说，也许在对他们的猜想中，我们眼前出现的就是一群茹毛饮血者的形象——这是中心对边缘的想象，也是所谓文明对蛮荒的想象。但是，这些青铜从沉睡千年的李家山的红土中现身了，使我们看到了一种曾经辉煌的文明。从此，站在抚仙湖边，或者在云南的边地民族中行走，就能时时感觉到今天云南各族文化与生活中还有那些青铜的余响，在思考中原之外非主流的历史的时候，就有了一条可以追踪的线索。

所以，我不止一次静静地站立在这些青铜的面前。

我曾经写过一篇文章，叫作《让岩石告诉我们》。理由就是，如果一段"历史未能通过某种记录方式进入人类的集体意识时,这个历史就是不存在的"。在一元史论和某些文化中心论的遮蔽下,边地的历史总是在有意无意间被忽略,被遗忘。所以,很多族群的历史就此湮灭,留下一点隐约的传说,也像是天空深处那些闪烁不定的星光一般。但是,游牧民族会在石壁上留下岩画,隔着空旷的草原和遥远的时间,给我们留下一些当年生活的信息。行走在那些已经成为荒漠的昔日草原上,心中一片空茫,恍然间会看到一个骑士的剪影,正挥鞭驱赶着刻画在石头上的那些牛与羊——那些因为风化而轮廓日渐模糊的牛与羊。一个远古人群的身影就复活了。

那些昔日在广大地域上游牧的人群在石头上留下这些刻画的时候,另外一些人在铸造青铜。从黄河岸边那些古代都城,到三星堆,再到李家山。

从长安到三星堆,那么多让人感到神秘与庄重的"重器",至今还能让人喘不过气来。那些东西的产生与存在,仿佛就是为了让别人在精神上匍匐在地,然后,抬头向它仰视,或者连仰视都不敢。那些器物的精神核心是"天赋王权",而不是"天赋人权"。从浇铸那些青铜的时候开始,经过数千年主子与奴才的共同努力,关于一个个逐次升高的等级与等级之塔顶端无可置疑与动摇的王权制度的建设已经日臻完善。谁说中国人没有宗教?等级塔尖上的王位就是最高的神坛。有时,君临天下者也需要"走下神坛",那也是"微服私访"的性质，有点像今天的作家"深入生活"。完了，还是要回去的。那些下什么坛的，也只是偶尔下来一回，最终还是安坐在各种各样的坛上，安享供奉。

所以，不要说看见，我们就是想到青铜，以至后来产生的铜的雕塑，内心里产生的就是一种沉重的情绪。

但这是在一向被视为边疆的云南，在云南高原的抚仙湖，在抚仙湖的李家山。一旦看到这些青铜器出现在眼前，你就轻松地走进了一种可以复原出细节与场景的过往的生活中间，从而真切地接触到一段鲜活的历史。

四

就来看看古代滇人是如何装饰了那些体形丰满的贮贝器，也就是他们存钱的罐子的吧。

至少那些展示出来的贮贝器顶盖上，无一例外都铸造上了神态生动的各色人等和不同的动物。而且，不是某个单一的存在，而是一组人，一组兽，或一组人与兽，相互之间因为呈现当时人类社会某一种活动或某一个生活场景而构成一种关系。这种关系或者紧张，或者松弛；这些场景或者和谐庄重，或者亲切幽默，都让我们这些总在思考一些文化与历史命题的脑子，产生一些新的感触与想法。前面说过，当我们在考察一些有别于我们当下存在的过往或异族的生活与历史时，往往会发现——不，不是发现而是总结出一种相当单一的特征，以至于这种特征最后又抽象为隐晦的象征。这种情形，人类学家弗朗兹·博厄斯早就批评过了："他们个体生活的个性的侧面总是泯灭于对群体的文化生活的系统描述之中。这种描述是经过标准化的……像是制定确定的艺术风格的规则，而不是艺术家能够纵情地表达他的美学观念的方法。"

但现在，在这些贮贝器的顶盖上一组组精美的群雕中，你看到的不是这种象征性的符号，而是一种有温度的场景，你感受到的是仍然在呼吸的生活。可惜那些陈列的青铜器没有系统地分类、命名或编号，所以，说到这些器物也就无法准确地指称。但的确有这样一件贮贝器，在直径不到三十厘米的盖子上，中央铸造了一根铜柱，以铜柱为中心，一共铸造了三十五个人物。而且，这些人物都处于行动当中，或头顶束薪，或手持陶罐，或肩扛农具，或提篮挟筐，甚至一个人好像正在展开一块织物，这些行动中的人物站、蹲、坐、行，清晰地呈现出各自不同的装束与神态。就在这小小的一方天地中间，居然还出现了由四人抬行的一具肩舆，舆内一位妇人端坐在一柄宝伞下面。看到一篇考据文章说，这组群雕描画的是春耕前祭祀的场景。但我看这组群雕，却意不在此。当真切地看到一些人身着那时的衣裳，做着那时的事情，一个时代的一角就以原本的面貌呈现了出来,至于他们是去往市集之上进行物物交换,还是正在进行祭祀,倒显得不那么紧要了。

我是凭着记忆写这篇文章的。现在,我又想起了另一只贮贝器上的驯马群雕。一共七个佩剑男子正在驯马,一人一马绕圈而行,正好吻合了圆形顶盖的形状。圆圈的中央,是一个踞坐于高座上的男子,怒目而视,双手舞动,显然是这场驯马的指挥。这其实已经用非常直接的描述告诉我们,当时使用这些青铜器的人们,其畜牧业发展已经达到了怎样的一种水平。还有一组雕塑也相当直接地说明了当时畜牧业的状况:一个头戴长檐帽,身着紧袖长衫,胸前挂着显然是用作容器的葫芦,一手揽着拴牛的绳子,一手正把什么东西送进牛的口中。研究者的解释是,这人是一个兽医(或者一个懂些医学常识的人),正在给牛喂药。

这组雕塑来自李家山青铜器中和贮贝器一样最为特别的一类:扣饰。

某年,我在美国弗吉尼亚的乡间旅行。某日,在一个镇子上进了一个特别的商店,这个商店出售各种马具,比如相当于一部汽车价格的一副马鞍。但真正使我感到有兴趣的,是店里出售的各式各样银质的精美扣饰。所有扣饰质地与式样各异,但都有一个共同的表现对象——马,我花八十美元也买了一枚作为此行的纪念。所以,在李家山看到那些青铜扣饰时,不用看文字说明，我立即就明白了这是些什么东西。

隔着玻璃展柜，我久久端详着它们。

想象那些无名的工匠如何在完成了这些皮扣的实用功能后，没有草草结束他们的工作，而又沉溺于美的创造，最终使一件件实用的器物变成了精美绝伦的艺术品。

扣饰之一，一个骑士驱驰着骏马猎捕野鹿，那只鹿昂起头来向前飞奔，一对犄角及后流动的线条为整个扣饰增加了流畅的动感，我仿佛看到它驱驰在遥远时空中，耳边掠过风的呼喊。

扣饰之二，四只猛虎刚刚把一头身量巨大的牛扑倒在地……猎食者的凶猛与被猎食者的挣扎都表现得活灵活现。

还有之三，之四……但我毕竟不是为这些青铜撰写解说词，就此打住吧。所以愿意在具体器物描绘上多花一些笔墨，无非也是想让这些非主流的青铜得到更多的关注。

更值得一说的，还有那些青铜的农具。

从中国这块古老的、层层文化互相掩盖的地下，已经发掘出了那么多的青铜器，但哪里会有这么多的农具？

目前，李家山出土的器物并没有完备的陈列与展示，据发掘资料介绍，光是生产工具就多达十余种。除了至今还以铁器的面目在乡间被广泛使用的那些工具之外，我特别注意到有一类有较大面积的工具，上面都有整齐的镂孔，这显然是为了适应湿地作业而产生的发明创造。这其中，还有一件研究者们至今也没有弄清楚其用途的带把的镂空的勺形器具，器具前端还有一个造型生动的蛇头。如此直接的一个用具，却给今人留下了一个难解的谜团。

看到这些精雕细琢的农具，使人敢于相信古代的农耕生活肯定具有比今天更多的诗意，而在今天中国广大的乡野之间，焦灼的田垄与村庄中间，那些温润如玉的东西却日渐枯萎了。

遂想起《诗经·郑风》中的诗句："女曰鸡鸣，士曰昧旦。子兴视夜，明星有烂。将翱将翔，弋凫与雁。"

五

看到李家山各种青铜器物上对生活场景，对牲畜与野兽的精细刻画，恍然间，我真的感到《诗经》用富于歌唱性的文字所描述过的生活与劳动场景，以及那些场景中的人的情怀，在某一个瞬间复活了。

"皎皎白驹，在彼空谷。"我看到了《白驹》中那匹白马在扬蹄奔跑。

"谁谓尔无羊？三百维群。"这是《无羊》中一个牧人关于丰年的梦想。

再看一段《伐木》："伐木丁丁，鸟鸣嘤嘤。出自幽谷，迁于乔木。嘤其鸣矣，求其友声。相彼鸟矣，犹求友声。矧伊人矣，不求友生？神之听之，终和且平。"这里，仅从美丽的声音就烘托出劳动者怡然的心情，而更在场面的描写中升华出关于人际关系的温情的思考。

怀着《诗经》的情致读这些非主流的青铜，就能感到在辛勤劳动中生发美好与欣怡的流风余韵。今天，中国大部分乡村生活中那种怡然自得的情景已经荡然无存。曾经肥沃的土地日渐瘠薄，心灵中那些欢快的泉水也早已干涸。好在，在云南的乡村，无论是来自中原的汉族，还是世居的或同样是迁徙而来的少数族群，在他们的劳动生活中还多少保留着一些属于古代的乡村的诗意。一句话，生存的努力中还有让人感到温馨的"终和且平"的美感。过去，我对这种感觉无以名之，就叫作"云南的古意"。现在，有了李家山，我就感到这种"古意"其来有自，而又布于广远了。如果仍拿青铜说事，李家山出土的那种形制独特的小型编钟，在数百里外的红河岸边也曾出土。编钟出土的热带河谷里，生活其间的花腰傣，那些穿行于槟榔林间或稻田之间的女人，身上叮咚作响的金属饰品，在我看来，正是那编钟的悠扬余韵。

我喜欢云南，无非是两个原因。

一是云南的多样性——自然生态的多样性与民族文化的多样性。

再者，就是前述所谓"云南的古意"。这种古意其来有自，这个"自"，部分当然源于中原文化，但这个"自"却也自有其特点。这个特点就是人类文化中最为质朴最为直接的那个部分，始终存活在民间生活中间。而其在中原文明的发祥地，文化进入庙堂后成为一种玄秘的象征，在民间生活中，流风余韵已经相当邈远。

现在我发现，自己对李家山青铜的喜欢，居然跟喜欢云南的原因如此一致地重叠在一起。中国文化太老了，太老的文化往往会失去对自身存在有力而直接的表达能力。所以，居于主流文化中的人走向边地，并被深深打动而流连忘返，自身都未必清楚的原因，一定是在这块土地上，在这些边地的非主流文化中感受到了这种表达的力量。太多的形而上的思辨，在诉诸形而下的生存时，往往缺少一种有力的表达。

正因为这个原因，"礼失而求诸野"，人们来到云南，发现了美丽风景之外的云南，就会更加爱上这个像李家山青铜一样深藏不露的云南。

鱼

有三天时间，我因为一点小病在唐克镇上睡觉和写作，加上一些消炎药，病痊愈了。三天后，几个同伴转了一个大圈回来接我，我们又一起上路了。汽车沿着黄河向西疾驶。上午的太阳在反光镜里闪烁不定。汽车引擎的颤动，车轮在平整大道上的震动，通过方向盘传到手上。我感觉到活力又回到了体内。一口气开出四五十公里后，公路离开宽广平坦的河边草滩，爬上了一座小小的山丘。

在山丘半腰，我停下来，该把车还给真正的司机来驾驶了。

大家都从车里钻出来，活动一下身子，有意无意眯缝着眼睛眺望风景。刚刚离开的小镇陷落在草原深处，因为距离而产生出某种本身并不具有的美感。在山丘的下方，平缓清澈的河流在太阳照射下有了些微的暖意。大家在草地上坐下来，身边的秋草发出细密的声音，那是化霜后最后一点湿气蒸发的声响。空气中充满了干草的芬芳。

当大家抽完一支烟,站起身来拍掉屁股上的草屑准备上路的时候,一个皮毛光滑肥硕无比的屁股扭动着出现在眼前。一只旱獭从河里饮水上来,正准备回到山上干燥的洞穴。旱獭扭动着肥硕的身体往坡上走,密密实实的秋草在它身前分开,又在身后合拢。我从车里取出小口径步枪,从后面向那扭动最厉害的部位开了一枪。清脆的枪声乘着阳光飞到很远的地方,鼻子里扑满了新鲜刺激的火药味。旱獭却不见了踪影,我感到自己打中了它,但在它应声蹦起然后消失的那个地方连一星血迹都没有留下。

汽车驶下山丘,继续在黄河两边宽阔草滩上穿行。直到中午时分,才又爬上了另一座山丘。汽车再次停下来。现在到了午餐时间。一大块军用帆布上摆开了啤酒、牛肉和草原小镇上回民饭馆里出售的干硬的饼子。吃饱喝足以后,躺在山坡上那些干燥的秋草中,是一件十分惬意的事情。阳光干净温暖,一无阻滞地从蓝天深处直泻在头发、眼睑和整个身体上,是一种特别的沐浴方式。随风摇动的秋草,轻轻地拂在脸上,手上,给人带来一种特别的快感。这一切都使整个身心都像身下的草原沃土一样松软。而在山坡下,众多的水流在草原上纵横交错,其间串联着一个又一个平静的水淖。所有水面都在闪闪发光,都像我们阳光下的身体一样温软无边。

一点来由没有，我却感到了水里那些懒洋洋的鱼。

水里的鱼背脊乌黑，肚腹浅黄。鱼哑默无声，漂在平静的水里，像梦中的影子一样。这些鱼身上没有鳞甲，因此学名叫作裸鲤。在20世纪初，若尔盖草原与另外几个草原统称松潘草原，因此这鱼的全称是松潘裸鲤。我躺在那里冥想的时候，同伴们已经打开切诺基后备厢，准备鱼线鱼钩与鱼饵了。这些东西，和枪与子弹一样是草原旅行的必备之物。我们一行四个人组成了一个宗教调查小组，现在却要停在草原深处渔猎一番。两个人要爬到山丘更高处，寻找野兔旱獭一类的猎物。我和贡布扎西下到河边钓鱼。

对我而言，钓鱼不是好的选择。

草原上流行水葬，让水与鱼来消解灵魂的躯壳，所以，鱼对很多藏族人来说，是一种禁忌。此行我就带着中央民族大学教授丹珠昂奔寄赠的一本打印规整的书稿，主要就是探讨藏族民间的禁忌与自然崇拜，其中也讨论到关于捕鱼与食鱼的禁忌。他在书中说，藏族人在举行传统的驱鬼与驱除其他不洁之物的仪式上，要把这些看不见却四处作祟的东西加以诅咒，再从陆地，从居所，从心灵深处驱逐到水里。于是，水里的鱼便成了这些不祥之物的宿主。我当然见过这样的驱除与咒诅的仪式，却没有想过它与有关鱼的禁忌间有着这样的关系。总而言之，藏族人不捕鱼食鱼的传统已经很久很久了。但在20世纪的后五十年里,我们已经开始食鱼了。包括我自己也是一个食鱼的藏族人了。虽然鱼肉据称是那样鲜嫩可口,在我口里却总有种腐败的味道。

今天的分工确实不大对头。

两个对鱼没有禁忌的汉族人选择了猎枪,他们弓着腰爬向视线开阔的丘岗,我跟扎西下到了河滩上。脚下的草地起伏不定,因为大片的草原实际上都浮在沼泽淤泥之上。虽然天气晴好,视野开阔,但脚下的起伏与草皮底下淤泥阴险的咕嘟声,使即将开始的钓鱼带上了一点恐怖色彩。

扎西问我:你钓过鱼吗?

我摇摇头。其实我也想问他同样的问题。他的失望中夹杂着恼怒:我还以为你钓过鱼呢!

我当然没有问他为什么会这么想。因为在很多其实也很汉化的同胞的眼中,我这个人总要比他们都汉化一点点。这无非是因为我能用汉语写作。现在我们都打算钓鱼,但我好像一定要比他先有一段钓鱼的经历。

扎西又问我:你真没有钓过?

我肯定地点点头。

扎西把手里提着的一个罐头盒子鱼饵塞给我:那我跟他们去打猎。这个身体孔武的汉子在草滩上飞奔,跃过一个个水洼与一道道溪流时,有力而敏捷。这种身姿使人相信,如果需要的话，他是可以与猎豹赛跑的。但现在，他却以这种孔武的姿势在逃避。

在一道小河沟边，我停了下来。

河沟里的水很小，阳光穿透水，斑斑驳驳地落在河底。河的两边，很多红色白色的草根在水中漂浮。河底细小沙砾而不是水的流淌，使小河有了窸窸窣窣的流淌声。河面不宽，被岸束腰的地方，原地起跳便可以一跃而过。所以，随便从身边折一枝红柳绑上鱼线就可以垂钓了。

让人心里起腻是往鱼钩上穿饵的时候。罐头盒子打开，肥肥的黑土与绿绿的菜叶中间，小指粗细的蚯蚓在其中蠕动不已。一条蚯蚓被拦腰掐断时，立即流溢出很多黏稠的液体，红绿相间粘在手上。一根鱼线上有两只鱼钩，上完一只，我在身边的草上擦净双手，又开始了第二只。第二只上好后，我长舒了一口气，额头上沁出了细密的汗珠。

用看起来潇洒纯熟的姿势甩动鱼竿，把鱼钩投向河面。可惜的是，河面太窄。鱼钩和钩上的蚯蚓加上小小的铅坠，拖着鱼线，发出细细的尖啸，越过河面，落到对岸的草丛中了。收回鱼竿，一只鱼钩上的饵已经不见了。只好再掐死一条蚯蚓，忍着恶心看它身体内部黏稠的液体沾满我的手指。那液体是墨绿色的，其间有两三星鲜红的血。我戴上墨镜，那种颜色便不太刺激了。这回，我把鱼钩投到了水里，看到鱼饵划过河底一块又一块明亮的太阳光斑,慢慢落到了清浅的河底。然后,又随着沙砾一起,慢慢往下游流动。挎着一只军用挎包,里面装着鱼饵和备用的鱼线鱼钩,我跟随着流动的鱼饵慢慢往下游走去。

流水很快便把蚯蚓化解于无形。先是黏糊糊的物质被掏空,剩下一段惨白的皮在水里轻飘飘地浮游,然后,那皮也一点点融化在水里。物质作为蚯蚓形式的存在,就此消失了。每顺河走出一两百米,就要换一次鱼饵。如是五六次,我已经能平静从容地掐断蚯蚓,将其穿上鱼钩,从手上到心里都没有特别的反应了。这时,远处的山丘上传来两响清脆的枪声。枪声贴地而走,就像子弹直接从身边掠过一样。我离他们已经相当远了,却仍然看到他们随着枪响应声而起,向前扑去。鱼钩沉在水里,满耳都是细细的沙石在水底流动的沙沙声,秋草在阳光下失去最后一点水分时发出的轻轻的毕剥声。水冲刷着鱼线,鱼竿把轻轻的震颤传达到手心。红柳枝条握在手里,有些粗糙,换一把手,马上就能感到阳光留在上面的温暖。三个人在山丘上散开,在灌丛里出出进进。因此我知道,那两枪没有击中猎物。旱獭安全地回到地下的迷宫里去了。不一会儿,便有青色的烟升起来。三个人的身影在烟雾里进进出出。这会儿,他们必须受到烟熏火燎。他们想把燃在旱獭洞口的烟扇到地洞里去,指望着旱獭受不了烟熏从地下迷宫里逃出来。旱獭的地下宫殿构造相当复杂。就算旱獭忘了为其宫殿建造一些隐秘的通风口的话，要把往上走的烟，一点点扇进地洞，也是一项将耗掉非常多时间的工作。那些专业的猎人因此带有专门的鼓风工具，但我的三个伙伴没有。结果无非是他们会被自己生的烟熏得比旱獭还惨。在对待走兽方面，我至少有准专业猎人的经验。

钓鱼就是另外一回事了。

我突然觉得手上一沉，心里也陡然一惊。是鱼咬钩了吗？我看看水里，鱼钩与坠子都不在清浅的水底了。它顺着水流钻进了脚底的草皮下。大股水流在即将钻进草皮下时，打起了一个不大的漩涡。从漩涡中央传来了一头被杀的牛即将咽气时，喉咙深处发出的那种咕噜声。城里的房子里，下水道偶尔也会发出这样的声音。鱼钩和上面的饵就从那里被吸了进去。我提提手里的鱼钩，立刻感到上面坠着了一个沉沉的重物。

鱼！

一些密宗道行高深的喇嘛曾告诉我，他们在密室里闭关观想时，会看到一个金光闪闪的藏文字母或者某个图像。我没有修习过密宗的课程，鱼这个词却立刻就映现在脑门前，只是它一点也不金光闪闪。

鱼！这个词带着无鳞鱼身上那种黏糊糊滑溜溜的暗灰色，却无端地带给人一种惊悚感。

于是，我听到自己惊诧多于快乐的声音：鱼！

于是，好沉的一条鱼便被提出了水面。鱼在空中扑腾着，通身水光闪烁，使它离开生命之水那片刻带上了一种欢快的味道。我一松手，鱼落在草丛中，身上闪烁的水光消失了，迅即又恢复了那种滑溜溜黏糊糊的灰暗本色，一种让人疑虑重重的颜色。向鱼接近的时候，我有种正接近腐尸的感觉。

这是我第一次钓鱼。

鱼钓出水后，一动不动地躺在草丛里，把强吞进嘴里的钩取出来，便成为恐惧色彩相当强烈的一个过程。鱼还未抓到手里，那双鼓突悲伤的眼睛让你不敢正视。于是，便抬举眼看天。空中轻盈地浮动着一些絮状的破碎云彩。云在眼中飘动时，鱼的身躯抓在了手上，然后，又滑出去了。我不知道是鱼在挣扎，还是那种可疑的湿滑使我自己主动把手松开了。鱼侧躺在那里，嘴巴艰难地一张一合。嘴角那里有些血泡涌出，眼中认命而又哀怨的神情渐渐黯淡。松手的唯一结果是，我必须从草丛中再一次将其抓到手上。这次，我用的劲很大，手掌被坚硬的鱼鳍划开了一道口子。当我把深深扎在鱼喉咙深处的钩扯出来时，鱼的淡血与我的稠血混在了一起。

我看过别人在草原钓鱼，所以知道接下来的一个步骤应该是：折一根韧性十足的细柳枝，从鱼的一侧鳃帮穿进去，从嘴里拉出来。用这种方式，把钓上来的鱼一条条串联起来，十分便于搬运与携带。但我只希望自己在草原上钓鱼,而不指望自己钓到那么多的鱼。所以,我才在下意识中选择了这条清浅的小溪。而在不远处,一条真正的大河波光粼粼。

问题是,在这清浅的溪流中偏有鱼在我不经意间上钩了!我保证,即或在潜意识深处,也没有让鱼上钩的期望。

上好鱼饵,我走到溪边,看看刚才起鱼的那个地方,确实看不出什么不同寻常的地方。一小股水打着旋,发出被杀的牛临死前那费劲的咕咕的吞咽声,消失在脚底的草皮下面。使劲踩一踩脚,草皮颤动几下,复又归于坚韧的平静。于是,我把鱼饵很准确地投到那个小小的漩涡之中。鱼饵旋转了几圈便钻到草皮下去了。

鱼饵刚从眼前消失,手上又是过电似的一麻,鱼竿差点从手里掉到草地上了。接下来纯粹是本能地把鱼竿猛烈一甩,水面上啪哒一声,一朵水花开过,又一条鱼沉沉地在空中飞行了。鱼掠过我头顶的时候,肚皮上那种黄疸病人般的土地黄色在阳光的辉映下有一瞬间变成了耀眼的金色。我不知道自己嘴里发出的声音属于惊叫还是欢呼。这时,飞在空中的鱼脱离了鱼钩,沉沉地落在了不远处的草地上。我走去一看,鱼躺在那里一动不动。那双鼓突出来的双眼死盯着人,我觉得背上有点发麻。

再回到溪边,又从老地方投下鱼钩,很快鱼就咬钩了。

就这样，我一口气从那漩涡下面的某个所在扯出来十多条鱼。每一条都像是一个年龄组的青年人，长得整整齐齐。看看乱七八糟躺在草地上的鱼，再看看四周无声无息间或翻起一两只气泡的沼泽，觉得许多鱼从这么一个不可思议的地方来从容赴死，确实让人感到有种阴谋的味道。阴谋！这念头像闪电一样从脑海中一掠而过。是我自己让它从脑门上一掠而过的。如果我让这个念头驻留下来，可能此生再也没有机会打破关于鱼的文化禁忌了。

我们不断投入行动，就是不想停下来思考。

今天的行动，就是不断把鱼饵投进小小的水潭（现在我相信坚韧的草皮掩盖下就是一个小而深的水潭），看到底有多少傻瓜样的鱼受命运的派遣前来慷慨赴死。秋天的鱼沉在深水里，又肥又懒，又贪婪地把鱼饵带鱼钩整个吞进肚里。想到这里，我回头望望身后草地上那些懒懒地躺着等死的鱼，心里竟生出些莫名的仇恨与恐惧。

我不知道为什么又往鱼线上绑了一只鱼钩。上好饵后，三只鱼钩慢慢沉到水下，又慢慢漂向那个漩涡，慢慢被吸进那个可能存在也可能不存在的水潭。我大口地呼吸，以使自己松弛下来。同时想象鱼饵慢慢在无底的水中坠落，落在一条鱼的面前，那条鱼一动不动。鱼饵有些失望，再继续往暗黑的深处下坠。想着那种下坠，我的身子也有些飘飘然的轻盈了，四周的黑暗却让人害怕。当我想把鱼竿提起来时，一条鱼很猛地扑住了鱼饵。我不知道它为什么要这么狠地扑向鱼饵。即便是扑向死亡本身也用不着这么大的力量。鱼把饵和饵包藏的钩吞下去后，便静静地一动不动了。我继续等待。第二条鱼上钩了，之后，又安安静静地漂在水里，一点也不挣扎，不想逃离死亡。

还有第三只饵没有被吞下。

鱼上钩是手上的感觉，所以，我一直在悠闲地观望远处山丘上那三个熏旱獭的家伙在无谓地忙活。山丘上的烟已经很淡了。看来他们已经放弃了无效的劳碌，开始用随车携带的军用铁锹开掘地道。这是一个更浩大的工程，因为旱獭的洞穴在地下一米左右，蜿蜒曲折至少也有一二百米。

看上去很笨的旱獭很聪明，这些看上去灵活敏感的鱼面对鱼饵却表现得这么不可思议。这不，第三只钩上又有一条鱼扑上来了。往上起鱼的时候，三条鱼把竿子都坠弯了。三条鱼一起离开水面，一起开始挣扎，差点使鱼竿落到水里。我知道它们这一切努力都是为了再回到水里，而我当然不会同意。于是发一声喊，用力一摆鱼竿，三条鱼便沉甸甸地落到了我脚前的草丛里。

我注意到它们一旦落到草地上便不再挣扎了。

我对鱼，这些猎获对象的一切都很注意。不是一般注意，而是非常注意，带着非常敏感的非常注意，甚至对并不存在的一切都非常敏感地注意着。

鱼一旦落在草丛中便不再挣扎了,有些鱼离水实在很近,只要弓起脊背,挺一下身子,轻轻一个鱼们都很在行的弹跳,就回到一溪秋水中了。当草原开始变成一片金黄时,流水便日渐冰凉,那些大群大群的候鸟离开了。鱼们便像潜艇一样,沉到很深的地方,那些地方黑暗而又温暖。在冬天将临的时候,选择明亮就相当于选择冰冻。但这些鱼从很深的地方被钓起来,躺在草丛里一动不动,仿佛不知道身边就是能使其活命,使其安全的所在。它们躺在那里一动不动,好像存心要用众多死亡来考验杀戮者对自身行为的承受极限。我今天钓鱼是为了战胜自己。在这个世界,我们时常受到种种鼓动,其中的一种,就是人要战胜自己,战胜性情中的软弱,战胜面对陌生时的紧张与羞怯,战胜文化与个性中禁忌性的东西。于是,我们便能无往而不利了。现在,我初步取得了这种胜利。而且,还想让同伴们都知道这种胜利。于是,便挥舞着双手,向他们大声叫喊起来。

他们停止了辛苦的挖掘,直起腰来,向我这里瞭望。我一手抓起一条鱼,叫喊着挥舞。差不多两公里远的距离,他们不会看到我手中的鱼,但我相信他们可能会看到鱼的闪光。鱼体表那层湿滑的物质确实会在当顶的太阳下闪闪发光。他们站在小丘顶上向这边瞭望。在他们背后,西边的天空中,出现了一座座山峰一样的雨云。中央墨黑一团,电光闪闪,四周让阳光镶上了一道耀眼的金边。随着隆隆的雷鸣声,那团乌云往东而来。河面上有风走过。直立的秋草慢慢弓下身子。悬垂的鱼线也被吹出了好看的弧度。

鱼又上钩了。

我暗暗希望这是最后一条。

但是,又一条鱼上钩了。我仍然希望这是最后一条,心里却明白,还有很多鱼等在一个隐秘的地方,正在等待着前来受死。果然,第三条鱼又上钩了!

三条鱼提出水面时,仍然只在离开河水时做了一点象征性的挣扎。然后,便与别的鱼一起静静地躺在草丛中了。那么多垂死的鱼躺在四周,阳光那么明亮,但那不大的风却吹得人背心发凉。

我再一次向同伴们呼喊,叫他们赶快拿家伙来,来装很多的鱼。我实在是想离开这段河岸了。一股小小的水流里,怎么可以有这么多这么大的鱼?鱼们上钩的速度好像越来越快了。于是,每提起一竿鱼,我都向他们呼喊一次。

我不知道乌云是什么时候笼罩到头顶的。这时上饵,下钩,把咬钩的鱼提出水面只是一种机械的动作了。因为不是我想钓鱼,而是很多的鱼排着队来等死。原来只知道世界上有很多不想活的人,想不到居然还有这么多想死的鱼。这些鱼从神情看，也像是些崇信了某种邪恶教义的信徒，想死，却还要把剥夺生命的罪孽加诸别人。

我的心中的仇恨在增加。

头顶的天空被翻滚的乌云罩住了，清亮的水面立即变得黯淡。这时的我，脸上肯定带着凶恶的表情，狠狠地把鱼饵投进面前那个小小的漩涡中。水流变得像乌云一样墨黑的时候，那里好像是地狱的入口。鱼们仍然在慷慨赴死。

伙伴们行进得很缓慢，他们小心翼翼地在沼泽之间寻找着路径，这倒不是像传闻中那样，任何一个人被淤泥吸住了脚，便会遭受灭顶之灾。事实上是，这些出身于这片荒野，又进了城的人，害怕又臭又黏的淤泥弄脏了漂亮的鞋子。

我的孤独与恐惧之感却有增无减。

雷声在头顶震响，越来越大的风撕扯着头发与衣服。河面上的水被吹起来，水珠重重地射在脸上。想张嘴呼喊，却让狂风咽得喘不过气来。鱼们还在前仆后继，有增无减。邪了门了！见了鬼了！死神狞笑着露出真面目了！我听见自己咬牙切齿地说，来吧，狗日的你们来吧。

我听见自己带着哭声说：来吧，狗日的你们来吧，我不害怕！

我听见自己说：我不相信你们也不害怕。是，我害怕，可是，你们不害怕就来吧！

就在人都快要疯狂的时候，不是潭里的鱼没有了，而是那个装鱼饵的马口铁皮的罐头盒子终于空了。我颓然坐在地上，手一松，短短的一段鱼竿，便顺水漂走了。我不知道自己是不是大声哭了起来。因为，头顶上响亮的炸雷，把所有的声音都掩盖了。雷声中，头顶上那座高及天顶的云山便崩塌下来。雷声停了，闪电也停了，四周像是深重的黄昏景象。我的同伴，和宽广的草原都从四周消失了，甚至连风的声音都听不见了。很压抑的黑暗，很让人毛骨悚然的安静。刚才被大风压倒在地的秋草又嚓嚓地直起身来。这时，我听见了一种低沉的声音：咕，咕，咕咕。像鸽子的声音，但我马上就肯定这不是鸽子的声音，而是……而是鱼！

是鱼在叫！

从来没有听说过鱼会叫！

但我马上意识到这是鱼在叫！很艰难，很低沉的声音：咕，咕，咕咕。不是鸽子叫，而是脚踩在一块腐烂中的皮革上发出的那种使人心悸的声音。踩到那样一块皮子时，你会觉得是践踏了一具死尸。现在，好像所有这些将死未死的鱼都叫起来。它们瞪着那该死的闭不上的眼睛，大张着渴得难受的嘴巴，费力地吞咽低低的带着浓烈硝烟味的湿润空气。吞一口气，嘴一张：咕。再吞一口气，嘴再一张：咕。

那么多难看的鱼横七竖八在草丛中。这里一张嘴：咕。那里一张嘴：咕。

  我不能想象要是雨水不下来，会是一个什么样的场景。我坐在草地上，一动不动。乌云把天空压得很低。如果站起身来，身子好像就会顶到天空，就会触及滚动不息的乌云里蛇一样蜿蜒的电流。又是一声震得我在地上跳动一下的炸雷，然后，乌云像一个盛水的皮囊打开了口子，雨水夹着雪霰劈头盖脸地打下来。那一下又一下清晰的痛楚让我恢复了正常的感觉。

  当雪霰消失，只剩下雨水的时候，我干脆趴在地上，痛痛快快地淋了一身。同时，我想自己也痛痛快快地以别人无从知晓，连自己也未必清楚意识到的方式痛哭了一场。但是，直到今天，我也不知道是哭自己终于战胜了鱼，还是哭自己终于战胜了自己，或者是哭着更多平常该哭而未哭的什么。

  很快乌云便携带着巨大能量与丰富的水分，被西风推动着，往东去了。太阳又落在了眼界中的天下万物身上。冰凉的身体又慢慢感到了温暖。

  三个同伴终于到了。

  他们抬着柳条筐四处收捡那些鱼，竟然装了两个人抬起来都很沉的满满一筐。当我指给他们看那个打着小小漩涡，躲在草皮底下的小潭时，他们绝不相信它是那么多鱼所在的地方。在车里换了干净衣服，闻着干净衣服的味道，车子散发出的橡胶味和汽油味道，我觉得自己完全安全了。汽车开动后，我转头去望钓鱼的地方。那么多水流在草原上四处漫灌，在太阳下闪闪发光，已经不能确定哪里是曾经发生那样的离奇遭遇的地方了。于是，人还没有离开事件的发生地，这件事情本身，便变得虚无起来了。

杜鹃花

至今为止,满山的杜鹃,除了少数几种,要一一冠以准确的种名,对我还是一个难题。曾有一位生物学家问我,在野外辨识植物的能力达到了什么程度,我说,从科到属问题不大,但准确到种,还要多多努力——这么说时,问答双方都知道这个问题有一个预设的范围,仅限于青藏高原。生物学家当即表扬我,这已经相当不错了。很多植物学家,除了自己专门研究的那一两个科或属才会一一落实到种、亚种和变种,进而发现并命名新的种,对其他植物的辨识,大多也到科与属为止。

生物学家的话让我在当时也有小小的自得。但当我登上高原,看见满坡满谷盛开的杜鹃,却只能准确叫出其中几种的正确学名,还是对自己学问不能日益精进有相当的焦虑。当然,众多的杜鹃花树,此种和彼种间的差异有些真是微乎其微,于是,心中也会生出稍稍的怀疑:真有必要细分如此吗?细分如此的意义何在？我想，有些学科的研究，是不是太专门，太钻牛角尖了，就从杜鹃花种的区分来看，也许我的想法不是没有一点道理。有些植物学家，是不是太靠这种细分来安身立命，反而远离了科学探求的本质与目的呢？植物分类学，有时候是不是也为分类而分类，最终迷失于过于细致的分类了呢？

但是，今天我没有这个疑问。

唯一的原因，是在杜鹃花开的时节回到了老家。老家有自己的植物分类学。也是那位生物学家告诉我，现在有门学问，叫作民族植物学，就是在科学之外，也留意传统文化中对于植物的感受与看法。

我睡在床上，告诉自己，今天要忘记植物分类学。

离家多少年了，但家里三楼上，还专门为我留有一个房间。农村人天一亮就忙活起来。家里人也一样，挤奶，喂猪，打扫庭除，准备早饭，如果有人要上山放牛，采药，还要准备便携的午饭。我不用忙这些事情，打开窗户，让早晨带着露水的清冽的草木香气随空气进来，深深呼吸，然后又回到床上。读昨夜没有读完的书，让被睡眠中断的思绪重新与昨天接上，关于人，关于世界，关于人和世界。思绪断断续续，就像过去在村里看的露天电影，这一卷片子和那一卷片子间，有大段的空白，是嚓嚓作响的偶尔闪过电光的那种黑暗。这时，我就抬眼看看窗外。

窗外,是家里的十几亩地,然后,是亲戚家的地块。地里是深浅不一的绿构成的拼图。不同的绿色是不同的作物:青稞、小麦、胡豆、油菜和洋芋。这些年村里开始种反季节蔬菜供应三百公里外的成都市场,于是,一些过去只种在小菜园里自己家食用的作物也开始大田种植:莴苣、圆白菜。其实,这些景象不用睁眼我都可以看见。地铺展到尽头就到了河边,过桥,桥头就是贴着山脚而过的公路。三百公里路东去成都,一百多公里去红原县的大草原,南去六十公里,是县城马尔康。我刚刚回到老家,不会马上离开。所以,我不关注公路,而是注视着公路上方的两道山梁和山梁夹着的那条深沟。这条沟过去叫头人沟,"文革"后给了它一个新的名字,新生沟。新生沟未曾新生,却在伐木工人的利斧下几近毁灭。还是这二十来年,长江上游森林禁伐后逐渐恢复了生机。现在,阳光正从山顶上慢慢下移,一点点把那些杉林、桦林,或者杉与桦混生的山林照亮,把山林间点缀着灌丛的草地照亮。

等到太阳光下到很接近河岸与公路的时候,我就该起床吃点东西了。

家里人都出去忙活了,整幢房子都很安静。二楼起居室的铁皮炉上,一壶茶煮得咕噜作响。等我喝过茶,吃了点东西,阳光已经把这身处其中的房子,房子周围的庄稼地,和房子后面的树林都照亮了。

昨天晚上，家里人就问我，明天干什么呢？

我说，明天看杜鹃。

现在，明天已经变成了今天，我收拾一下，出门去看杜鹃。

昨天晚上，我说，明天看杜鹃，有人不明白什么是杜鹃。父亲说，就是羊角花。

是的，我去看羊角花。

现在，我遇上了乡间的植物分类学。在老家，植物学家可以分出几十个种的杜鹃花就分两种。树高花大叶大，叶子不会变黄掉落的算一种，叫作羊角花。高山牧场上，那些开着密密小花的灌丛算一种，秋末冬初会掉光叶子，并被埋在雪下的，叫油楂子花。看油楂子花，徒步的话，得爬两小时的山。更重要的是，这时，它们还正忙着抽枝展叶，还没有腾出精力来让花朵开放。

看羊角花就容易多了。

我出门，开了大门前右手边的栅栏门，左手是地里的庄稼，右手是掩映在溪水上的柳丛。贴着溪水，依次经过柳林边的茅房，经过拴着的狗和它的矮睡房，再经过干草房，也就一百多米吧，河已经在望。河岸和庄稼地之间，有一列整齐紧密的柳树。这是早年竖为栅栏的那些柳树茎干自然萌发生成的。但我已经不可能记得其中哪几株是我戳进泥地的了。钻过这排柳树，河水就在面前了。湍急的河流到这里，遇到了一堵断崖。崖就三四米高,但足以使流水来了个大转弯,才使得河水正正经经流过我家正门前。也因为水流与岩岸长年相激,便在这断崖下形成了一个深潭。一个不起波浪,但有许多漩涡生成又消散,消散又生成的深潭。这时是6月,河上四五月间融冰期那种奶白色的混浊消失,潭水变成了一派深碧。

我要去看的那树杜鹃就生根在对岸的岩石缝里,它斜欹出来,把枝干俯向了深潭。在这个海拔高度上,几乎所有的阔叶树都是落叶树种,但唯有当地土称羊角花的这一类杜鹃花树,叶子比当地所有的阔叶树都大——比如花楸,山荆子,野樱桃,各种忍冬——而且还四季常青。它们在冬天零下十几度二十几度的严寒中不被冻坏,一靠叶子背面密生的茸毛,二靠叶子正面那一层蜡质的保护层。这种有蜡质层保护的叶在植物辞典上的描述为:"叶,革质。"阳光照耀的时候,那宽有三四厘米,长可到十来厘米的叶子,纷披在树身上,真的像刚上过油的皮革一样闪闪发光。这是五六月的景象。冬天时,杜鹃树的叶子还是绿着,却因为防冻而收缩,而挤去了水分,颜色没有如此光鲜。春天里,所有树木的根从解冻的土地里吸收了足够的水分,并通过茎干把水分输送到每一根树枝,每一片叶子,于是,它们就都一起在阳光下闪闪发光了。杜鹃花叶比周围所有的树叶都阔大舒展,能够用更大的面积反射阳光。所以，总能够显示出特别的光亮。

这些叶子从分杈众多的枝条顶端，三枚五枚围上一圈，向上挺举着。然后，这些叶片就低垂下去，像是鸟耷拉下翅膀，那是为了给被它们环绕在枝顶的日益膨胀的花蕾让出更大的空间。让更多的阳光去照耀它，更多的暖湿的春风去吹拂它。也就三五天时间吧，那些花蕾膨胀，然后，外面的苞片裂开，每一道裂纹中都透露出鲜艳的红色。再过一个夜晚，那些花蕾就都被撑破了，树下掉了一地蝉衣色的苞片。而在枝头，一朵朵喇叭状的花五六朵七八朵挤在一起，簇生成了一个漂亮的花球，藏在花蕾中那种艳红变成了浅红。

我家河对岸这一株也是这样，我来看它的第一天，还是一树绿光。第二天，它枝头的花朵就开放了。三天后，已是满树繁花，要透过花朵的缝隙才能看到叶片隐约的绿色了。这时，那些花刚开时的粉红也渐渐褪去，那肥厚而多汁液的花瓣，显出了越来越多的白，显现出越来越接近玉石的质感。

就这样，我坐在河边，背后是有鸟鸣其间的柳树，柳树后的地里，家里人在侍弄庄稼。在我记忆中，小时候，河对岸的那堵丛生着好多小树的临潭的断崖上，就有杜鹃盛开。那时，河里鱼多。杜鹃花瓣被风摇落时，贪嘴的鱼不知这肥嫩的花瓣有毒，误食后会被麻醉。所以，常常可以看到昏迷中的鱼把白肚子朝向天空，睡在水面上，和落花一起，随着回水在深潭上打转。不过，转上一阵，鱼儿就清醒过来，一翻身，又潜入潭中，只剩下落花留在河面。

其实，某些条件下，植物的毒性也是药性。所以，杜鹃花在藏医药典中被列为"树花类药物"，而"杜鹃花于胸脓有特效"。

当然，今天是见不到被杜鹃花麻醉的鱼浮在河上的景象了。树和花还在，但河里的鱼，山里的兽，林中的鸟，已比当年少了很多很多了。唉！这个物欲可以驱使人干一切事情的时代！这个许多人都会说环保却最不尊重自然界的时代！好在，树还在生长，花还在开放。

而且，这是5月底6月初，杜鹃花才刚刚开放。还有两个月的时间，杜鹃们会从村前的河谷，开上山腰，开上山顶，从两千多米的海拔，用将近三个月的时间，一直开到将近五千米的高山之上。那是落叶松的地带，是流石滩的地带。自然，我也不会久久停留在家乡。每到夏季来临，我就有计划中频密的高原之旅。但这些杜鹃花，我还会在另外的地方，在正在翻越的某座高海拔的山口，遇到它们盛放。那时，我再来向植物学家学习，做那种一一分类到种的文章。

要离家了。

弟弟带我到房后溪边的山坡上，他说，这片树林，有我们这个地方所有的树种。有些是原来自己就有的。没有的，他就从别处挖来栽上。但有一种树始终不肯成活，那就是羊角花。我说，那是因为这面山坡过于朝阳了。杜鹃花树需要阳光，但它的扎根处，还是阴润潮湿一点的地方。我们谈话的时候，全家人取用饮水的溪流就在旁边哗哗流淌。

我问弟弟，知不知道这花为什么叫羊角花。他摇头。其实我也不知道。但在开车回城的路上，我突然明白过来了。

这些杜鹃之所以叫羊角花，非关花的形状，它们喇叭形的花怎么都不能让人产生羊角的联想。农村人给植物起名，虽不拒绝从审美处着眼，但更多是从实用性入手的。杜鹃花枝杈甚多，正因为这个才使其树形优美。而且，它的很多分杈都是 V 字形的，截下来，就像一副对称的羊角。少年时候，我们自制弹弓时，就常常爬到杜鹃树上，截下这么一段分杈的树枝来，去皮晾干后细细打磨，再系上两根橡皮筋，就是一样称手的玩具了。

回来后，坐在书房里，忍不住查查植物志，居然查到一种杜鹃，名字就以我老家那个县名来命名，叫马尔康杜鹃。我家河对岸那一株，究竟是不是这种杜鹃，因为植物志上没有图片可以比对，而文字的描述，好像也适合用来描述别种的杜鹃，我依然只好笼而统之，略去种名，依然容许自己一知半解，只停留在属的层面。

西藏的"张大人花"

去年因为身体不好,本不计划四处走动。就在家里读读书,看看城里的花,从花开花落中体验成都这个城市季节的流转。

但身体康复比预计要快,稍有精力,心就野,忍不住要去四处走动。从去南非错过了栀子的花期,便把成都入夏以来好多花期都一一错过。手边写着的《成都物候记》也就耽搁下来,也许明年能克制自己,待在一座城里不动,细细观察吧。这些年,每次上高原,正常的计划之外,碰见林林总总的野花,总要用相机细细记录,完了,真正的兴趣还在别的方面。职业原因吧,我更留心于地方文化与历史,那些也许可以转化为小说题材与细节的材料。所以,那些拍到的野花只是拿回来在电脑中归档存储,短时间不会拿它们来写什么文字。

9月份去了新疆,回来后身体很是疲惫,本想休息一段时间,借此好好看看成都的秋花开放,但桂花刚开,暂不写大东西的意志不够坚定,经不起制片方劝说,接了部电影剧本,急急地就奔西藏这个故事发生地去了。

到西藏,草原已泛出金黄,地里的青稞与小麦都收割了,还未运回打麦场,一垛垛堆积在雅鲁藏布江、拉萨河、年楚河和尼洋河两岸的平整的谷地上。这一切都告诉人们,高原上已是深秋的时候了。每逢一场雨,山上的雪就会下压一线。原野上已经见不到什么开花植物还在花期了。只在当雄县草原上看到些避着风寒顽强开放的紫苑,在日喀则和林芝看到一些尚未开败的高山勿忘草,在南迦巴瓦峰下看到白色的曼陀罗。这样也好,使得我可以心无旁骛,专心于搜集材料与感受氛围的工作。

不然,看见了盛放的野花我很难不拿出相机奔向它们。

但是,在城里,在村庄,我还是被一些盛开的家种的花所吸引。这些花在低海拔的内地也都常见,但一到了西藏,就显得鲜艳漂亮多了。大丽菊、蜀葵、金盏、长寿菊,每一种都花朵硕大,色彩艳丽饱满。最引人注目的是差不多有人烟处就必可见到的波斯菊,开在拉萨罗布林卡,开在江孜白居寺、日喀则扎什伦布寺。车行路上,路边出现一丛丛艳丽的波斯菊时,就知道,又一个村庄要出现了。在地广人稀的青藏高原,这简直就是一个亲切的指引,指引人从岑寂的荒野进入了亲切的乡镇。换句话说，这些波斯菊，这些美丽花朵，已经自顾自地离开当初人们种下它们的地方很远很远，看架势，是要渐渐从家养的观赏植物变成自生自灭的野花了——这种到了西藏就显得强健无比的植物，真的显出了野生的能力与倾向。

可是，我们必须知道，波斯菊来到西藏也才一百年时间。

今天，西藏很多地方，特别是在拉萨，这种花的名字还叫作"张大人"。每当听到人们在藏语句子中夹入一个汉语称谓来谈论这种花时，我总会生出些奇异之感，连带着想起些西藏近代悲怆的历史。是的，花朵那么美丽热烈，但捧出这些花朵的历史却是悲怆的。

1904年，英国人从藏南开始，仗着洋枪洋炮和阴谋诡计，一路攻破西藏兵民用血肉之躯设下的重重关隘，直入拉萨。和当初从海上发动鸦片战争一样，英国人发动战争的借口，就是强制一个封闭自足的政治经济体开关通商。而清朝当时的驻藏大臣等却一味主张委屈投降。当此之际，身为外交官的张大人张荫棠以驻藏帮办大臣的身份来到西藏。

1906年10月，张荫棠入藏整顿藏务，推行改革。他首先整顿吏治，将矛头对准了藏人所痛恨的驻藏大臣有泰及汉藏官员十余人，弹劾他们媚外乞怜、鱼肉藏民、颟顸误国等种种罪行。朝廷依据张荫棠所奏，将有泰革职查办，其余汉藏官员也受到严惩。随后，为使西藏官民支持和参与西藏改革,张荫棠亲自到拉萨春都会议上演讲,宣传"西藏百姓与中国血脉一线,如同胞兄弟一样",消除汉藏情感隔阂。他还大力宣讲"生存淘汰之理",激发西藏百姓改革自强精神。为革新西藏,张荫棠先后向朝廷奏呈"治藏建议十九条""传谕藏众善后问题二十四条"等治藏方略,得到清政府采纳。张荫棠提出一系列重要主张,包括革除神权政治,收回西藏治权;广设学堂,推广教育,创办汉藏文白话报;训练汉藏新军,加强武备;修好打箭炉、江孜、亚东牛车路;开设银行,振兴农工商业,开发矿产资源等。此外,张荫棠还建议在西藏成立隶属于外务部的交涉局,专门负责西藏地方的对外交涉。

张荫棠的治藏言行和政策无疑有利于强化中央对西藏的主权,他本人也在藏人心目中树立了崇高威望,以至于他带进西藏的波斯菊至今仍被称为"张大人花"。

某次到西藏采风,在拉萨,西藏自治区社科院院长白玛朗杰送我一套政协文史资料。其中一则谈到新中国成立初,十八军进入拉萨时一个西藏贵族对十八军军长张国华说,你姓张,张大人也姓张,要是来的汉官都像张大人,就用不着来那么多军队了。这话的对错姑且不论,张荫棠得到藏人拥护却是真实的。遗憾的是,新政刚开始实施,张荫棠便于1907年7月被调往印度与英方谈判新的藏印通商章程。更重要的是,这时大清帝国已经气数将尽，张氏的西藏新政再也无力贯彻了。

我面对那些盛开的鲜花，禁不住想，好个张大人，在时局艰危，其所代表的大清王朝已气息奄奄之际，竟还有心情怀揣着如许新奇的鲜花种子来到西藏。而他在西藏的时间还不够看到此花一个轮次的出芽长叶，抽茎展枝，开花结籽。张荫棠后来又做过中华民国的驻美公使，1937年去世。不知那时波斯菊是否就已开遍了拉萨，也不知道，张大人是否知道自己的名号已在遥远的拉萨被作为花名。

我也关心，此花进入西藏百年之后，当地人可曾对其有过藏语的命名。

得到的最多答案，是格桑花。

听到此名，我就不禁哑然失笑。因为这些年在高原上留意寻访花草芳踪，至少见过了当地人介绍的十来种花都叫格桑花。有杜鹃，有报春，有垂头菊。这回，在扎什伦布寺，在班禅的宫殿（颇章）前，守门人还指着黄色的鸡冠菊对我说："格桑梅朵。"我真的是四处去求证过到底哪一种花是真正的格桑梅朵。去年在青海，遇到精通藏汉两种书面语的小说家龙仁青，他也求证过这个问题。问他答案，他说，没有真正的格桑花，当然，所有花都可以叫作格桑花。因为，格桑花就是幸福花。那么，所有带来幸福感的美丽的花都可以叫作格桑花。

这回，在江孜帕拉庄园考察。夕阳之下，整个院子都被波斯菊的光芒照亮了。赶紧又问陪同访问的人，说有藏名，叫作"遂遂梅朵"。"梅朵"是藏语的花。"遂遂"，听到这两个叠音词，我笑了。这正是藏语的命名法，有注汉语古诗时常见的那种"状……貌"的意思。我家乡的方言与西藏方言有别，便再问"遂遂"什么意思，答，细碎且繁多。

一种事物，在世界上的流布与命名，就是这样自然而奇异。

就说波斯菊这个正式的名字吧，让人认为这种花源于波斯，其实不然。这种叫波斯的菊原产地在墨西哥，先被喜爱搜集奇花异草的欧洲人带到欧洲培养，又从此扩散到世界各地。

不过，放下这些考据不谈，我倒还是喜欢像老一些的拉萨人一样，把这波斯菊叫了"张大人花"。至少，这花名中也包含着一段意味深长的历史记忆。

一滴水经过丽江

我是一片雪,轻盈地落在了玉龙雪山顶上。

有一天,我醒来,发现自己变成了坚硬的冰,和更多的冰挤在一起,缓缓向下流动。在许多年的沉睡里,我变成了玉龙雪山冰川的一部分。我望见了山下绿色的盆地——丽江坝,望见了森林、田野和村庄。张望的时候,我被阳光融化成了一滴水。我想起来,自己的前生,在从高空的雾气化为一片雪,又凝成一粒冰之前,也是一滴水。

是的,我又化成了一滴水,和瀑布里另外的水大声喧哗着扑向山下。在高山上,我们沉默了那么久,终于可以敞开喉咙大声喧哗。一路上,经过了许多高大挺拔的树,名叫松与杉。还有更多的树开满鲜花,叫作杜鹃,叫作山茶。经过马帮来往的驿道,经过纳西族村庄里的人们,他们都在说:丽江坝,丽江坝。那真是一个山间美丽的大盆地。从玉龙雪山脚下,一直向南,铺展开去。视线尽头，几座小山前，人们正在建筑一座城。村庄里的木匠与石匠，正往那里出发。后来我知道，视野尽头的那些山叫作象山，狮子山，更远一点，叫作笔架山。后来，我知道，那时是明代，纳西族的首领木氏家族率领百姓筑起了名扬世界的四方街。四方街筑成后，一个名叫徐霞客的远游人来了，把玉龙雪山写进了书里，把丽江古城写进书里，让它们的名字四处流传。

我已经奔流到了丽江坝放牧着牛羊的草甸上，我也要去四方街。

但是，眼前一黑，我就和很多水一起，跌落到地底下去了。丽江人把高山溪流跌落到地下的地方叫作落水洞。落水洞下面，是很深的黑暗。曲折的水道，安静的深潭，在充满寂静和岩石的味道的地下，我又睡去了。

再次醒来，时间又过去了好几百年。

我是被亮光惊醒的。我和很多水从象山脚下的黑龙潭冒出来。咕咚一声翻上水面，看见很多不同模样的人，黑头发的人，黄头发的人，黑眼睛的人，蓝眼睛的人。我看见了潭边的亭台楼阁，看见了花与树。我还顺着人们远眺的目光看见了玉龙雪山，晶莹夺目矗立在蓝天下面。潭水映照雪山，真让人目眩神迷啊。人们在桥上，在堤上，说着不同的语言。在不同的语言里，都有那个词频频出现：丽江，丽江。这时的丽江已经是一座很大的城了。城里也不是只有最初筑城的纳西人了。如今全中国、全世界的人都要来丽江,看纳西古城的四方街,看玉龙雪山。

我记起了跌进落水洞前的心愿:也要流过四方街。

顺着玉河,我来到了四方街前。

进城之前,一道闸口出现在前面。过去,把水拦在闸前,是为了在四方街上的市集散去的黄昏,开闸放水,古城的石头街道上,水流漫溢,洗净了街道。今天,一架大水车来把我们扬到高处,游览古城的人要把这水车和清凉的水做一个美丽的背景摄影留念。我乘水车转轮缓缓升高,看到了古城,看到了狮子山上苍劲的老柏树,看到了依山而起的重重房屋,看见了顺水而去的蜿蜒老街。古城的建筑就这样依止于自然,美丽了自然。

从水车上哗然一声跌落下来,回到了玉河。在这里,我有些犹豫。因为河流将要一分为三,流过古城。作为一滴水,不可能同时从三条河中穿越同一座古城。因此,所有的水,都在稍作徘徊时,被急匆匆的后来者,推着前行。来不及做出选择,我就跌进了三条河中的一条,叫作中河的那一条。

我穿过了一道又一道小桥。

我经过叮叮当当敲打着银器的小店;经过挂着水一样碧绿的翡翠的玉器店;经过一座院子,白须垂胸的老者们,在演奏古代的音乐;经过售卖纳西族东巴象形文字的字画店。我想停下来看看,东巴文的"水"字是怎样的写法。但我停不下来,没有看见。我确实想停下来,想被掺入砚池中,被醮到笔尖,被写成东巴象形文的"水",挂在店中,那样,来自全世界的人都看见我了。在又一座桥边,一个浇花人把手中的大壶没进了渠中。我立即投身进去,让这个浇花的妇人,把我带进了纳西人三坊一照壁的院子。院子里,兰花在盛开。浇花时,我落在了一朵香气隐约的兰花上。我看到了,楼下正屋,主人一家在闲话。楼上回廊,寄居的游客端着相机在眺望远山。楼上的客人和楼下的主人大声交谈。客人问主人当地的掌故,主人问客人远方的情形。太阳出来了,我怕被迅速蒸发,借一阵微风跳下花朵,正好跳回浇花壶中。

黄昏时,主人再去打水浇花时,我又回到了穿城而过的水流之中。这时,古城五彩的灯光把渠水辉映得五彩斑斓。游客聚集的茶楼酒吧中,传来人们的欢笑与歌唱。这些人在自己所来的远处地方,即便是寂静时分,内心也很喧哗。在这里,尽情欢歌处,夜凉如水,他们的心像一滴水一样晶莹。

好像是因为那些鼓点的催动,水流得越来越快。很快,我就和更多的水一起出了古城,来到了城外的果园和田地里。一些露珠从树叶上落下,加入了我们。在宽广的丽江坝中流淌,穿越大地时,头顶上是满天星光。一些薄云掠过月亮时,就像丽江古城中,一个银匠,正在擦拭一只硕大的银盘。

黎明时分,作为一滴水,我来到了喧腾奔流的金沙江边,跃入江流,奔向大海。我知道,作为一滴水,我终于以水的方式走过了丽江。

道德的还是理想的

——关于故乡，而且不只是关于故乡

我有个日渐加深的疑问，中国人心目中的故乡是一个怎样的存在？

这个疑问还有别的设问方式：这个故乡是虚饰的，还是一种经过反思还原的真实？是抽象的道德象征，还是具象的地理与人文存在？

的确，我对汉语的文艺性表达中关于故乡的言说有着愈益深重的怀疑。当有需要讲一讲故乡时，我会四顾茫然，顿生孤独惆怅之感。当下很多抒情性的文字——散文、诗歌、歌词，甚至别的样式的艺术作品，但凡关涉故乡这样一个主题，我们一定会听到同样甜腻而矫饰的腔调。在这种腔调的吟咏中，国人的故乡都具有相同的特征：风俗古老淳厚，乡人朴拙善良；花是解语花，水是含情水。在吾国大多数无论是人文还是自然都并不美好的地方旅行，我会突然意识到，这就是被某一首诗吟过,被某一首歌唱过,被某一幅图画过的某一个文化人的美丽的家乡。但真实的情况总是,那情形并不见得就那么美好。带着这样的困惑,有一天,在某地一条污水河上坐旅游船,听接待方安排的导游机械地背诵着本地文化人所写的歌唱这条河流美景的诗句时,我不禁闭上了眼睛,陷入了自己一个荒诞的想象:假如我们的文化发达到每一地都出了文化名人,都写了描绘故乡美景的篇章,我们再把这些篇章像做拼图游戏一样拼合起来,那么,吾国每一条河流都不会有污染,每一座山峦都披满了绿装,没有沙漠进逼城市与村庄,四处都是天堂般的风和日丽,鸟语花香。城镇的每一个角落都被彩虹般的灯光照亮,没有波德莱尔笔下那样的"恶之花"从卑污处绽放。

　　由此,不得不得出一个结论,在中国绝大多数文艺性的表述中,那个关于故乡的言说都是虚饰的,出自一种胆怯乏力的想象。关于人类最初与最终居住地的美好图景,最美妙的那一些,已经被各种宗教和各种主义很完整、很大胆地以一种不容置疑的气度描述过了。当我们描绘那些多半并不存在的家乡美景时,气度上却缺乏那样大气磅礴的支撑,不过是在局部性地复述一些前人的言说。于是,一种虚饰的故乡图景在文字表述中四处泛滥。故乡——村庄、镇子、胡同、大院,所有这些存在或者说记忆到底是应该作为一种客观对象还是主观的意象,已经不是一个写作的问题,而早就是一个道德伦理问题。用句套话说来，不是存在决定一切，而是态度决定一切。

帕慕克说："我们一生当中至少都有一次反思，带领我们检视自己出生的环境。"但大多数时候，我们文字里的故乡，不是经过反思的环境，而是一种胆怯的想象所造就的虚构的图景。

没有查书，但大致记得亚里士多德说过，人都会通过文字或思考来使对象"净化"，但是，这个"净化"是通过怜悯与恐惧达到，而不是通过虚饰与滥情来达到。想想我本人的写作，或者是就在实际的生活中间，一直以来就有意无意回避对故乡进行直接简单的表述，我也从来没有自欺地说过，有多么热爱自己的故乡。

不愿虚饰，可又无力怜悯。

少年时代，我曾想象过自己是一个孤儿，在路上，永远在穿越不同的村子与城镇，无休止地流浪。幸福，而且自由。自由不是为了无拘无束去天马行空，而是除了自己之外，与别的人没有任何牵扯与挂碍。幸福也不是为了丰衣足食，但至少不必为不够丰衣足食而生活在愁烦焦灼的氛围之中，生活在为了生存而动物般的竞争里。那是一个川西北高原上的僻静村庄，阳光是透明的，河水是清澈的，鲜花是应时开放的，村后高山上的积雪随季节转换堆积或融化。但人们的生活，如果只是为了生存而挣扎，那人之为人，又有什么意义呢？可在中国乡村，特别是我们这一代人青少年时期生活的乡村，使旧乡村有些意味的士绅与文化人物已经消失殆尽，几乎所有人都堕入动物般的生存。树木与花草没有感官与思想，只是顺应着季节的变化枯荣有定。但人，发展出来那么丰富的感受能力，却又只为嘴巴与胃囊而奔忙，而兴奋与悲愁。这样的故乡，我想，但凡是一个正常的人，恐怕是无法热爱的。何况，那时使故乡美丽的森林正被大规模地砍伐。二十世纪六七十年代，伐木工人的数量早就超过了我们这些当地土著的数量。跟很多很多中国人一样，我青少年时代的许多努力，就是为了逃离家乡。

但是，当我们在学校学习，或者通过阅读自学，在汉语的语境之中，好像已经有一个约定俗成的规矩，那就是，一个人必须爱自己的故乡。如果不是这样，那么，这个人在道德上就已经失去了立身之地。这处境有点像我们在某些需要举行表决的场合，虽然规则说可以投反对票，但所有人都知道，要么你不举手，要举手就是投赞成票，否则，就是一个离经叛道的另类，一个不识时务的傻瓜了。

其实，故乡只是一个地理性存在，美好与否，自然条件就有先天的决定。本来那只是地图上的一个点，一个人总归要非常偶然地降生在一个地方，于是，这个地方就有了强烈的感情色彩，叫作了故乡。从此开始，衍生出一连串宏大的命名，最为宏大而前定的两个命名就是民族与国家，"人生签牌分派给我们的国家"。故乡之不能被正面注视，不能被客观书写，也是因为这两个伟大的命名下诞生出来的特殊情感。因为从家到族到国的概念连接，家乡的神圣性再也无可动摇。再从国到族到家，这样反过来一想，老家所在的那块土地，也就神化成一个坛，只好安置我们对理想家园梦境般的美好想象。幸福家园的图景总是那么相似，故乡的描述终于也就毫无新意，就像彼此抄袭互相拷贝的一样。

我们生活在一个动荡的但总还有些人情温暖的时代，旧传统被无情打破，但新的人文环境并未按革命者的理想成形。在所有宏大的命名下，只有"人"这个概念，被整体遗忘。在家乡，你是家族中的一分子，你的身份是按血缘纽带中的一环来命名与确认的，就像我们在整个社会机器中，你不是作为一个独立的人，而是按你在整部机器的运行中所起的作用大小来得以确认。于是，人就只好知趣地自己消失了，人在故乡的真实感受与经历也就真的消失了。

我们虚饰了故乡，其实就是拒绝了一种真实的记忆，拒绝真实的记忆，就等于失去记忆。

失忆当然是因为缺少反省的习惯与反思的勇气。

于是，失忆从一个小小的地方开始，日渐扩散，在意识中水渍一样慢慢晕染，终于阴云一样遮蔽了理性的天空，使我们这些人看起来变成了诗意的、感性的、深情的一群，在一个颇能自洽的语境中沉溺，面对观想出来的假象自我陶醉。而失忆症也从一个小小的故乡，扩展到民族，扩展到国家历史，使我们的文化成为一种虚饰的文化。当我们放弃了对故乡真实存在的理性观照与反思，久而久之，我们也就整体性地失去了对文化与历史，对当下现实的反思能力。